U0089021

古典文學研究輯刊

五　編

曾 永 義 主編

第14冊

柳宗元與蘇軾山水遊記研究

李 純 瑀 著

柳宗元山水文學研究

蔡 振 璋 著

國家圖書館出版品預行編目資料

柳宗元與蘇軾山水遊記研究　李純瑀 著／柳宗元山水文學研究　蔡振章 著 -- 初版 -- 新北市：花木蘭文化出版社，2012〔民101〕

目 2+136 面／目 2+90 面；19×26 公分

(古典文學研究輯刊　五編；第 14 冊)

ISBN：978-986-254-935-3（精裝）

1.（唐）柳宗元 2.（宋）蘇軾 3. 山水文學 4. 文學評論

820.8　　101014719

古典文學研究輯刊

五　編　第十四冊　　ISBN：978-986-254-935-3

柳宗元與蘇軾山水遊記研究／柳宗元山水文學研究

作　　者　李純瑀／蔡振章

主　　編　曾永義

總 編 輯　杜潔祥

出　　版　花木蘭文化出版社

發 行 所　花木蘭文化出版社

發 行 人　高小娟

聯絡地址　新北市永和區中正路五九五號七樓

電話：02-2923-1455／傳眞：02-2923-1452

網　　址　http://www.huamulan.tw 信箱 sut81518@gmail.com

印　　刷　普羅文化出版廣告事業

初　　版　2012 年 9 月

定　　價　五編 20 冊（精裝）新台幣 33,000 元

柳宗元與蘇軾山水遊記研究

李純瑀　著

作者簡介

李純瑀，國立臺灣師範大學國文所博士生，現任教於世新大學。專長唐宋古文、唐宋詞。著有《柳宗元與蘇軾山水遊記研究》、〈蘇軾黃州記遊詞探討〉、〈蘇軾檃括詞・以黃州時期檃括前人作品為例〉。

提　　要

柳宗元與蘇軾分別為唐宋山水遊記具有典範意義之人物，在相似際遇下，其作品建立唐宋山水遊記寫作模範。兩人皆遭遇貶謫而遷於窮鄉僻壤之地，其遠行並非出於自由意志，乃是被迫投入無盡空間與悠渺時間中而開啟未知旅程。這兩位才高志遠的文人在此不約而同的將目光轉向山水，並從中獲得寄託以及心靈安慰，亦在遊記蘊含的情志與憂思抒發中尋找人生價值與文人典範，從而超越個人的悲劇意識以安頓生命。

山水遊記這一文類常在貶謫時期發展出高度成就，此創作背景柳宗元與蘇軾十分相似。柳宗元將山水遊記視作獨立的體裁並奠定成熟的寫作典範，因而成為唐代山水遊記代表作家。其遊記乃是主觀的將自身人格投射至山水中，並藉以肯定自我高尚品格，即在自然界尋求自身的安慰及認同，憑藉內心情感改造審美對象之原有形態使得情景得以相生，因此柳宗元筆下的山水乃因其身影投射，方有其價值與意義，自然地景於此時乃文人情感之載體。山水遊記發展到宋代，蘇軾開展出另種不同的寫作方式，將人生的思考面向和生活態度理性的轉移至對山水的描繪中，對自然及自我均進行超越，同時在作品中寄託哲理以及客觀的描山繪水、寄寓感想，在自然界中獲得心靈解脫，因而蘇軾山水遊記可謂掌握自然並且超越自然，他的遊記內涵成為宋代山水遊記最為顯著之特質，亦是宋代具典範意義之作。

身為唐宋山水遊記的兩大寫作範式，他們遭遇貶謫與創作遊記間的關聯、自然審美觀及作品中深層內涵，實標誌著唐宋山水遊記的發展過程與成就，深具一併深入研究與開展之意義。基於此，本文以柳宗元與蘇軾山水遊記研究為題，藉由結合兩人創作精神與作品內涵的比較、分析之過程，討論山水遊記由中唐至北宋的發展進程，以及經由柳宗元與蘇軾轉化成典型的兩種山水遊記典範地位。

目次

第一章　緒　論 …… 1
第一節　研究動機 …… 1
第二節　研究方法與研究步驟 …… 2
一、研究方法 …… 2
二、研究步驟 …… 3
第三節　研究範圍 …… 3
第四節　文獻探討 …… 4
一、博碩士論文 …… 5
二、國內外學者研究 …… 11
第二章　貶謫、遊者與遊記 …… 15
第一節　柳宗元貶謫心境與創作 …… 15
一、貶謫前的意氣風發，顯政治才能於章表奏議之中 …… 15
二、貶謫後憂患重重：融騷體抒怨精神於各體文學創作之中 …… 17
第二節　蘇軾貶謫心境與創作 …… 25
一、烏臺詩案後的驚疑憂懼，直道而行，萬事委命，以道自居以入文 …… 25
二、元祐更化後貶謫惠儋的無復歸望，融安然自適的精神以入詩文 …… 28
第三節　柳、蘇之貶謫心境與遊記內容之比較 …… 32
一、面對貶謫，同樣直道而行的道德堅信態度 …… 32

二、貶謫後以儒爲主，吸收佛、道思想的異同 …… 34
三、初貶時生死憂患程度的差異 …… 38
四、貶謫後爲文態度的差異 …… 40
五、貶謫後遊記對於「刻劃、抒懷」與「曠達、議論」的差異 …… 41
第三章　柳宗元遊記審美觀 …… 43
第一節　心理與遊記分析 …… 45
一、永州時期 …… 45
二、柳州時期 …… 51
第二節　自然山水審美觀 …… 53
一、自然審美觀——主觀投射 …… 53
二、物我關係 …… 55
三、風格形成 …… 60
第四章　蘇軾遊記審美觀 …… 65
第一節　心理與遊記分析 …… 65
一、杭密徐湖時期：功成名就的渴望 …… 65
二、黃州時期：不求離世但求超越 …… 68
三、惠儋時期：心安自適的情懷 …… 75
第二節　自然山水審美觀 …… 79
一、自然審美觀 …… 80
二、物我關係：從「萬物齊一」到「物我相忘」 …… 91
第五章　柳、蘇山水遊記特質之比較 …… 99
第一節　內涵精神 …… 99
一、情與理 …… 99
二、言與意：柳側重言意兼至，蘇偏向得意忘言 …… 105
第二節　記遊模式 …… 108
一、語言特色 …… 108
二、「遊」的經營 …… 112
三、典範建立 …… 115
第六章　結　論 …… 117
附　錄 …… 123
參考文獻 …… 125

第一章　緒　論

第一節　研究動機

柳宗元與蘇軾分別為唐宋山水遊記具有典範意義之人物，在相似的際遇下，其作品建立了唐宋山水遊記寫作模範。柳宗元與蘇軾皆遭遇貶謫而遷於窮鄉僻壤之地，他們的遠行並非出於自由意志，乃是被迫投入無盡空間與悠渺時間中而開啓未知的旅程。這兩位才高志遠的文人在此不約而同的將目光轉向山水，並從中獲得寄託以及心靈安慰，亦在遊記蘊含的情志與憂思抒發中尋找人生價值與文人典範，從而超越個人的悲劇意識以安頓生命。雖然他們筆下的山水各具不同的象徵意義，然而他們皆創作出高水準的遊記作品。

山水遊記這一文類常在貶謫時期發展出高度成就，此創作背景柳宗元與蘇軾十分相似。柳宗元將山水遊記視作獨立的體裁並奠定成熟的寫作典範，因而成為唐代山水遊記代表作家。其遊記乃是主觀的將自身人格投射至山水中，並藉以肯定自我高尚品格，即在自然界尋求自身的安慰及認同，憑藉內心情感改造審美對象之原有形態使得情景得以相生，因此柳宗元筆下的山水乃因其身影投射，方有其價值與意義，自然地景於此時乃文人情感之載體。山水遊記發展到宋代，蘇軾開展出另種不同的寫作方式，將人生的各種思考面向和生活態度理性的轉移至對山水的描繪中，對自然以及自我均進行超越，同時在作品中寄託哲理以及客觀的描山繪水、寄寓感想，在自然界中獲得心靈解脫，因而蘇軾山水遊記可謂掌握自然並且超越自然，他的遊記內涵成為宋代山水遊記最為顯著之特質，亦是宋代具典範意義之作。

至今爲止，分別以柳宗元或蘇軾山水遊記爲研究對象者不在少數，〔註 1〕卻未有論文將柳、蘇山水遊記一併深入討論，然而身爲唐宋山水遊記的兩大寫作範式，他們遭遇貶謫與創作遊記間的關聯、自然審美觀及作品中深層內涵，實標誌著唐宋山水遊記的發展過程與成就，深具一併深入研究與開展之意義。基於此，本文擬以柳宗元與蘇軾山水遊記研究爲題，藉由結合兩人創作精神與作品內涵的比較、分析之過程，討論山水遊記由中唐至北宋的發展進程，以及經由柳宗元與蘇軾轉化成典型的兩種山水遊記典範地位。

第二節　研究方法與研究步驟

一、研究方法

本文立足於文本「記遊」之形式，進而深入討論遊記中所呈現文人本身寫作心理、文本審美特徵與文人與客觀環境的關聯。意即本文擬從：（一）文人的創作心理；（二）文人所處的政治、自然環境；（三）文人的自然審美觀；（四）不同時期遊記作品呈現的心境變化，四方面進行研究分析。

在論述過程中結合柳宗元與蘇軾的不同時期的心理變遷、自然審美觀、遊記本身呈現的藝術特色等面向進行分析。透過個別、綜合的比較論述，展現柳、蘇貶謫生涯的心境變遷歷程、描寫自然山水的方式、自然山水與人文景觀之間的關聯。透過上述面向的考察，得以呈現遊記深層內涵與獨特意義進而確立柳、蘇遊記在遊記文學中的典範價值。

因此，柳、蘇遊記與貶謫之間的關聯、遊記中「遊」的精神面貌、遊記的精神內涵幾個面向乃是本論文論述的重點。

〔註 1〕列舉數篇以供參考：以柳宗元山水遊記爲研究對象者，有蔡振璋《柳宗元山水文學研究》東海中文所碩士論文，1984 年、朴井圭《柳宗元的遊記研究》高師大國文所碩士論文，1985 年、童好蘭《柳宗元謫永期間山水小品文研究》彰師大中文所碩士論文，2003 年、黃以潔《柳宗元遊記觀物方式研究》佛光人文社會學院碩士論文，2005 年。以蘇軾山水遊記爲研究對象者，有高顯瑩《蘇軾記遊散文研究》東吳大學中文所碩士論文，1987 年、紀懿民《蘇軾記遊文研究》輔仁大學中文所碩士論文，1999 年、徐浩祥《蘇軾記遊作品研究》中興大學中文所碩士論文，2003 年，數篇論文可供參考思維。

二、研究步驟

本文研究重心在於文人心理與自然山水間的聯繫，故首先以柳、蘇爲主，論述文人因貶謫而在非自願情況下建立的寫作遊記背景，同時探究在貶謫的苦難過程中之心境變化；並且將兩人遭貶時的心境作對照分析，可以看出他們面對貶謫時所持的心境、對人生的看法、各家思想間的融會貫通、文學觀的變化等有何不同，並分析這樣的不同心境是如何表現在遊記上。

接續討論柳宗元山水遊記蘊含的審美意趣，透過分期的方式將各期的心境以及遊記作品、文學觀加以討論，並對柳宗元自然山水審美觀加以論述，以及分析柳宗元展現物我關係的寫作方式，確立柳宗元於唐代山水遊記中的典範地位；又，討論蘇軾山水遊記方式與柳宗元略同，即不同時期寫作風格的文本分析、自然山水審美觀、物我關係，藉由討論確立蘇軾山水遊記於宋代之典範地位。

最後結合前述柳宗元與蘇軾遊記的單獨討論，整合文人的心理狀態、審美觀、文本與自然山水間的關聯，歸納分析柳宗元與蘇軾遊記特質。藉此論述兩人寫作特色上的不同取向，更要透過本文論述以象徵唐宋不同時代特徵的意義與價值。

經由「遊者、貶謫與遊記」一章以論述柳宗元與蘇軾個別的遊記與審美觀、物我關係、風格建立分析；「柳宗元遊記審美觀」、「蘇軾遊記審美觀」兩章節歸納分析出兩人遊記的特質及其典範地位的內涵精神，並在「柳、蘇山水遊記特質之比較」一章整體性的論述兩人遊記的特質差異。本文所從事各章節的論述分析，旨在試圖爲柳、蘇二人的遊記作全面而完整的論述。

第三節　研究範圍

本文以柳、蘇遊記文本爲基礎，輔佐以其他體裁的文學作品，旨在分析兩人遊記的特質及其建立的典範地位。因兩人遊記創作歷程與貶謫有所相關，柳宗元的遊記更全寫於謫永、柳期間，所以文中首先界定柳宗元與蘇軾的貶謫時期，並藉著貶謫時期的不同分析文本。

柳宗元貶謫時期分兩階段：於永貞元年（805）貶謫永州，元和十年（815）三月，爲柳州刺史；蘇軾貶謫分期則分三階段：爲杭密徐湖時期（自熙寧四年（1071）通判杭州起，至元豐二年（1079）烏臺詩案發生）、黃州時期（自元豐三年（1080）貶謫黃州，至元豐八年（1085）流寓江淮之際）及惠儋時期（自紹聖元年（1094）貶謫惠州，至元符三年（1100）貶儋州期間）。本文論述貶謫與遊記關係時，即以上述分期爲主軸，論述柳、蘇山水遊記與貶謫、謫居地、本身心境、文學觀之間的各種關連。另外，在貶謫時期以外的記遊作品也同時納入討論，以求論述完整性。

一般而言，遊記在種類上細分爲自然山水記和名勝古蹟，形式則需以散文形式書寫，在這樣的論述範圍之內，柳宗元的遊記確實較爲容易探討。此外，柳宗元還有不少爲所到、所觀之他人園林所寫下的作品，〔註 2〕文中同樣呈現柳宗元的心境以及文學觀，因此亦是本文所討論的範圍。但若以蘇軾論之，在他的作品中如小品、書信、日記等創作，均含有不少「記遊」的成分，爲顧及全面性的論述，本文便將蘇軾其餘體裁而同樣具有記遊內容的記體文章、〔註 3〕書信等一併納入討論。

另外，在分析柳、蘇心境同時，相關文學作品同樣是本文論述範圍，因此柳宗元的詩、書信、辭賦等；蘇軾的詩、詞、書信等，均納入本文論述兩人心境時的討論範圍之內，以求論述的完整與全面。

第四節　文獻探討

文獻探討可分爲直接資料與相關資料兩部分。直接資料以柳宗元與蘇軾

〔註 2〕這一類爲所到、所觀之園所寫的記體文章共七篇，亦是輔助本文的討論對象：爲楊中丞所造東池戴氏堂所作：〈潭州東池戴氏堂記〉、爲柳中丞所造馬退山茅亭所作：〈邕州馬退山茅亭記〉、爲韋使君所造新堂所作：〈永州新堂記〉、爲崔中丞所造萬石亭所作：〈永州萬石亭記〉、爲永州湘源縣令薛存義所造亭林所作：〈零陵三亭記〉、爲僧人覺照所造法華西亭所作：〈永州法華寺西亭記〉、爲裴中丞所造訾家洲亭所作：〈桂州訾家洲亭記〉。此外，尚有一篇〈永州龍興寺西軒記〉寫他初到永州實無處居住，暫居於次的經歷、另有〈永州龍興寺東丘記〉、〈愚溪詩序〉等以園林書寫爲主，但多有表現柳宗元想法的文章，皆爲輔佐本文論述之對象。

〔註 3〕王水照云：「唐代韓、柳以後，『記』就突破了原來『敘事識物』的範圍，或借以議論感慨，或工於景物刻畫，到了宋代，進一步擴大了這種文體的社會內容，加強了它的文學因素，成爲文學散文的一種重要形式。其中以亭樓臺院既和游記散文取得更大的成就。」本文所討論蘇軾作品，即包含相關的亭樓臺院記中與「遊賞」有關的部分以及其中文學觀的討論，以求論述的全面性。王水照〈宋代散文的技巧和樣式的發展——宋代散文淺論之二〉，收錄《王水照自選集》（上海：上海教育出版社，2005 年 5 月）頁 421。

著作為主，故而不多作說明；相關資料以國內博碩士論文為主，有助於了解迄今為止國內對於柳宗元、蘇軾山水遊記之研究成果。另外，海外學者以山水文學為主的研究成果亦是討論重點。

一、博碩士論文

國內博碩士論文以遊記之時代特色為研究對象者，有陳啓祐《唐代山水小品文研究》中國文化大學中文所博士論文，1984 年。陳氏論文的論述對象共有十位作家，論述的作品主題也概括眾多面向，故而對唐代的山水小品有初步整理以及歸納的成就。本論文的論述主軸是分析唐代山水小品文的寫作成因、題材以及重要作家。先對山水小品進行定義：所謂山水小品，即指篇幅自數十字至千字左右，以自然山水為主要素材的完整的短文，並敘述中國小品簡史，接續探討唐代山水小品之九大形成因素：山水引人入勝、承襲前代山水小品、莊園的設置、佛教鼎盛、道教鼎盛、山水畫風行、科舉以賦取士、讀書山林寺院、隱逸風氣，剖析唐代山水小品中屢見的母題，計有登高、樂遊山水、謫貶、鄉愁、隱遯、人生飄忽、歷史興衰、天人合一、樂土的追尋等九種。重要作家則有王勃、駱賓王、宋之問、陳子昂、李白、元結、獨孤及、符載、柳宗元、李德裕等十人。透過此論文可對唐代山水小品文的寫作背景及作家有整體的理解。此論文旨便在分析上述十位作家及其作品，並結合作家的創作意識以及題材分析。論述柳宗元部分時，則以他的貶謫歷程為討論主題，探討柳宗元在遊記上的開創，即遊記中天人合一的情景交融之感。

陳素貞《宋代山水遊記研究》臺灣師範大學國文所碩士論文，1985 年。以宋人文集中的遊記文章為主，輔導以各文學總集、專集，以及古今圖書集成等編中，搜集宋人的遊記作品，加以整理與分析。考察宋代山水遊記的時代背景及其影響，探討宋代政治社會、學術思想、文學藝術等各方面相互錯綜的關係，以明瞭宋代遊記的特質，同時將重點放置於作品形式、結構以及重要作家進行論述，透過論述以體會宋人對自然的態度，從儒家積極而樂觀的山水精神，進而引導吾人走向情理並發的理想人生。陳氏論文論述宋代山水遊記的承繼與開展。說明歷代山水遊記的發展，及其傳統因素的承傳與開展；並論及宋代山水遊記的時代背景及其影響。探討宋代政治社會、學術思想、文學藝術等各方面相互錯綜的關係，藉此以明瞭宋代遊記的特質。接續宋代山水遊記的發展及其重要作家與作品。以時代爲序，透過北宋、南宋以及遺民時期的作家與作品，說明宋代山水遊記的發展情況。此部分對兩宋遊記的寫作趨勢以及主題、作家心態有歸納整理之功。又接續研究宋代山水遊記的題材與內容、山水遊記的形式結構與寫作技巧、宋代山水遊記的成就及其對後代文學的影響。此論文將焦點放置在宋人寫作論文的心態上，乃是積極式的儒家精神，透過此論文可以對宋人寫作遊記的創作意識有進一步的理解。

張瑞興《北宋山水小品文研究》玄奘人文社會學院中國語文研究所碩士論文，2000 年。張氏論文提出，北宋山水小品文成績斐然，無論在敘事、寫景的謀篇布局技巧均十分精當純熟，且靈活有致。而在主題意境的呈現，不僅知性樂觀，而且超然自適。更難得的是在其山水小品文中常有一份對民生、社會、邦國的關懷，常見一種以天下爲己任的偉大仁人胸襟。這種文如其人，溫柔敦厚的詩教展現，不僅罕見於唐代，在明人山水小品中亦難覓及。張氏論文即是在探索並彰顯其成就與價值。文中論述北宋山水小品文中的主題意境，並討論山水小品文形成因素。依北宋山水小品文的形成，提出山水自來親人、承襲前代山水小品文之發展、宴游文學、山水畫之影響、園林興盛、儒釋道融合、隱逸流風所尚等七個成因。而作品中的主題意境則有同樂比德、憂國憂民、今昔之思、貶謫放逐、隱遯生活、超然物外及天人合一等七個主題意境。作家部分則以王禹稱、范仲淹、歐陽脩、蘇舜欽、曾鞏、王安石、蘇軾、蘇轍、黃庭堅等人爲主。論及蘇軾部分以「體式多樣」、「辭賦的突破」、「山水遊記議論縱橫」、「亭台堂閣既打破一般先敘事、次描寫、後議論的格局」、「有自然率眞之美」、「懷抱儒家淑世濟民的胸懷」、「發揮遊之於物外的無往而不樂之境界」、「隨筆小品，充滿靜謐自得之境」、「體善變化，修辭不著痕跡」透過上述九點，將蘇軾記遊作品做了主題式的歸納整理。

上述論文以大範圍的歸納與整理方法，論述唐代或宋代的作品。近期討論方式則更爲細緻。

以柳宗元山水遊記爲研究對象者，可概括爲以下幾種研究方式：

（一）專論柳宗元山水遊記者，有蔡振璋《柳宗元山水文學研究》東海中文所碩士論文，1984 年。先由藝術特徵來探求山水文學的義界，簡述山水文學的遷流衍變之跡。接續劃分柳宗元創作時期並且探討創作淵源及精神，同時論述其山水文學分類及進行評析，分爲定點記遊、過程記遊和致用記遊類三類，最後闡述柳宗元山水文學的特色所在並作多方面的觀照，如柳宗元自言牢籠百態、興寄之作、曠如奧如，或據古人評述較爲適當者如古麗奇峭、清勁紆餘、溫麗境深等作爲論述主軸，藉此對柳宗元山水遊記提出整體評價。蔡氏所提出「定點記遊」、「過程記遊」、「致用記遊」三種記遊方式，將柳宗元的遊記做了寫作上的分類，而本論文擬站在蔡氏的基礎之上，將蔡氏的分類方式融於論文中，並將論述重點放置於在不同地點的寫作心態有何不同以及產生不同心態的原因。

朴井圭《柳宗元的遊記研究》高師大國文所碩士論文，1985 年。本文以生平及其仕宦生涯述要爲始，透過柳宗元的思想背景以及仕途遭遇分析創作遊記的動機，得出寫作技巧以及形式結構上的特色，並論述永州、柳州文化以評述柳宗元山水遊記的寫作淵源、風格特色。朴氏論文歸納遊記特質之地理特徵，即當時永州及柳州社會、人文地理、民間風俗；透過遊記反映民間疾苦並將自我遭遇寄託其中，運用精鍊的筆鋒，清麗的言辭，刻劃山水。朴氏論文中論述柳宗元貶謫心態用力頗爲深刻，對永柳二州的地理環境分析也有細緻的分析。

黃以潔《柳宗元遊記觀物方式研究》佛光人文社會學院碩士論文，2005 年。黃氏論文主要採用柳宗元「觀物」的方式爲主題，論述遊記中呈現的物我關係。首先透過柳宗元將士不遇的抒情傳統引入與地志極爲接近的遊記，並能夠透過文字達到以資考證的客觀面向、擴大「記」體內容，將本以「記錄」特性爲主的遊記轉向個人抒情爲重、形神探討、記山水自然發展至記「人」，由於柳宗元將遊人影響力明顯於遊記中展現，是以後代遊人出遊時多了可「記」的內容，除記自己心情以外，更多對於出遊時同遊者、所見之人物等等相關的描述。由記山水自然發展至記「人」實處於中國傳統重視「人」的大脈絡底下以不同文體表現的一種方式。上述面向論述柳宗元山水遊記的觀物方式，使其在文學史上的地位更見清晰。最後還論及柳宗元對宋代、明代遊記在「主觀與客觀」書寫方式上的影響。

黃氏論文使用較爲特殊的文學觀點論述柳宗元遊記，如「多重迴旋視角」、「焦點描寫與散點透視」、「上下俯仰的觀物習慣與修辭排比的對仗可能」，像這樣的論述方式確實有突破以往的開展，對柳宗元如何觀看外物的方式有了深度的發揮。本論文擬以黃氏論述柳宗元「觀物」爲基礎，對柳宗元遊記的物我關係作更進一步的論述，期望能呈現有別於黃氏的觀點。

（二）分期爲主要特色以討論山水遊記者，〔註 4〕有李貞慧《柳宗元貶謫時期文學研究》靜宜大學中文所，1994 年。本論文以柳宗元貶謫的十四年：在永州的十年、在柳州的四年，兩個時間點來說明柳宗元貶謫時期的文學創作，藉由散文及詩歌的內容加以分析心境上的改變、作品的風格特色、寫作手法等書寫重點，提出寓言、辭賦、山水遊記、詩歌等寫作面向，藉以評述柳宗元並非貶謫後即抑鬱不振之說。

童好蘭《柳宗元謫永期間山水小品文研究》彰師大中文所碩士論文，2003 年。論文中探討柳宗元創作方式與古文運動間的關係、柳宗元特殊的人生經驗對於寫作山水小品文時內容取材與風格呈現有直接影響，藉此分析柳宗元的生平以及政治生涯以及文學、哲學思想，接續提出謫永期間遊記作品的辭采、意境以及分析永州八記的內在結構。重點在於以散文鑑賞的原則，分別探討永州八記各篇的主旨立意、段落布局結構、修辭技巧的運用、意境塑造的方法，以了解柳宗元於文章中寄託的思想內涵。

以蘇軾山水遊記爲研究對象者，可概括爲以下幾種研究方式：

（一）專論蘇軾山水遊記者，有高顯瑩《蘇軾記遊散文研究》東吳大學中文所碩士論文，1987 年。本文立足於蘇軾的散文作品之上，基於傳統的遊記定義，選擇出形式爲散文文類、內容爲遊的經驗之作品整理融會記遊散文之特色，寫作風格，從蘇軾生平及人格特質切入，再從內容、形式、技巧、情志種種論述面向進入到成就及影響的探討。

紀懿民《蘇軾記遊文研究》輔仁大學中文所碩士論文，1999 年。紀氏的論文和上述高氏論文皆以蘇軾記遊文爲論述對象，不同之處在於高氏乃是分析蘇軾的記遊作品的形式和結構以及其中呈現的情感與影響，是屬於偏向概括的分類與歸納的寫作方法；而紀氏的論文則提出蘇軾記遊文的三種模式，並找出符合這三種模式的記遊作品作分析論述。這是高氏和紀氏兩本論文不同之處。

紀氏論文依循著遊記的發展脈落，以歷來對於遊記的定義爲論述的基礎，從而將記遊定義釐清爲：「以作者對於旅途中所觀覽的自然或人文景觀，所見聞的事蹟傳說和風土民情的一種感發與記錄爲主要內容的散文。」探討蘇軾作品中屬於遊記類型的散文之藝術性與特質的分析，歸納整理出蘇軾的

〔註 4〕以分期方式論述柳宗元作品者，尚有曾宿娟《柳宗元永州詩研究》台灣師範大學國文所碩士論文，2005 年。

遊記所代表的意義及價值，提出敘志抒情的記遊文、考實述異的記遊文、記遊述行的記遊文三種模式，論述蘇軾山水遊記略景存情、借題發揮兩大特色。

（二）分期爲主要特色並兼論及山水遊記者，〔註5〕有吳淑華《東坡謫黃研究》中國文化大學中文所碩士論文，1992 年。透過仕宦生涯的變遷，並以謫黃時期爲主軸針對此時生活、思想、與作品等三個方面，各別立章論析，了解蘇軾謫黃期間之要事。

鄭芳祥《蘇軾貶謫嶺南時期文學作品主題研究——以出處、死生爲主的討論》中正大學中文所碩士論文，2002 年。透過北宋時期黨爭、臺諫與文禍三者間的關係、蘇軾貶謫嶺南之前的文學創作與二度受貶的各種原因，討論蘇軾貶謫嶺南後的精神層次以及作品特色，認爲質性之自然可謂蘇軾嶺南時期面對生命問題的基本態度。鄭氏提出嶺南時期的蘇軾的文學作品，幾乎可用「鄉音處處」來形容。不論是「以故國爲歸」，抑或「以異地爲歸」，兩者異中有同處爲蘇軾始終如一的出處態度，並藉著莊子哲理，成功地超越死亡所帶來的不安，達到心理的調適與平衡。

（三）研究蘇軾各種文類寫作並兼論及山水遊記者，有黃美娥《蘇軾文論及其散文藝術研究》臺灣師範大學國文所碩士論文，1988 年。探析蘇軾文論並將其散文進行分類以內容、形式得出蘇軾散文藝術特色。論及遊記部分則是賦予蘇軾遊記「隨物賦形，妙造自然」的觀點。蔡造《蘇軾小品文研究》中國文化大學中文所碩士論文，1998 年。蔡氏論文對小品文作一適切的定義，並介紹其緣由與承繼。再從文學角度切入，對蘇軾小品文題材內容作一評析並論述其作品中所蘊涵的儒、道、釋三家思想內涵，及其人生態度，接續研究蘇軾小品文寫作的藝術特色與修辭技巧。最後，再就蘇軾小品文對後世文學所產生的影響，同時歸納後人對其作品評價，以此爲總結。

李慕如《東坡詩文思想之研究》臺灣師範大學國文所博士論文，1998 年。以蘇軾詩文中之儒家、道、釋、繪畫三種思想背景論述其詩文寫作特色，並

〔註5〕以分期方式論述蘇軾作品之論文眾多，然多以詩詞爲論述對象，在此舉出數篇以供參考。蘇軾詩：楊珮琪《蘇軾杭州詩研究》，臺灣師範大學國文所碩士論文，1998 年、羅鳳珠《蘇軾黃州詩研究》，臺灣師範大學國文所碩士論文，1987 年、鄧瑞卿《蘇軾儋州詩研究》，臺灣師範大學國文所碩士碩士論文，2002 年；劉昭明《蘇軾嶺南詩論析》臺灣師範大學國文所碩士論文，1988 年。蘇軾詞：林玟玲《東坡黃州詞研究》臺灣大學中文所碩士論文，1985 年、許錦華《蘇軾元祐詞研究》臺灣師範大學國文所碩士論文，1997 年。

提出蘇軾的美學思想以及生活態度。徐浩祥《蘇軾記遊作品研究》中興大學中文所碩士論文，2003 年。本文對蘇軾記遊作品有全面的論述分析，文中除考察遊記與遊記作品的定義、發展源流並選擇蘇軾作品中具有「遊」一性質之詩、詞、文、賦者作爲探討題材，以作品和文人之間的關係作爲討論主軸，藉此論述得出蘇軾不同時期的思考面向以及作品特色，詮釋更全面的記遊作品意義，最後提出「回歸」的角度分析蘇軾記遊作品中「遊」與「回歸」意涵的突顯」、「此心安處是吾鄉」兩項論述作爲蘇軾記遊作品中「回歸」創作意識。

楊雅貴《蘇軾記體文辭章意象研究》，臺灣師範大學中文所碩士論文，2005 年。以蘇軾所有「記」體文之辭章意象爲研究重心，並以分期方式對蘇軾「記」體文意象之形成、表現、組織、統合四層面作全綜合分析與考察，以觀照其「記」體文之整體表現。

楊方婷《蘇軾文學作品中的「遊」》，清華大學中文所碩士論文，2006 年。從蘇軾各個文體中「遊」的概念出發，提出「形上之遊」、「實境之遊」，而遊者的心理狀態，更決定了「遊」的效驗。從文學史的溯源，可以觀察出蘇軾的「遊」不但具有時代精神，本身更是集「遊」之大成的文人，「遊」的各種型態，在其文學作品皆有所體現。楊氏論文還分析蘇軾遊的表現方式以及遊的精神，並透過由是一往一返的結構，凸顯遊記中「回歸」、「在放逐中找尋自我的歸返」的意涵。楊氏論文中提及蘇軾「融合自我的人生觀，而能委時任運，與物無累，達成超越前人的精神高度。」此一見解是本論文所要吸收採納的觀點，本論文擬將此一觀點融於論文中，並且以莊子的思想對蘇軾的影響爲討論對象，在楊氏的基礎上做更深入的發揮，期望深入而全面的論述莊子「天地與我並生，萬物與我爲一」觀念對蘇軾的影響。

上述論文在柳宗元與蘇軾山水遊記研究上具有開創與承繼之功，本文擬自以上基礎更精深的將柳、蘇山水遊記結合，以求開出一條別開生面的研究道路。時期稍早的論文，論述柳宗元或蘇軾之功在於將其作品的體裁、寫作技巧、題材風格、創作時間等部分做出歸納與整理，或是將唐代與宋代的記遊作品、山水作品建立統整性的分類與歸納，如陳啓祐《唐代山水小品文研究》、陳素貞《宋代山水遊記研究》、高顯瑩《蘇軾記遊散文研究》等；對於細緻的論述雖較爲缺乏，但在柳、蘇二人的作品研究上仍有開創之功；近期的論文則偏向細緻且專精的處理，且提出嶄新的論點，如黃以潔《柳宗元遊記觀物方式研究》則提出四個面向以討論柳宗元的遊記在觀物上的特殊之處，而黃氏的見解是本論文所要吸收採納並融於文中的，另外，本論文基本上認同紀懿民《蘇軾記遊文研究》所提出蘇軾遊記的三種模式：敘志抒情、考實述異、記遊述行，但是要更深入的分析蘇軾創作遊記的創作意識，因爲要基於創作意識的發揚，才會出現不同類型的遊記作品。此外，楊方婷《蘇軾文學作品中的「遊」》所提出的形上之遊與實境之遊在本論文中則轉化爲蘇軾對莊子的理解與吸收以及將神理寓諸於文字之中的創作意識。

二、國內外學者研究

國內學者研究部分，本論文以研究柳宗元者爲主，提出何寄澎〈從山水遊記看柳宗元貶謫以後的心理變遷〉文章作爲討論，原文收錄於《典範的遞承》一書。何氏文章所提出柳宗元貶謫以後的心境變遷，認爲永柳二州時期的柳宗元在心境上乃是隨著時間先後的差異而顯現不同的內涵、風格，並非全然表現抑鬱的情緒，而是有委婉的心境變化。文中以時代爲線索，逐一分析柳宗元遊記，證明柳宗元在謫居數十年來的心境轉折。

何氏此文乃是本論文擬定研究策略時主要的線索之一，即是柳宗元在不同時期、不同地域時所呈現的心境應有所變化，然而其變遷歷程爲何？這是本論文所要探討的部分。因此站在何氏的基礎上，本論文擬以柳宗元自永貞革新前的生活以及思想論起，再接續論述貶謫後的心境轉折。

另外，本論文再提出何沛雄《永州八記導讀》一書作爲研究文獻。何氏一書先析論永州八記的名稱、內容特點、寫作技巧，接續對永州八記做出整體批評，導讀的部分則以簡析、校注、集評方式呈現，對永州八記有十分詳實的論述，附錄的部分則附上〈游黃溪記〉的簡析、校注與集評、吳文治〈柳宗元山水遊記和追求閒適〉、清水茂〈柳宗元的生活體驗及其山水記〉、柳宗元年譜。處理柳宗元遊記的內容特徵和寫作技巧時，《永州八記導讀》是重要的參考文獻。

在此將大陸學者以山水文學作爲研究主題者，〔註6〕列出數本專書以供參考思維。章尚正《中國山水文學研究》對中國歷代以來的山水文學有精闢見

〔註6〕本論文提及大陸學者研究時，因大陸學者多以「游記」一詞行文，故而引用時亦以「游」字爲主，但論及筆者意見時，則以「遊記」、「遊」、「記遊」以行文，特在此提出說明。

解，且針對各朝代山水文學的文化、思想背景有確切的闡述。本書分爲文化篇以及名家篇，文化篇部分透過對人生與山水間的考察，闡發山水與儒道佛、隱士文化、老莊文化、山水畫、旅遊之間的關係，對山水詩、詞、文的藝術價值以及思想背景都有深入的開展；名家篇則透過魏晉自明代文人的山水之作，進行獨立的討論，重點在於文人的文化心理、審美觀以及價值觀。陳水雲《中國山水文化》旨在探析山水與中國文化間的關聯，提出中國山水文化的形成、山水與景觀、建築、藝術審美特徵之間的密切性，著重在山水景觀的構成要素、古建築的審美特色、山水畫、園林藝術等面向，文中亦考察山水文學中的地理景觀，以五嶽文化、名山文化、江河文化、湖海文化和山水文學作一對照。羅宗陽《古代山水記探幽》分爲五項論述：「山水記源流辯」論述山水記的緣起與流辯、「山水記的功用與價值」提出自然景觀中人文建設、時代、情景等價值、「山水記藝術談」則針對山水記中的寫作技法以及藝術特色作分析、「山水記創作要素」詳加說明文人創作山水記的背景、動機、觀察山水的方式以及領略山水之樂趣、「山水記名作欣賞」以魏晉至清代文人的山水遊記爲論述對象，考察各家在遊記創作中的地位、作品價值。周冠群《游記美學》從美學角度系統的探究遊記藝術，從舊的產生與發展、審美特色與藝術本質，並以魏晉、唐宋、明清作分期，對不同時期山水遊記的文化意蘊都有切實的分析見解。其中遊記的界說、遊記的藝術品性及規範、遊記的藝術本質遊記價值論爲重要的討論主軸。王立群《中國古代山水游記研究》的主要意旨是將遊記分爲以模山範水爲主的再現型遊記、重個人情感的表現型遊記、以旅遊途中文化意識爲主的文化型遊記三種表現方式。該書先論山水遊記文體要素的產生與發展，再論及地學向文學的滲透，也就是專論晉宋地記與山水遊記，接續又論唐代山水遊記的形成以及唐宋山水遊記表現的三種模式，再以專章論山水遊記的集結與流傳，最後論的是遊記在明代以後的發展與傳承。王氏《中國古代山水游記研究》內容扼要的將古代山水記做出脈絡清晰的流變與發展概述，對於山水遊記的變遷有精簡而深入的論述。尙永亮《元和五大詩人與貶謫文學考論》以唐代元和年間韓愈、柳宗元、元稹、白居易、劉禹錫五人的貶謫生涯及其心理特徵、作品特徵爲論述主軸。書中以文人的政治生涯爲論述起點，論及遭遇貶謫後的生命沈淪以及超越與執著意識，最末論及元和貶謫文學的悲劇精神和藝術特徵，其中論述五大詩人寓意於山水的憂怨和偏執風格，以及行健不息的生命意志一部分，對柳宗元的山水遊記有不少著墨之處。《元和五大詩人與貶謫文學考論》論述柳宗元偏執而不屈的執著精神表現在山水遊記中特別顯著，因其所呈現的風格乃是冷峭與清冷。尚氏此部分的論述乃是以山水遊記爲主，提出柳宗元在偏執風格底下「憂樂相因」的寫作心理，這是本論文所要採用吸收的論點，但本論文將站在憂樂相因的基礎上，深入解析柳宗元憂樂心境的變化乃是來自於何種原因，這是本論文所要進一步拓展的部分。

第二章　貶謫、遊者與遊記

柳宗元（773～819）和蘇軾（1037～1101），一唐一宋，在唐宋八大家之中，卻有著極其相似的政治遭遇，均是少年得志、遭遇貶謫、也因著貶謫困境而造就出人生另一新的高度文學成就。然究其實，兩人的政治遭遇看似大致相同，實際上卻存在著根本上的差異，加上兩人對於貶謫困境心態的調整有所不同，各自本身理念及思想的掌握亦不甚相同，以致於表現出的文學內涵、情感、態度、意旨皆不相同。其中相同的是，兩人因貶謫困頓所抒寫的山水遊記，均意外成就了唐宋兩代山水遊記的經典。

第一節　柳宗元貶謫心境與創作

一、貶謫前的意氣風發，顯政治才能於章表奏議之中

（一）永貞革新前

柳宗元，唐代河東（今山西省永濟市）人，代宗大曆八年（773）生於京城長安。柳宗元家世顯赫，先祖七世祖至六世祖，皆爲北魏及隋朝廷大吏，五世伯祖柳奭曾任唐宰相，因得罪武后，死於高宗朝。五世祖柳楷則曾任四州刺史。武后執政後，對柳家頗爲打擊，高祖、曾祖、祖父只擔任過縣令官位上下的小官，父親柳鎮曾官至侍御史。〔註 1〕柳宗元出生時，安史之亂（唐

〔註 1〕韓愈〈柳子厚墓誌銘〉云：「七世祖慶，爲拓跋魏侍中，封濟陰公。曾伯祖奭，爲唐宰相，與褚遂良、韓瑗，俱得罪武后，死高宗朝。皇考諱鎮，以事母，棄太常博士，求爲縣令江南；其後以不能媚權貴，失御史。權貴人死，乃復

玄宗天寶十四年至唐代宗寶應元年，755 年至 762 年）過後不久，唐室由盛而衰，柳宗元十歲時更曾親身經歷唐德宗建中四年（783），朱滔、李希烈、朱泚等藩鎮的叛亂，唐德宗被迫離開京都奔赴奉天（今陝西乾縣）。興元元年（784），再因李懷光叛變，德宗又走梁州（今陝西漢中）。在柳宗元心中，自然對皇帝面對強藩巨鎮的父死子代、據地稱雄、時常叛變的情形卻無可奈何的心情有所深刻感受。貞元元年（785）李懷光伏誅，時年十二歲的柳宗元即寫就〈爲崔中丞賀平李懷光表〉，其宿慧如此，劉禹錫即云：「子厚始以童子有奇名於貞元初。」〔註 2〕

柳宗元於貞元九年（793）登進士第，當時才二十一歲，在唐代「三十老明經，五十少進士」的科舉現象中，的確是早慧秀異之士；又於貞元十四年（798），二十六歲時第博學宏辭科，得授校書郎，調藍田尉。貞元十九（803），又調任長安，任監察御史裏行，時年三十一歲，與韓愈同官。韓愈曾謂柳宗元「以博學宏辭受集賢殿正字，儁傑廉悍，議論證據今古，出入經史百子，踔厲風發，率常屈其座人，名聲大振，一時皆慕與之交。諸公要人爭欲令出我門下，交口薦譽之」韓愈所言柳宗元於貶謫前的文學特色大抵不差，揆諸柳集，早期作品以表、奏狀、啓等官方文書及論、墓誌銘、行狀爲主，除大部分論議、墓誌銘、行狀以散體文書寫外，其餘大多是以駢文寫成，運辭華美、屬對精確、音韻和諧。韓愈所指「儁傑廉悍，議論證據今古，出入經史百子」應當就是柳宗元貶謫前的表、奏狀、啓等官方文書中，以及其餘議論文章，如作於集賢院的〈辨侵伐論〉，主張對恃固壅抗王命的藩鎮加以討伐，援引史籍，陳述政治現實，果是儁傑廉悍，正如韓愈所說的用字簡潔允當、議論出入古今的特色；至於《舊唐書》云「宗元少聰警絕眾，尤精西漢詩騷，下筆構思，與古爲侔。精裁密緻，璨若珠貝。當時流輩咸推之」，〔註 3〕其中「精裁密致、璨若珠貝」，確實恰如其說，但若說柳宗元貶謫前即「尤精西漢詩騷，下筆構思，與古爲侔」則顯然倒末爲本了，因爲柳宗元將賦、詩、騷體文章，以及後來的散文、傳記、寓言、遊記等各式文體作品發揮得淋漓盡

拜侍御史，號爲剛直。所與遊，皆當世名人。」新、舊《唐書》亦有述及，雖繁簡不一，然大同小異，玆不贅述。

〔註 2〕 見劉禹錫〈唐故柳州刺史柳君集序〉，收錄《柳宗元集》（北京：中華書局，2001 年 1 月）附錄，頁 1443。

〔註 3〕 見劉昫《舊唐書》，收錄《柳宗元集》（北京：中華書局，2001 年 1 月）附錄，頁 1405。

致，乃貶謫之後才因大量反應其心情的作品出現才得以眞正完成。《新唐書》似乎也知悉於此，故而將《舊唐書》關於柳宗元早期評論文字一概刪除，僅云：「宗元少精敏絕倫，爲文章卓偉精緻，一時輩行推仰」確實稍爲允當，但仍不如本文稍加辨明之，指出柳宗元早期作品實以官場實用性質濃厚的表、奏狀、啓等官方文書及議論爲主，出入古今經史、運辭華美簡潔、屬對精確、音韻和諧爲其主要特色。

（二）永貞革新時

貞元二十一年（805）正月（七月始改爲永貞元年），唐德宗病逝，順宗即位，彼時順宗已患風疾，口不能言，大權由王叔文、王伾等人掌握，兩人密結當時諸多名士，如韋執誼、陸質、呂溫、李景儉、韓曄、韓泰、陳諫、凌準、程異、劉禹錫、柳宗元等數十人，針對當時唐朝的政治癥結進行大刀闊斧的改革，如裁停宦官俸錢及裁減冗員、貶貪官、革弊政（著名者如禁宮市、禁五坊小兒等假公濟私橫暴斂財）、出宮人、招賢才〔註 4〕等，諸多舉措皆以興利革弊，主要針對宦官問題和諸多擾民事件逐一禁除。貞元二十一年二月，柳宗元調任尙書禮部員外郎，「至尙書郎，專百官章奏」，〔註 5〕掌管文書，寫作不少表文，如〈禮部爲百關上尊號表〉、〈禮部賀冊尊號表〉、〈賀皇太子箋〉等，同樣表現出運辭華美、屬對精確、音韻和諧等特色。

二、貶謫後憂患重重：融騷體抒怨精神於各體文學創作之中

（一）初貶永州司馬

永貞革新，前後不過八個月，宮廷宦官結合藩鎭勢力一舉擁護皇太子李純即位，是爲唐憲宗，順宗被迫內禪，自稱太上皇。永貞革新的核心份子，王叔文遭貶爲渝州司戶、王伾貶爲開州司馬，伾不久死於貶所；九月時，柳宗元、劉禹錫等人貶官爲刺史。至十一月，朝議認爲貶之太輕，復貶柳、劉

〔註 4〕關於永貞革新，新、舊《唐書》率加以譴責，主要乃著眼於「挾矯君主以令天下」的觀點，然此一舉措革新唐代弊政的意義卻不容抹殺。至於永貞革新的詳細過程，胡可先《中唐政治與文學・以永貞革新爲研究中心》細分爲四階段：從順宗即位到立李純爲皇太子前、從立李純爲皇太子到任用范希朝奪取宦官軍權前、從奪取軍權失敗到皇太子監國前、皇太子監國以後。敘述極爲詳細。此不贅述。

〔註 5〕〈與楊京兆憑書〉，收錄《柳宗元集》（北京：中華書局，2001 年 1 月）卷三十，頁 786。

等八人爲州司馬，史稱「二王八司馬事件」。〔註 6〕永貞二年（805），改元元和，本年賜死王叔文。〔註 7〕

柳宗元由禮部員外郎初貶邵州刺史，赴邵途中再貶爲永州司馬，對柳宗元而言，王叔文賜死及王伾死於貶所，對其心理造成很大恐懼，同是做爲永貞革新的核心份子，二王領導者俱以遭戮及客死異鄉收場，反觀自己一貶刺史再貶爲司馬，其最終結局爲何自己亦不能預先知曉，故而無盡的憂懼疑慮徘徊縈繞不去，鬱悶心情蘊居濃重，從柳宗元寫給較爲親近的親友師長或長官書信便可窺得此時心境。這些信大多都是柳宗元一再提醒「相戒勿示人」、〔註 8〕「知之勿爲他人言也」〔註 9〕的私密信函，也就眞實流露他最心底的渴望與心情寫照。

收錄於《柳宗元集》卷三十的六封信，〔註 10〕全作於永州司馬時期，信的內容大同小異，主要論及五個部分，說明貶官永州的心情與處境、自己如

〔註 6〕二王八司馬，二王指的是王叔文、王伾，八司馬即是柳宗元、劉禹錫、王伾、凌準、韓泰、陳諫、程異、韋執誼等八人，他們在唐順宗永貞年間進行改革，失敗後遭貶，俱貶爲州司馬，故名。永貞處於貞元、元和之間，時間不足一年，但是在政治上的影響力卻深及元和年間。唐德宗末年，社會存在各種弊端，如藩鎮割據、宦官專權、吏治日壞等。唐順宗即位後起用王叔文、韋執誼等人授以要職，欲改革貞元弊政，因而形成一個以新進士人爲主要結構的革新集團，柳宗元、劉禹錫、王伾、凌準、韓泰、陳諫、程異等人均列其中。王叔文集團的革新行動主要在於打擊權奸、進用賢人、強化中央力量、打擊宦官，期盼透過這樣的措施能夠澄清吏治、以振國威，但是一系列的改革卻在唐憲宗及其擁護者的權勢下迅速的失敗，最終結局是賜死王叔文，貶柳宗元、劉禹錫等人。

〔註 7〕唐宋人對於賜死王叔文一事，多認爲罪有應得，僅北宋范仲淹對其一生行事稍加肯定，至明代張燧《千百年眼》卷八〈王叔文之冤〉始爲之辨冤。詳見胡可先《中唐政治與文學・以永貞革新爲研究中心》（安徽大學出版社，2000年10月），頁90。唐宋人對王叔文的責備態度，便可間接知悉對柳宗元的責備態度。《新唐書》云：「叔文沾沾小人，竊天下柄，與陽虎取大弓，《春秋》書爲盜無以異。宗元等橈節從之，僥倖一時，貪帝病昏，抑太子之名，規權遂私。故賢者疾，不肖者媢，一僨而不復，宜哉！彼若不傅匪人，自勵材猷，不失爲名卿才大夫，惜哉。」

〔註 8〕〈與李翰林建書〉，收錄《柳宗元集》（北京：中華書局，2001年1月）卷三十，頁800。

〔註 9〕〈與蕭翰林俛書〉，收錄《柳宗元集》（北京：中華書局，2001年1月）卷三十，頁797。

〔註 10〕《柳宗元集》卷三十中收錄六封書信，分別爲：〈寄許京兆孟容書〉、〈與楊京兆憑書〉、〈與裴塤書〉、〈與蕭翰林俛書〉、〈與李翰林建書〉、〈與顧十郎書〉，書信中多述貶謫心境以及貶謫地的情況，以及抒發政治上的失意與理想。

何看待永貞革新一事、盼望有能力者代爲說項、自己不肯輕易自絕的原因、以及此後的願望與志向。此五事俱與柳宗元貶謫心境緊密關聯也。

首先是貶官永州的心情與處境。柳宗元於永州經常感受內在苦悶心情與外在困厄環境接連壓迫，外在環境是氣候不同於北方，山林潮濕、瘴癘之氣瀰漫，內在心情又失志懷憂，不知是否還有更大的懲責來臨，這種心情無不流露於書信之中，「惟楚南極海，玄冥所不統，炎昏多疾，氣力益劣，昧昧然人事百不記一，捨憂慄，則怠而睡耳」〔註 11〕外在環境惡劣，心情終日憂慄惶惶，以致於氣力益衰。經常「兀兀忘行，尤負重憂，殘骸餘魂，百病所集，痞結伏積，不食自飽。或時寒熱，水火互至，內消肌骨，非獨瘴癘爲也。」〔註 12〕

其次是如何看待自己在永貞革新的過程。柳宗元一言以蔽之，大概就是「道躓身辱」了，他的內心從不曾後悔參與過永貞革新，也從不曾認爲自己是趨名倖進、附勢趨炎，對於自己所作所爲始終認爲是對國家有益的舉措，是可以捫心自問坦然無愧，符合仁義道德的光明行爲。在與親近親友書信中反覆辯明對自己在革新中的共立仁義、裨補教化的高度目標，表現出問心無愧、勇往直前的有爲大任，元和四年在書信中自云：

> 宗元早歲，與負罪者親善，使奇其能，謂可以共立仁義，裨教化。過不自料，懃懃勉勵，唯以中正信義爲志，以興堯、舜、孔子之道，利安元元爲務，不知愚陋，不可力彊，其素意如此也。〔註 13〕

至於失敗後，他是如何看待永貞革新的失敗呢？柳宗元大多以後輩倖進覬覦之徒群起而攻訐之導致自己道躓身辱的結果，自己眞有罪也僅在於附會二王，由此超升官秩而已，自云：

> 僕當時年三十三，甚少，自御史裏行得禮部員外郎，超取顯美，遇免世之求進者怪怒媢嫉，其可得乎？凡人皆欲自達，僕先得顯處，才不能逾同列，聲不能壓當世，世怒僕宜也。與罪人交十年，官又以是進，辱再附會。〔註 14〕

〔註 11〕〈與裴塤書〉，收錄《柳宗元集》（北京：中華書局，2001 年 1 月）卷三十，頁 794。

〔註 12〕〈寄許京兆孟容書〉，收錄《柳宗元集》（北京：中華書局，2001 年 1 月）卷三十，頁 779。

〔註 13〕同上注。

〔註 14〕〈與蕭翰林俛書〉，收錄《柳宗元集》（北京：中華書局，2001 年 1 月）卷三十，頁 797。

又云：

> 僕之罪，在少年好事，進而不能止。儔輩恨怒，以先得官。又不幸早嘗與游者，居權衡之地，十薦賢幸乃一售，不得者譸張排報，僕可出而辯之哉？

> 很忤貴近，狂疏繆戾，蹈不測之辜，群言沸騰，鬼神交怒。加以素卑賤，暴起領事，人所不信。射利求進者，填門排户，百不一得，一旦快意，更造怨讟。以此大罪之外，詆訶萬端，旁午搆扇，盡爲敵讎。協心同攻，外連強暴失職者以致其事。〔註15〕

甚至在一篇名爲〈懲咎賦〉，看似自悔其咎，《新唐書》亦云「宗元不得召，內憫悼，悔念往吝，作賦自儆，曰〈懲咎〉」，實則不然，〈懲咎賦〉所說的自我的過咎，仍是永貞革新不能徹底、小人得道之後的排擠陷害，云「哀吾黨之不淑兮，遭任遇之卒迫；勢危疑而多詐兮，逢天地之否隔；欲圖退而保己兮，悼乖期乎曩昔；欲操術以致忠兮，眾呀然而互嚇」正因爲自我問心無愧，卻一再遭貶，甚至以後生死未卜，操諸別人手中，感到極度懷憂喪志。也因此一再於信中期望位居朝廷的親友長官能加以援助，在皇帝面前陳情辯誣。

爾後，更是盼望有能力者代爲陳情說項，並說明自己絕不肯輕易自絕的原因。作於元和四年的〈與楊京兆憑書〉，是寫給時任京兆尹的岳父楊憑，語氣有進有退，退者如「凡人之黜棄，皆望望思得效用，而宗元獨以無有是念。自以罪大不可解，材質無所入，苟焉以敘憂慄爲幸，敢有他志」但又怕把話說死，進者又云：「今復得好官，猶不辭讓，何也？以人望人，尚足自進」作於元和四年的〈與蕭翰林俛書〉，是寫給蕭俛希望能在平定賊亂慶賞之餘，「欲兄爲一言焉」，使「一釋廢痼，移數縣之地，則世必曰罪稍解矣」柳宗元之所以念茲在茲能夠量移北方，實際上正是唐代對貶謫官員的一種寬宥表示，因此柳宗元總是期待能先得到量移的處置，也就對自己的未來能有較好的期待。〈與李翰林建書〉也提及「唯欲爲量移官，差輕罪累。」〔註16〕〈寄許京

〔註15〕〈寄許京兆孟容書〉，收錄《柳宗元集》（北京：中華書局，2001年1月）卷三十，頁779。

〔註16〕「量移」的基本概念是因得罪而被貶官遠地，遇赦得以改移近地，稱作量移。柳宗元〈送薛判官量移序〉：「朝廷施恩澤，凡受謫者，罪得而未薄，乃命以近壤。」量移可說是左遷的官員得有以重新接近朝廷的機會，代表的是再次獲得執政者的信任，有再受擢用的機會。然而元和元年八月，皇帝下詔：「左將官韋執誼、韓泰、陳諫、柳宗元、劉禹錫……」等八人「縱逢恩赦，不在

兆孟容書〉，是寫給時任京兆尹的許孟容，希望能透過他的幫助，得以去除囚籍（「除刑部囚籍，復爲士列」）、量移北方（「姑遂少北，益輕瘴癘」）。

柳宗元既對自己在永貞革新實的行爲無所愧疚，寫信給朋友時自然不會表現出俯首懺悔、深究己咎的姿態，但又要別人伸以援手，必然只能動之以情，這些信所提及的須人援助的理由，以及自己絕不可能輕易自絕的原因：一爲煢煢獨立，無有子息；二爲祖先墳墓遠在京城，乏人照料；三爲京城數畝田，先人手植果樹百株，今已荒穢；四爲京城舊宅有賜書三千卷，書存亡不可知。〔註 17〕從諸多不能輕易自絕的因素看來，可見柳宗元最深切期望的當然是能再一次起用，並且是回到朝廷中重用，但這樣的希望微乎其微。因此只能退而求其次，量移北方、除名囚籍，甚至再退而求其次，能夠辭官獲准，回復平常人身分。不過從柳宗元的心境看來，回復平常人的心願只是以退爲進的卑微意願，雖說

伏惟興哀於無用之地，垂德於不報之所，但以存通家宗祀爲念，有可動心者，操之勿失。雖不敢望歸掃塋域，退託先人之廬，以盡餘齒，姑遂少北，益輕瘴癘，就婚娶，求胤嗣，有可付託，即冥然長辭，如得甘寢，無復恨矣。〔註 18〕

但實際上若有起負任官的機會，柳宗元必然是「今復得好官，猶不辭讓，何也？以人望人，尚足自進」，當仁不讓了。

書信中更提及今後的願望與志向，即「賢者不得志於今，必取貴於後，

量移之限。」從而斷絕參與永貞革新而遭貶的柳宗元等人還朝的可能。關於唐代貶官與量移之制度，可參閱丁之方〈唐代的貶官制度〉（《史林》，上海社會科學研究院歷史研究所，1990 年第 2 期，頁 9～15）、陳俊強〈唐代「量移」試探〉（《第五屆唐代文化學術研討會論文集》，中國唐代文化學會主編，2001 年 9 月）等文；曾秉常《唐代政局與貶官》一文，第四、第五章也對唐代政局和貶官制度有詳細論述，可供參閱。《唐代政局與貶官》（中國文化大學史學研究所，2002 年碩士論文。）

〔註 17〕〈寄許京兆孟容書〉：「煢煢獨立，未有子息。荒隅中少士人女子，無與爲婚，……先墓所在城南，無異子弟爲主，獨託付鄰。自譴逐來，消息存亡不一至鄉閭，主守者固以益怠。……城西有數頃田，數果樹百株，多先人手自封植，今以荒穢，恐便斬伐，無復愛惜，家有賜書三千卷，尚在善和里舊宅，宅今以三易主，書存亡不可知。」，收錄《柳宗元集》（北京：中華書局，2001 年 1 月）卷三十，頁 781。

〔註 18〕〈與楊京兆憑書〉，收錄《柳宗元集》（北京：中華書局，2001 年 1 月）卷三十，頁 786。

古之著書者皆是也。宗元近欲務此。」〔註 19〕柳宗元在政治失意之後，閒暇無事，博觀群書，「自貶官無事，讀百家書，上下馳騁，乃少得知文章利病」，〔註 20〕遂有意識地轉向文學創作，藉以抒發自己的濃愁幽悶，另一層目的當然是寄託自己失落的理想與心志，這些心志自然與古聖先賢的心志是同出一轍的。柳宗元自云：

> 僕近求得經史諸子數百卷，常候戰悸稍定，時即伏讀，頗見聖人用心、賢士君子立志之分。著書亦數十篇，心病，言少次第，不足遠寄，但用自釋。貧者，士之常，今僕雖羸餒，益甘如飴矣。〔註 21〕

因此他廣泛地研究古往今來關於哲學、政治、歷史、文學等方面的一些重大問題，撰文著書，〈封建論〉、〈天對〉、〈六逆論〉、〈非《國語》〉等著名作品，大多於永州時完成。但柳宗元內心還有更深的憂慮，那就是「今懼老死瘴土，而他人無以辨其志」〔註 22〕身沒僻鄉，而志願隨之，終無人能知悉。

由此可知，柳宗元貶官永州，許多詩文在此等心境下完成，當時衷心期盼的總是能再度起復任官，或者先量移北方也好，而在諸多貶謫閒暇時光，他總是驚疑悚懼、惶惶不安，但因爲對自身才能的絕對自信與對曾參與過永貞革新時的無愧無咎，讓柳宗元經常處於有冤難申、壯志難酬的懷才不遇的苦悶之中，再加上永州特殊的地理環境，內外交瀌，其文章便流露出悲瀌鬱結的詩人情懷，但卻始終可以在悲瀌中發現其堅定的道德態度與對自我看似懷疑實則肯定的心意。

（二）調任柳州刺史

元和十年（815），例召至京師，柳宗元心情極爲愉快，認爲起復任用的機會到來了，北上京城途中的詩作大多表現出愉快心情，「我今始北旋，新詔釋縲囚」、〔註 23〕「十一年前南渡客，四千里外北歸人，詔書許逐陽和至，驛

〔註 19〕〈寄許京兆孟容書〉，收錄《柳宗元集》（北京：中華書局，2001 年 1 月）卷三十，頁 779。

〔註 20〕〈與楊京兆憑書〉，收錄《柳宗元集》（北京：中華書局，2001 年 1 月）卷三十，頁 786。

〔註 21〕〈與李翰林建書〉，收錄《柳宗元集》（北京：中華書局，2001 年 1 月）卷三十，頁 800。

〔註 22〕〈與顧十郎書〉，收錄《柳宗元集》（北京：中華書局，2001 年 1 月）卷三十，頁 804。

〔註 23〕〈界圍巖水簾〉，收錄《柳宗元集》（北京：中華書局，2001 年 1 月）卷四十二，頁 1138。

路開花處處新」、〔註 24〕「投荒垂一紀，新詔下荊扉，疑比莊周夢，情如蘇武歸」、〔註 25〕「故國名園久別離，今朝楚樹發南枝，晴天歸路好相逐，正是峰前回鴈時」，〔註 26〕甚至途經汨羅江時，也不似從前寫〈弔屈原文〉「哀余衷之坎坎兮，獨蘊憤而增傷」〔註 27〕的悲傷，而是「南來不作楚臣悲，重入脩門自有期，爲報春風汨羅道，莫將波浪枉明時」〔註 28〕的愉悅心情。

但是這樣的歡欣情緒旋即破滅，朝中諫官積極反對柳宗元等人重返京師，柳宗元因此改任柳州刺史，乃是「官雖進而地益遠」。柳宗元由司馬調任刺史，任所遠比永州更爲偏僻荒涼，在與同召赴京後又改任連州刺史的好友劉禹錫道別的詩作〈衡陽與夢得分路贈別〉云：「十年顦顇到秦京，誰料翻爲嶺外行」，便流露出極度失落的心情。〈別舍弟宗一〉：「一身去國六千里，萬死投荒十二年」，〔註 29〕與先前奉詔回京的「十一年前南渡客，四千里外北歸人」心情判若霄泥，遠謫時間持續、地點益遙。永貞革新遭貶八司馬中，除凌準、韋執誼死於貶所，程異起用之外，餘四人，皆例召至京師，又皆出爲刺史。柳宗元刺柳州，韓泰刺漳州，范曄刺汀州，劉禹錫刺連州、陳諫刺封州，柳宗元初到柳州，有詩〈登柳州城樓寄漳汀封連四州〉即是寫給昔日革新時的僚友，描述了柳州的偏僻情況及鬱悶的心情，詩云「城上高樓接大荒，海天愁思正茫茫，密雨斜侵薜荔牆，嶺樹重遮千里目，江流曲似九回腸，共來百越文身地，猶自音書滯一鄉」〔註 30〕愁思茫茫、憂腸九回，更用柳州氣候地理的密雨、嶺樹，象徵小人阻隔了君子的薜荔香草的節操與千里目的遠大志向。

雖然如此，但畢竟刺史比起不得簽署文書的司馬仍有實際的地方治理權力，因此柳宗元決心利用刺史的有限權力，進行局部地區的改革，造福當地百姓。於是他開始興建學堂、推廣醫學，極力發展文化教育事業，此時寫作

〔註 24〕〈詔追赴都二月至灞亭上〉，收錄《柳宗元集》（北京：中華書局，2001 年 1 月）卷四十二，頁 1154。

〔註 25〕〈朗州竇常員外寄劉二十八詩見促行騎走筆酬贈〉，收錄《柳宗元集》（北京：中華書局，2001 年 1 月）卷四十二，頁 1150。

〔註 26〕〈過衡山見新花開卻寄弟〉，收錄《柳宗元集》（北京：中華書局，2001 年 1 月）卷四十二，頁 1148。

〔註 27〕〈弔屈原文〉，收錄《柳宗元集》（北京：中華書局，2001 年 1 月）卷十九，頁 518。

〔註 28〕〈汨羅遇風〉，收錄《柳宗元集》（北京：中華書局，2001 年 1 月）卷四十二，頁 1149。

〔註 29〕收錄《柳宗元集》（北京：中華書局，2001 年 1 月）卷四十二，頁 1173。

〔註 30〕收錄《柳宗元集》（北京：中華書局，2001 年 1 月）卷四十二，頁 1165。

了〈柳州文宣王新修廟碑〉等，極力破除柳州土人迷信、陋俗，如廢除「以男女質錢，約不時贖，子本相侔，則沒爲奴婢」的交易風俗，重新制定釋放已經成爲奴婢的辦法，可以按時間兌換工錢，償債之後即可恢復人身自由，此舉後來受到百姓歡迎，推廣到柳州以外的州縣實施。嚴令禁止江湖巫醫術士詐財害人；破除柳州土人不敢動土打井的迷信，接連打了好幾口井，解決飲水問題。組織閒散勞力，開墾荒地，僅大雲寺一處開墾的荒地，就種竹三萬竿，種菜百畦。同時也重視植樹造林，多次親身參與植樹活動，集中不少詩作〈柳州城西北隅種甘樹〉、〈種木槲花〉、〈種柳戲題〉即描述種樹過程，其中〈種木槲花〉表現出他謫居天涯的無奈和擔任刺史的責任，詩云「上苑年年占物華，飄零今日在天涯，衹應常作龍城守，剩種庭前木槲花。」〔註31〕

柳宗元在柳州的心情，因爲得以眞正參與州治事物，顯然較永州擔任司馬的心情略好些，但心中對自我懷才不遇的深刻憂懣卻顯然並未減去多少，於是時常在文章中表現出時喜時憂的情緒，喜的是教化柳州略有所成，憂的仍是長期貶謫生涯的失志與蹭蹬。元和十四年（819），柳宗元便在內外憂迫的處境中英年早逝，時年方才四十七歲。

元和元年（806）至元和十四年（819）十四年期間，柳宗元大量創作詩歌、辭賦、散文、遊記、寓言、雜文以及文學理論等作品。詩歌含古今詩約一百四十餘首，數量雖不多，但在唐詩中仍佔有一席之地；辭賦精麗典雅，繼承且發揚屈原騷賦傳統與精神；爲古文與儒學復興的主要人物；〔註32〕文學理論亦爲文學批評史上重要意見。但柳宗元在文學史上另一突出而重要的表現，則以傳記、寓言、遊記〔註33〕最爲重要而深具價値。柳宗元的傳記文章繼承了史傳散文的特徵，卻避開了君臣名人，而選擇了平凡百姓，從中寄寓深刻道理，同時柳宗元也是爲平民立傳的第一人。如〈宋清傳〉寫長安藥商宋清給藥不求近利，諷寓世人附炎棄寒；〈種樹郭槖駝傳〉和〈梓人傳〉分

〔註31〕收錄《柳宗元集》（北京：中華書局，2001年1月）卷四十二，頁1185。

〔註32〕鄧小軍《唐代文學的文化精神》一書，在第八章論及柳宗元是古文與儒學復興運動的主要人物。本書第八章先從柳宗元生平經歷與思想發展的分期論起，再從哲學思想的角度論及柳宗元天人關係思想的發展，又論柳宗元人性思想的發展以及包容異質文化與堅持本位文化的態度，最後論述柳宗元散文藝術上的成就是爲平民立傳、並且開創山水散文新局面。本章的論述以柳宗元思想貫穿其中，論述他儒家精神的發揚以及哲學思想的變化，對柳宗元的思想、文學觀有精深的論述。

〔註33〕柳宗元遊記之典範地位以及成就將於本論文中論述分析。

別寫長安種樹者郭橐駝、建築師楊某種出好樹、蓋出好房的故事，寄寓牧民之道與爲相之道；〈李赤傳〉寫行爲舉止瘋癲不符正常的李赤，諷寓世人一遇到利益之處往往也會變得同李赤一樣神往不反；〈童區寄傳〉寫柳州牧童被賊劫持至外地販賣，途中殺死賊人，並於文中表達區寄不願爲僮的心聲。〔註34〕寓言作品如三戒、〈蝜蝂傳〉、〈捕蛇者說〉、〈羆說〉等作品，開創寓言成爲獨立一門的文學作品。三戒中的〈黔之驢〉諷刺虛有其表而沒有自知之明的人；〈捕蛇者說〉透過永州人爭相補蛇以獻給皇帝的情形，訴說一家三代補蛇者所面臨的生命恐懼以及悲哀，隱含苛政猛於虎的深刻意義。遊記也同樣開創出獨立一門的文學作品，將個人主觀情志的抒發融入山水遊記之中，成爲個性鮮明的遊記作品。貶居永、柳雖然讓柳宗元才不爲世用，道不行於時，最終困死於窮裔，但正如韓愈所說「斥時，有人力能舉之，且必復用不窮；然子厚斥不久，窮不極，雖有出於人，其文學辭章，必不能自力以致必傳於後如今無疑也。」（〈柳子厚墓誌銘〉）柳宗元失彼得此，於困頓中融合騷體抒怨精神於文學創作中，成就一代成功文學家。

第二節　蘇軾貶謫心境與創作

一、烏臺詩案後的驚疑憂懼，直道而行，萬事委命，以道自居以入文

烏臺詩案之前，蘇軾（1037～1101）尚未遭遇人生重大挫折，政治生命一帆風順。宋仁宗嘉祐二年（1057）自故鄉眉州（今四川省眉山市）入京應舉，第進士，時年二十歲，可謂少年得志，不久因母喪返蜀守制，期滿後，任鳳翔府簽判，後又任職史館。至宋英宗治平三年（1066）復因父喪返鄉服孝，宋神宗熙寧二年（1069）服滿還朝，任職史館。這年，王安石任參知政事，推動新法，由於蘇軾認爲天下之不大治，並非法制之罪，與王安石大刀闊斧進行變法的思想不同，加上與朝中反對新法的大臣如韓琦、富弼、司馬光、歐陽脩等交游密切，新舊黨派對立日益嚴重，遂自請外調，自熙寧四年（1071）起，先後任職杭州通判（1071～1074），密州（1074～1076）、徐州（1077～1079）、湖州（1079，四月至七月）。

〔註34〕收錄《柳宗元集》（北京：中華書局，2001年1月）卷十七，頁475。

元豐二年（1079），御史中丞李定等人摘取蘇軾詩集中認定諷刺新法的詩句，深文周納，羅織入罪，將蘇軾從湖州任上押解赴京，入御史臺獄，根勘嚴審，關押一百三十天，最後在眾人奔救之下，始得脫出獄，責授黃州團練副使，不得簽署公文。歷劫歸來，免脫死亡的威脅，蘇軾驚魂甫定後的輕鬆愉悅心情可想而知，出獄後所寫的詩句「百日歸期恰及春，餘年樂事最關身」，表現出大難不死的曠達情懷，以及「平生文字爲吾累，此去聲名不厭低」，〔註35〕再也不用文字求取聲名，以免捲入是非。至黃州後，寫給友人的書信的確時常流露出以寫作爲戒的話，「文字與詩，皆不復作」、〔註36〕「自得罪後，不敢作文字。此書雖非文，然信筆書意，不覺累幅，亦不須示人」〔註37〕雖然蘇軾在黃州後仍寫作不少膾炙人口的詩文，但想必仍有諸多詩文是刻意不復書寫，因此較能完整表現此時心境，大概就數在黃州寫給親友的書信了。〔註38〕

在黃州，重新省視烏臺詩案一事，蘇軾仍對自己堅守的道德品格深具信心，毫無動搖，寫給朋友李光澤的信說：「吾儕雖老且窮，然道理貫心肝，忠義填骨髓，直須談笑於死生之際」〔註 39〕道德忠義已是融入血肉一體，不能兩分。寫給堂侄千之，也有「人苟知道，無適而不可，初不計得失，……獨立不懼者，惟司馬君實與叔兄弟耳。萬事委命，直道而行，縱以此竄逐，所獲多矣」〔註 40〕能做到忘懷自身之得失，而追求直道之必行的人，是少之又

〔註35〕兩句皆出自〈十二月二十八日蒙恩責授檢校水部員外郎黃州團練副使，復用前韻二首〉收錄《蘇軾詩集》（北京：中華書局，2007 年 4 月）卷十九，頁 1105。

〔註36〕〈與王定國〉四十一之八，收錄《蘇軾文集》（北京：中華書局，2004 年 11 月）卷五十二，頁 1517。

〔註37〕〈答李端叔書〉，收錄《蘇軾文集》（北京：中華書局，2004 年 11 月）卷四十九，頁 1432。

〔註38〕近來學者以蘇軾書信來作爲研究蘇軾思想、人生態度、性格的主要研究材料，頗爲多見，如黃啓方〈從東坡書牘認識東坡—以黃州、惠州、儋州時期書牘爲主〉，收錄《千古風流—東坡逝世九百年學術研討會》（台北：洪葉文化，2001 年 5 月），頁 314～338。方星移〈從書信看蘇軾貶謫時期的佛道思想及人生態度〉，收錄《中國蘇軾研究》第三輯（北京：學苑出版社，2007 年 2 月），頁 51～59。傳世東坡書信，據孔凡禮點校《蘇軾文集》（北京：中華書局，2004 年 11 月），自卷四十八至卷六十一爲書及尺牘，加上《蘇軾文集》所附的《蘇軾佚文彙編》，自卷二至卷四亦爲書牘，約有一千四百封左右。唯《蘇軾文集》註名時間，《蘇軾佚文彙編》則無，因此本文主要以《蘇軾文集》中的書信爲主要討論內容。

〔註39〕〈與李公擇〉十七之十一，收錄《蘇軾文集》（北京：中華書局，2004 年 11 月）卷五一，頁 1496。

〔註40〕〈與千之侄〉，收錄《蘇軾文集》（北京：中華書局，2004 年 11 月）卷六十，

少，僅司馬光和蘇軾兄弟兩人，這種對自我道德堅持的勇氣、擔當，果是當仁不讓，勇往直前。堅守道義的人，卻得到這樣的下場，蘇軾在寫給文彥博的信中，似乎提出懷疑，獲罪之後難道就不算君子了嗎？「軾始得罪，倉皇出獄，死生未定，六親不相保。然私念所及，不暇及他，但顧平生所存，名義至重，不知今日所犯，爲已見絕於聖賢，不得復爲君子乎？亦雖有罪不可赦，而猶可改也？」〔註 41〕也就把自己犯罪和道義切割，遭受罪罰只是因爲直道而行，而受到竄逐的命運罷了，而無損於道德操守。

蘇軾對自我道德操守問心無愧，那他如何看待或者反省貶謫黃州一事呢？他的反省很委婉，因爲問心無愧，可見問題出在他人，但因文字獄之後驚魂未定，自然不能直書放言，因此大多自我批評一番，說自己名過其實、愚昧等等，如「軾所以得罪，正坐名實過爾，年大以來，平日所好惡憂畏皆衰矣，獨畏過實之名如畏虎也」、〔註 42〕「某以愚昧獲罪，咎自己招，無足言者」〔註 43〕實際上看似自我批評，但是大多聊以自我排解消憂而已。蘇軾眞正的問題，不在品行有問題，而在於勇於直道而行，萬事委命，因而觸怒當道，設法羅織入罪，如果蘇軾懂得循理安分，懇懇默默，也就不會如此，蘇軾寫給章惇的信，恰恰就完整反應出這種態度，「軾所得罪，其過惡未易一二數也，平時惟子厚與子由極口見戒，反覆甚苦，而軾強狠自用，不以爲然。……軾昔年亦受之於聖主，使少循理安分，豈有今日？」〔註 44〕蘇軾的剛強自用，看似自責，其實正是勇於進取的積極態度。

他在黃州的生活很是困頓，廩祿既絕，食口不少，甚至必須親自耕種以維持生計，「某見在東坡，作陂種稻，勞苦之中，亦自有樂事。有屋五間，果菜十數畦，桑百餘本，身耕妻蠶，聊以卒歲也」〔註 45〕這種怡然自得、曠達

頁 1839。

〔註 41〕〈黃州上文潞公書〉，收錄《蘇軾文集》（北京：中華書局，2004 年 11 月）卷四八，頁 1379。

〔註 42〕〈答李昭玘書〉，收錄《蘇軾文集》（北京：中華書局，2004 年 11 月）卷四九，頁 1439。

〔註 43〕〈與司馬溫公〉，收錄《蘇軾文集》（北京：中華書局，2004 年 11 月）卷五十，頁 1441。

〔註 44〕〈與章子厚參政書〉，收錄《蘇軾文集》（北京：中華書局，2004 年 11 月）卷四九，頁 1411。

〔註 45〕〈與李公擇〉十七之九，收錄《蘇軾文集》（北京：中華書局，2004 年 11 月）卷五一，頁 1496。

從容的生活態度，讓他在生活當中讀書靜慮，甚有所得。「到黃州，無所用心，輒復覃思於《易》、《論語》，端居深念，若有所得，遂因先子之學，作《易傳》九卷，又自以意作《論語說》五卷」〔註46〕同時也趁著閒暇，開始遊山玩水，「得罪以來，深自閉塞，扁舟草履，放浪山水間，與樵漁雜處，往往爲醉人所推罵。輒自喜漸不爲人識。」〔註47〕

也因著他有閒暇得以四處遊賞，復加上他逐漸欣賞起黃州之景，故而在遊歷之餘寫下充滿哲思的遊記作品，並在作品中體現自適、坦然的情懷以及和當地父老相親之情，展現蘇軾與民同樂的情懷。

二、元祐更化後貶謫惠儋的無復歸望，融安然自適的精神以入詩文

（一）貶居惠州

元豐七年（1084）三月，蘇軾接獲誥命，移汝州團練副使，離開居住四年餘的黃州，赴汝州途中，乞常州居住，獲准。元豐八年（1085）三月，神宗病薨，哲宗即位，祖母高太后垂簾聽政，起用司馬光爲門下侍郎，舊黨人士復用，蘇軾遂由汝州團練副使調任登州太守，旋即還朝遷起居舍人。自哲宗元祐元年（1086）遷中書舍人、翰林學士知制誥、侍讀，前途一片看好，但司馬光因人廢事盡去新法的做法，蘇軾卻不能認同，他認爲應當「參用所長」（〈辨試館職策問劄子〉），反對執政大臣們全盤否定新法的做法，這種注重現實利害的精神和耿直態度，又和司馬光等舊黨人物產生分歧。司馬光病歿後，蘇軾爲舊黨官僚所忌恨，遂於元祐四年（1089）自請外放知杭州，不久又內調吏部尚書，實不容於朝，再度自請外調知穎州，後又知揚州，之後復內召爲兵部尚書、禮部尚書。元祐九年（1093）又外調定州太守，這一年太皇太后高氏過世，哲宗親政，改元紹聖，起用新黨，政局出現變化，舊黨人士紛紛遭貶。紹聖元年（1094），蘇軾時年五十九歲，責授建昌軍司馬，惠州安置，不得簽書公事。後又落建昌軍司馬，貶寧遠軍節度副使，仍惠州安置。

到惠州之後，蘇軾一如往昔，對自己的道德節操並無懷疑，因此對於貶謫

〔註46〕〈與王定國〉四二之一，收錄《蘇軾文集》（北京：中華書局，2004年11月）卷五二，頁1513。又有「自到此，惟以書史爲樂，比從仕廢學，少免荒唐也。」（〈與李公擇〉十七之十三，收錄《蘇軾文集》（北京：中華書局，2004年11月）卷五一，頁1496。

〔註47〕〈答李端叔書〉，收錄《蘇軾文集》（北京：中華書局，2004年11月）卷四九，頁1432。

原因的反省只是自我個性的缺失如「狂狷妄發」、「愚直」、「愚闇剛褊」、「拙訥」、「狷介寡合」，或才學不足如「才迂識疏」、「志大才疏」而已，因此對於貶謫惠州之事，較諸初貶黃州時的心境不同，初貶黃州時的驚疑未定，但到了惠州反倒多出一份從容與理得心安，也因此，寫給朋友的信經常是如此，「愚闇剛褊，仕不知止，白首投荒，深愧朋友。……杜門屏居，寢飯之外，更無一事，胸中廓然，實無荊棘」、〔註48〕「某睹近事，已絕北歸之望，然中心甚安之」、〔註49〕「某既緣此絕棄世故，身心俱安」，〔註50〕胸中廓然、中心安之、身心俱安，正表現出蘇軾謫居惠州的心境。因爲保有如此心境，對於惠州困苦環境也就能隨遇而安、靜觀萬物、自得其樂，「到惠將半年，風土食物不惡，吏民相待甚厚」、〔註51〕「某凡百粗遣，適遷過新居，以浹旬日，小窗疏籬，頗有幽趣」、〔註52〕「屏居荒服，眞無一物爲信。……荔枝正出林下，恣食亦一快也。羅浮曾一遊，每出勞人，不如閉戶之有味也」，〔註53〕甚至能看透死生了：「夫南方雖號爲瘴癘地，然死生有命，初不由南北也。……定居之後，杜門燒香，閉目清坐，深念五十九年之非耳。」〔註54〕最後甚至也不念歸故鄉，願意定居惠州，「南北去住定有命，此心亦不念歸。明年買田築室，作惠州人也」〔註55〕

（二）貶居儋州

紹聖四年（1097），朝臣重議蘇軾罪，以流竄爲未足，再責授瓊州別駕、昌化軍安置，不得簽書公事。蘇軾時年六十二歲，遂離開謫居三年餘的惠州，

〔註48〕〈與劉宜翁使君書〉，收錄《蘇軾文集》（北京：中華書局，2004年11月）卷四九，頁1415。

〔註49〕〈與程正甫書〉七一之十三，收錄《蘇軾文集》（北京：中華書局，2004年11月）卷五四，頁1589。

〔註50〕〈與王定國〉，收錄《蘇軾文集》（北京：中華書局，2004年11月）卷五二，頁1513。

〔註51〕〈與陳季常〉一六之一六，收錄《蘇軾文集》（北京：中華書局，2004年11月）卷五三，頁1565。

〔註52〕〈與王敏仲〉一八之一，收錄《蘇軾文集》（北京：中華書局，2004年11月）卷五六，頁1689。

〔註53〕〈答張文潛〉四之二，收錄《蘇軾文集》（北京：中華書局，2004年11月）卷五二，頁1538。

〔註54〕〈與吳將秀才〉三之二，收錄《蘇軾文集》（北京：中華書局，2004年11月）卷五七，頁1731。

〔註55〕〈與王定國〉四一之四十，收錄《蘇軾文集》（北京：中華書局，2004年11月）卷五二，頁1513。

渡海前往謫所。蘇軾自料無復生還之期，已抱著老死異域的打算，「某垂老投荒，無復生還之望，昨與長子邁訣，已處置後事矣。今到海南，首當作棺，次便作墓，乃留手書與諸子，死則葬身於海外。」〔註 56〕

昌化軍所屬的儋州（今海南島西部）比起惠州更爲偏遠、環境更爲艱困，蘇軾有一貼切的形容，「此間食無肉，病無藥，居無室，出無友，冬無炭，夏無寒泉，然亦未易悉數，大率皆無耳」，〔註 57〕或者是「海南連歲不熟，飲食百物艱難，及泉、廣海舶絕不至，藥物鮓醬等皆無，阨窮至此，委命而已」〔註 58〕原先蘇軾居住官舍，但遭詔下逐出，只得買地築屋，囊錢爲之一空，「初至，僦官屋數椽，近復遭迫築，不免買地結茅，僅免露處，而囊爲一空。困厄之中，何所不有，置之不足道也」〔註 59〕外在環境如此困厄，卻始終不曾擾亂心中的平和與自我道德節操，此等心境與處於惠州未曾改變，與友人書信雖偶露憂畏心情，「平生不作負心事，未死要不食言，然今則不可，九死之餘，憂畏百端」，〔註 60〕但實際上他的心境大多是超然自得的，「某與幼子過南來，生事狼狽，勞苦萬狀，然胸中亦自有然處也」、〔註 61〕「此中枯寂，殆非人世，但居之甚安」、〔註 62〕「老人與三子（案，蘇軾次子蘇過也）相對，如兩苦行僧爾。然胸中亦超然自得，不改其度。」〔註 63〕

蘇軾謫居儋州，僅隨身攜帶陶集與柳宗元詩文數冊，最大的消遣莫過於讀陶、柳集：

> 流轉海外，如逃空谷，既無與晤語者，又書籍舉無有，惟陶淵明一

〔註 56〕〈與王敏仲〉一八之一六，收錄《蘇軾文集》（北京：中華書局，2004 年 11 月）卷五六，頁 1695。

〔註 57〕〈與程秀才〉三之一，收錄《蘇軾文集》（北京：中華書局，2004 年 11 月）卷五五，頁 1627。

〔註 58〕〈與侄孫元老〉，收錄《蘇軾文集》（北京：中華書局，2004 年 11 月）卷六十，頁 1841。

〔註 59〕〈與程全父〉，收錄《蘇軾文集》（北京：中華書局，2004 年 11 月）卷五五，頁 1623。

〔註 60〕〈答范元長〉一三之六，收錄《蘇軾文集》（北京：中華書局，2004 年 11 月）卷五十，頁 1459。

〔註 61〕〈與林濟甫〉，收錄《蘇軾文集》（北京：中華書局，2004 年 11 月）卷五九，頁 1804。

〔註 62〕〈與鄭靖老〉四之一，收錄《蘇軾文集》（北京：中華書局，2004 年 11 月）卷五六，頁 1674。

〔註 63〕〈與侄孫元老〉，收錄《蘇軾文集》（北京：中華書局，2004 年 11 月）卷六十，頁 1841。

> 集，柳子厚詩文數冊，常置左右，目爲二友。〔註64〕

因此，在儋州遍和陶詩一百二十餘首，成了蘇軾晚年最重要的文學活動之一，對柳宗元的諸多評價也多寫於此時，如云：「所貴乎枯澹者，謂其外枯而中膏，似澹而實美，淵明、子厚之流是也」〔註65〕陶集中所流露出的安於田園、順性自適的生活態度，和柳集中所氾濫的懷才不遇的哀刺，蘇軾有所接受，也有所反省。

元符三年（1100）正月，哲宗病薨，徽宗即位，皇太后向氏權同處分軍國事，敘用起復元祐臣僚，生者蒙恩，死者追復。是年五月，蘇軾六十五歲，誥下量移瓊州別駕，廉州安置，仍不得簽書公事，遂登舟渡海至廉州。旋誥命又下，遷舒州團練副使，永州居住。誥命復下，復朝奉郎，提舉成都玉局觀任便居住。徽宗建中靖國元年（1101），皇太后向氏死，朝廷即將又有變局，蘇軾至金陵，早聞朝臣又有排擊元祐舊臣跡象，遂決計定居常州，染病增劇，七月二十八日病於常州。

綜觀蘇軾一生，宦海浮沉，居官時間僅烏臺詩案前的十年，再加上元祐更化的八年，約共十八年，貶謫時間有黃州四年餘、惠州約三年、儋州約三年，共約十餘年。任官時間又以擔任地方官時間較長，擔任朝廷重要官位時間不超過六年，可說蘇軾絕大多數時間都在地方度過，因此得以四處遊歷，任意周覽。

蘇軾以其不世出的才華，文學創作無論詩、詞、文俱臻高妙，詞開豪放一派風格，詩則展現有別於唐詩抒情的宋詩重理新風貌，文則矯正宋初華麗綺靡而歸諸樸素典雅。蘇軾復因貶謫，而重新反省自我生命，表現在文學上則較諸以往更爲深刻，寫於黃州時期的作品，如文賦〈赤壁賦〉、詞〈念奴嬌〉（大江東去）、詩〈寒食雨二首〉等，俱成爲經典名作。其中不論是居官時期或貶謫時期，蘇軾的遊記作品，有別於前人著力於客觀刻劃山水或柳宗元融入個人哀感於山水的寫作方式，其遊記特色以及成就將於本論文中論述。

〔註64〕〈與程全父〉一二之一一，收錄《蘇軾文集》（北京：中華書局，2004年11月）卷五五，頁1627。

〔註65〕〈評韓柳詩〉，收錄《蘇軾文集》（北京：中華書局，2004年11月）卷六十七，頁2109。

第三節　柳、蘇之貶謫心境與遊記內容之比較

一、面對貶謫，同樣直道而行的道德堅信態度

柳宗元和蘇軾兩人的政治遭遇，同樣是少年得志，迭遭貶謫，柳宗元參與永貞革新，不過八個月，旋即貶謫永州十年，遷柳州四年；蘇軾因烏臺詩案貶謫黃州四年餘，再因元祐更化，貶惠州約三年、儋州約三年，共約十餘年。兩人於貶謫時，面對過往參與的政治活動，認定自己的道德操守並無瑕疵，因此無須悔恨。需要反省的只是自我的性格缺陷、時運不濟、小人排擠等等與自身道德無涉的原因。這種儒家式積極進取且經世濟民的精神，讓柳、蘇二人對於自我所應堅持的處世方式和生命堅持，均有著當爲之也不得不爲之的使命感，然而面對顛沛流離的仕途，他們仍然選擇在困惡的環境中堅持自我品格以及道德，不因窮通有所改易。

柳宗元所撰〈守道論〉、〈時令論〉，〈守道論〉論守官不如守道：〔註66〕

> 凡聖人之所以爲經紀，爲名物，無非道者。命之曰官，官是以行吾道云爾。……故自天子至於庶人，咸守其經分，而無有失道者，和之至也。……《禮記》曰：「道合則服從，不可則去。」孟子曰：「有官守者，不得其職則去。」然則失其道而居官者，古之人不與也。是故在上不爲抗，在下不爲損，……而道達於天下矣。〔註67〕

其中表示「合於官職」乃是守道之法，是忠守於道的表現。君臣各司其職，便至中和而合於道。〈時令論下〉云：「聖人之立教，立中道以示於後，曰仁、曰義、曰禮、曰智、曰信，謂之五常。言可以常行者也」文中看出柳宗元對於仁義禮智信等基本價值的肯定。至永州一段時日後，於元和元年〈與李翰林建書〉云：「僕近求得經史諸子數百卷，常候顫悸稍定，即時伏讀，頗見聖人用心，賢士君子立志之分」除了表明自己貶謫永州多有畏懼不安，故要等「顫悸稍定」方能讀書之外，亦表示他在永州時期全面的深入研究各家原典，對於聖人之道以及期盼自我立身處世的道理更有所深入領悟。元和五年及六年所作〈與楊誨之書〉、〈與楊誨之第二書〉分別揭示他對道的看法，第一書云：「中之正不惑於外，君子之道也」；第二書云：「夫剛柔無恆位，皆宜存乎

〔註66〕參閱鄧小軍《唐代文學的文化精神》（台北：文津出版社，1993年9月），第八章，頁432。

〔註67〕收錄《柳宗元集》（北京：中華書局，2001年1月）卷三，頁81。

中，有召焉者在外，則出應之。應之咸宜，謂之時中。然後得名為君子。……吾以為剛柔同體，應變若化，然後能至乎道也」〔註 68〕從兩封書信中可看出柳宗元認為內心之道應與外在實際行為相切合的重要，以及道德的成熟挺立有待於人的自覺培養。〔註 69〕觀前文可知柳宗元對於道的堅持與原則在謫永前後並無改變，對於道的執著始終存於他的內心，從未消逝更易。而這樣對自我道德無愧無咎的態度，表現在遊記上，柳宗元則時常流露道德無損的主體精神，描述出遊的詩，即云「浪遊輕費日，醉舞詎傷春？風月歡寧間，星霜分益親。已將名是患，還用道為鄰」〔註 70〕憂患聲名過高而招致詆毀，但仍以堅守道義自處自勉，又云「茲遊苟不嗣，浩氣竟誰養？」〔註 71〕更言出遊乃可養浩然之氣，是應當從事之舉。

同樣的，蘇軾對於仁義道德亦有所堅持，曾云：

> 是以用舍行藏，仲尼獨許於顏子；存亡進退，《周易》不及於賢人。自非智足以周知，仁足以自愛，道足以忘物之得喪，志足以一氣之盛衰。則孰能見幾禍福之先，脫屣塵垢之外。〔註 72〕

基於堅守以道自任與「道足以忘物之得喪」的思想，因此在貶謫時他也同樣流露與柳宗元同等之精神，「自言正直動山鬼」，「信我人厄非天窮」，〔註 73〕同樣也可從出遊當中感受之、培養之的浩然之氣，君子通達於道是為通，窮於道是謂窮，而所謂得道者乃是窮通皆樂不改初衷，這是因為道德高尚而堅持自我的緣故，蘇軾對於此了然於心，故能在貶謫憂患中能豁然說道：「一點浩然氣，千里快哉風。」〔註 74〕

因為對正道的堅持，對自我德行的肯定與自信，於是遭遇貶謫的現實，面

〔註 68〕收錄《柳宗元集》（北京：中華書局，2001 年 1 月）卷三十三，頁 847～849。

〔註 69〕參閱鄧小軍《唐代文學的文化精神》（台北：文津出版社，1993 年 9 月），第八章，頁 437。

〔註 70〕〈酬婁秀才之淮南見贈之什〉，收錄《柳宗元集》（北京：中華書局，2001 年 1 月）卷四十二，頁 1131。

〔註 71〕〈法華寺石門精室三十韻〉，收錄《柳宗元集》（北京：中華書局，2001 年 1 月）卷四十三，頁 1188。

〔註 72〕〈賀歐陽少師致仕啓〉《蘇軾文集》（北京：中華書局，2004 年 11 月）卷四十七，頁 1345。

〔註 73〕〈登州海市〉，收錄《蘇軾詩集》（北京：中華書局，2007 年 4 月）卷二十六，頁 1387。

〔註 74〕〈水調歌頭・快哉亭作〉，收錄《蘇軾詞編年校注》（北京：中華書局，2002）年 9 月，頁 483。

對外在困厄，柳、蘇問心無愧，但難免有懷才不遇的苦悶湧生，只是柳宗元將這種苦悶傾洩在遊山玩水的文字當中，但蘇軾卻通過佛、老思想的節制，昇華成一種曠達的精神表現在遊山玩水的文字當中，也就展現出兩種道德堅守本質相同，卻因表達憂愁的節制態度不同而出現兩種不同的遊記風貌。〔註 75〕

二、貶謫後以儒爲主，吸收佛、道思想的異同

柳、蘇同樣服信儒家思想，達則兼善天下，積極濟世的思想，從兩人參與革新政治運動、擔任地方官總是爲民謀福的事蹟可以窺見。但在貶謫時，兩人儒家信仰並未改變，只是逐漸滲入了其他思想，柳宗元主要以佛教思想爲審視對象，蘇軾則滲入了佛、道思想。但這些滲入的思想對兩人的影響卻有所不同。

蘇軾〈書柳子厚大鑒禪師碑後〉云：「柳子厚南遷，始究佛法，作曹谿、南嶽諸碑，妙絕古今」〔註 76〕直指柳宗元所作佛教相關文章乃是絕妙之作。然而此中必須說明的是，柳宗元並非在「南遷」之後才「始究佛法」，但他有關佛教的送序、碑文或詩歌等作品確實有絕大部分是在貶謫期間所作無誤。柳宗元和同時代積極排佛的韓愈不同，他的主要精神、生命乃是儒家思想「好求堯、舜、孔子之志，唯恐不得」、〔註 77〕「勤勤勉勵，唯以中正信義爲志，以興堯、舜、孔子之道」〔註 78〕卻能包容佛教。〔註 79〕他初謫永州時，並無居所，寄宿龍興寺，嘗作〈永州龍軒寺西軒記〉，紀錄接觸佛法因緣，云「至則無所居，居於龍興寺西序之下。余知釋氏之道且久，固所願也」〔註 80〕曾說「吾自幼好佛，求其道積三十年，世之言者罕能通其說，於零陵吾獨得焉」

〔註 75〕柳、蘇二人如何將心境呈現於遊記當中，將於本論文的第三、四章作深入分析論述。

〔註 76〕收錄《蘇軾文集》（北京：中華書局，2004 年 11 月）卷六十六，頁 2084。

〔註 77〕〈送婁圖南秀才游淮南將入道序〉，收錄《柳宗元集》（北京：中華書局，2001 年 1 月），頁 655。

〔註 78〕〈寄許京兆孟容書〉，收錄《柳宗元集》（北京：中華書局，2001 年 1 月），頁 779。

〔註 79〕柳集中與佛教直接相關之作共三十七篇，數量並不算多，但就僧銘而論，則一共九篇，涉及八位僧人，數量便居於唐人之冠。王維和劉禹錫碑銘作品僅三篇，奉佛甚勤的白居易也只有〈明遠大師〉、〈上宏和尚〉、〈照公〉、〈湊公〉四篇。

〔註 80〕收錄《柳宗元集》（北京：中華書局，2001 年 1 月）卷二十八，頁 751。

〔註81〕也認爲儒釋之間可相互融通，「儒以禮立仁義，無之則壞；佛以律持定慧，去之則喪」，〔註82〕因此不應該排佛，如〈送僧浩初序〉云：

儒者韓退之與余善，嘗病余嗜浮圖言，訾余與浮圖遊。……浮圖誠有不可斥者，往往與《易》《論語》和。誠樂之，其於性情奭然，不與孔子異道。……吾之所取與《易》《論語》合，雖聖人復生不可得而斥也。〔註83〕

由此可見他統合儒釋的精神在於其義理能與儒家互爲融通，並且有意識的選擇其中與儒家精神相合的部分加以接受。〈送僧浩初序〉還說：

且凡爲其道者，不愛官，不爭能，樂山水而嗜閑安者爲多。吾病世之逐逐然爲印組爲務以相軋也，則舍是其焉從？吾之好與浮圖遊以此。

明顯可見柳宗元讚賞僧人遠離世俗、不爭名利的自在心境，這種淡泊的精神對於遭貶謫的他來說確實是具有撫慰並且給予寧靜力量的來源。本著此種態度，柳宗元與僧人交遊密切，日後經常爲僧人寫作碑銘，如〈曹溪大鑑禪師碑〉（即禪宗六組慧能）、〈南嶽彌陀和尚碑〉、〈龍安海禪師碑〉等。然而其中要注意的是，柳宗元接受佛教的影響的特別之處，即是一旦在書寫牽涉與佛教相關，他極易表現出看透無常、無執無著的想法，但卻始終無能究竟佛法高妙的遺憾感。同時，柳宗元並非因貶謫而在佛教中尋求庇佑之人，他雖因貶謫而受挫但是精神上對儒家式的積極進取依然有其堅持與理想，謫居乃是激盪他對於佛教思想的認識與理解，所以他是以理智入佛、將佛教視作審視的對象，故而佛教並未消除他心中的苦悶與執著，意即他雖然對佛教採取認同的態度，有時難免有自相矛盾之處，但實際上仍是以儒家思想爲本。

可視爲記遊作品之一的〈永州龍興寺西軒記〉即云：

因悟夫佛之道，可以轉惑見爲眞智，即群迷爲正覺，捨大闇爲光明。夫性豈異物耶？孰能爲余鑿大昏之墉，闢靈照之戶，廣應物之軒者，吾將與爲徒。〔註84〕

他知道佛法的妙用可轉惑爲智、破迷成覺、去闇顯明，但自己卻仍昏昏迷迷，

〔註81〕〈送巽上人赴中丞叔父召序〉，收錄《柳宗元集》（北京：中華書局，2001年1月）卷二十四，頁655。

〔註82〕〈南嶽大明寺律和尚碑〉，收錄《柳宗元集》（北京：中華書局，2001年1月）卷七，頁170。

〔註83〕收錄《柳宗元集》（北京：中華書局，2001年1月）卷二十五，頁673。

〔註84〕收錄《柳宗元集》（北京：中華書局，2001年1月）卷二十八，頁751。

不能究竟。又如〈永州法華寺新作西亭記〉：

余謂昔之上人，不起宴坐，足以觀於空色之實，而遊乎物之終始。其照也逾寂，其覺也逾有。然則嚮之礙之者爲果礙耶？今之闢之者爲果闢耶？彼所謂覺而照者，吾詎知其不由是道也？豈若吾族之挈挈於通塞有無之方以自狹耶？〔註85〕

上人能夠觀實見空，遊乎物之終始，精神上的闢除蒙雜覺照明白事物，和自己闢除蒙雜草樹，以顯好景，似有異曲同工之處，但不免又懷疑精神上的層次較爲高明，又反倒顯出自己的未能理解究竟佛法的高妙之處。所以說，柳宗元雖以儒融佛，但並未眞正能看透執著，因此他於貶謫所寫的詩文、遊記，除了偶而與佛教思想有關的題材，如佛寺碑記、僧人碑誌會偶露破除執著的想法外，其餘大多仍直露其懷才不遇的苦悶與哀傷，若將貶謫時所撰遊記，區分比較，與佛教題材有關及無關的篇章相並參看，即可看出其中差異。

蘇軾則不然，雖然也是秉持儒家信仰，但在貶謫時，佛、老的思想卻產生日漸深刻的影響，成爲蘇軾面對貶謫生活的主要精神力量。蘇軾和柳宗元一樣，認爲不同思想間可以有互相交涉的部分。如〈談妙齋銘〉：

南華老翁，端靜簡潔。浮雲掃盡，但掛孤月。吾宗伯固，通亮英發。大圭不琢，天驥超絕。室空無有，獨設一榻。空毗耶城，奔走竭蹶。二士共談，必說妙法。彈指千偈，卒無所說。有言皆幻，無起不滅。問我何爲，鏤冰琢雪。人人造語，一一說法。孰知東坡，非問非答。〔註86〕

文中揭示釋道可以並存。再看〈鹽官大悲閣記〉：

子夏曰：「日知其所亡，月無忘其所能，可謂好學也已矣。」古之學者其所亡與其所能，皆可以一二數而日月見也。如今世之學，其所亡者果何物，而所能者果何事歟？孔子曰：「吾嘗終日不食，終夜不寢，以思，無益，不如學也。」由是觀之，廢學而徒思者，孔子之所禁，而今世之所尚也。豈惟吾學者，至於爲佛者亦然。齋戒持律，講誦其書，而崇飾塔廟，此佛之所以日夜教人者也。而其徒或者以爲齋戒持律不如無心，講誦其書不如無言，崇飾塔廟不如無爲。其中無心，其中無言，其身無爲，則飽食而嬉好而已，是爲大以欺佛

〔註85〕收錄《柳宗元集》（北京：中華書局，2001年1月）卷二十八，頁750。
〔註86〕收錄《蘇軾文集》（北京：中華書局，2004年11月）卷十二，頁576。

者也。〔註 87〕

觀其文得知蘇軾也從學習儒家思想的心得中推知學佛之理。從而看見蘇軾在儒釋道三者之間的融會貫通。

其實蘇軾在貶謫黃州之前，即經常與僧人、道士交遊唱和，〔註 88〕但眞正深刻體悟佛、老思想，卻是在謫居黃州之後，蘇轍即云：

嘗謂轍曰：「吾視今世之學者，獨子可與我上下耳。」既而謫居於黃，杜門深居，馳騁翰墨，其文一變，如川之方至，而轍瞠然不能及矣。後讀釋氏書，深悟實相，參之孔、老，博辯無礙，浩然不見其涯也。〔註 89〕

謫居黃州後，蘇軾在以儒爲主的主體精神中，逐漸接觸了佛、老的修行工夫和思想，〈黃州安國寺記〉即記錄了當時修佛靜坐的工夫，

於是，喟然嘆曰：「道不足以御氣，性不足以勝習，不鋤其本，而耘其末，今雖改之，後必復作。盍歸誠佛僧，求一洗之？」得城南精舍曰安國寺，有茂林修竹，陂池亭榭。間一二日輒往，焚香默坐，深自省察，則物我相忘，身心皆空，求罪垢所從生而不可得。一念清淨，染污自落，表裡翛然，無所附麗。私竊樂之，旦往而暮還者，五年於此矣。〔註 90〕

蘇軾採佛教息心靜慮靜坐工夫，來化解謫居的挫折與苦悶，見諸文章，自然就展現出曠達自適的坦然態度。此外，蘇軾也提出看待佛道的態度，如〈送參寥師〉：

欲令詩語妙，無厭空且靜。靜故了群動，空故納萬境。閱世走人間，觀身臥雲嶺。鹹酸雜眾好，中有至味永。詩法不相妨，此語更當請。〔註 91〕

詩中看出蘇軾認爲佛道與儒家並不相違背，而是能夠互相融合。有了將儒釋道融爲一體的思想，蘇軾的胸懷也更臻於開闊。因此，柳宗元謫居永州時雖曾說：

〔註 87〕收錄《蘇軾文集》（北京：中華書局，2004 年 11 月）卷十二，頁 87。

〔註 88〕吳雪濤、吳劍琴輯錄《蘇軾交游傳》（河北：河北教育出版社，2001 年）紀錄與蘇軾交遊者達三百零七人其中僧人、道士各十餘人，此十餘人僅資料較爲詳實者，若詩文涉及之不可考者當更多，蘇氏曾有詩〈付僧惠誠游吳中代書十二〉自述與吳中交遊的僧人即有十二位。

〔註 89〕〈亡兄子瞻端明墓誌銘〉，收錄《欒城集》卷二十二。

〔註 90〕收錄《蘇軾文集》（北京：中華書局，2004 年 11 月）卷十二，頁 391。

〔註 91〕收錄《蘇軾詩集》（北京：中華書局，2007 年 4 月）卷十七，頁 905。

> 居蠻夷中久，慣習炎毒，昏眊重膇，意以爲常。忽遇北風晨起，則肌革慘懍，毛髮蕭條，矍然注視，怵惕以爲異候，意緒殆非中國人。楚、越間聲音特異，鴃舌啅譟，今聽之怡然不怪，已與爲類矣。〔註92〕

柳宗元於此似乎已安然成爲永州人，但再參看同時其他文章，無一不是以待在永州爲苦，恨不得能立即離開永州。如〈與楊京兆憑書〉說他因疾病纏身，「雖有意窮文章，而病奪其志」；〈寄許京兆孟容書〉：「或時寒熱，水火互至，內消肌骨」等愁苦之情。

但蘇軾則不然，初貶黃州即云：

> 某謫居既久，安土忘懷，一如本是黃州人，元不出仕而已。〔註93〕

貶惠州則云：

> 某覩近事，已絕北歸之望。然中心甚安之。未說妙理達觀，但譬如元是惠州秀才，累舉不第，又何不可。知之免憂。〔註94〕

貶海南即云：

> 我本海南民，寄生西蜀州，忽然跨海去，譬如事遠遊。〔註95〕

蘇軾無論在寫給親友書信或文章，都能坦然面對可能斷絕北歸之望，但柳宗元絕不能；蘇軾能中心安之，柳宗元心絕不能安。造成這種差異的主因之一，主要在於柳宗元無論出處窮達俱抱持著儒家濟世用事之心，而佛教思想對他的影響只是極短暫出現在相關題材上而已；蘇軾則不然，爲官時則儒家思想張揚，謫居時則以佛、老自斂靜心，並以儒家爲主體，兼容佛老思想，促使他在謫居期間不改其堅持，又能逍遙而自適。故而同樣面對謫居，柳宗元時時表現出懷才不遇的苦悶，但蘇軾卻時時顯現出破除執著和任運逍遙的曠達態度。

三、初貶時生死憂患程度的差異

柳宗元和蘇軾在初貶時遭遇的不同，導致後來兩人有著截然不同的心境。

〔註92〕〈與蕭翰林俛書〉，收錄《柳宗元集》（北京：中華書局，2001年1月）卷三十，頁797。

〔註93〕〈與趙晦之〉四之三，收錄《蘇軾文集》（北京：中華書局，2004年11月）卷五十七，頁1711。

〔註94〕〈與程正輔〉七十一之十三，收錄《蘇軾文集》（北京：中華書局，2004年11月）卷五十四，頁1593。

〔註95〕〈別海南黎民表〉，收錄《蘇軾詩集》（北京：中華書局，2007年4月）卷四十三，頁2362。

永貞革新後，柳宗元初貶邵州刺史，赴邵途中再貶爲永州司馬，參與革新的僚友，雖也大多同貶爲司馬，但其中有遭賜死者、也有死於貶所者，自己生命操諸他人手中，命運未卜，死亡的威脅緊緊夾纏在柳宗元的謫居生活中。

但蘇軾則不同，烏臺詩案發生，繫於牢獄，死亡的威脅即無時無刻不壓迫著他，獄中預作給弟弟蘇轍的絕命詩即云：「百年未滿先償債，十口無歸更累人。是處青山可埋骨，他時夜雨獨傷神」、「夢繞雲山心似鹿，魂飛湯火命如雞」，〔註 96〕可見生命朝不保夕的恐懼感。但得脫出獄責授黃州團練副使後，他的心情脫離了死亡的威脅，雖然貶謫生活困苦，回首入獄之事與整件文字獄始末的憤懣偶而出現書信當中，但和柳宗元面對不可之的死亡威脅，蘇軾則是虎口餘生大難不死的輕鬆感時時出現。

死亡的威脅，如影隨形緊隨著柳宗元，也因此他的文章都充滿著憂患的哀感與悲傷。儘管他試圖藉由出遊來解除內心濃郁的憂愁，也的確在遊玩過程中達到消憂解愁的目的，但那僅是一時的，只要出遊一結束，死亡的威脅、失意的挫折，馬上又漫湧上來，籠罩著柳宗元的憂鬱心情。他在書信提及自己出遊的心情，最能完整呈現此時心情，「永州於楚爲最南，狀與越相類，僕悶即出遊，游復多恐」、「時到幽樹好石，暫得一笑，已復不樂。何者？譬如囚拘圜土，一遇和景出，負牆搔摩，伸展支體，當此之實，亦以爲適，然顧地窺天，不過尋尺，終不得出，豈復能久爲舒暢哉？」〔註 97〕出遊消憂，暫得片刻歡娛，不多時又愁雲慘霧起來，多惶多恐，又拘居一隅，終不得出，心情之鬱悶可想而知，〈始得西山宴游記〉即云：「自余爲僇人，居是州，恆惴慄」這種恆惴慄時時恐懼的心情，也是柳宗元初貶時的死亡恐懼陰影，也因此而形成他的文章（含遊記）充滿憂患的哀感與悲傷基調。

蘇軾則不然，脫離死亡陰影的威脅，出獄時歡欣的心情，洋溢著對生命完存的快樂，以及對日後生活樂事的熱烈期待，元豐二年十二月出獄後云：「百日歸期恰及春，餘年樂事最關身」，〔註 98〕到黃州後，雖然也流露出懷才不遇

〔註 96〕〈予以事係御史臺獄，獄吏稍見侵，自度不能堪，死獄中，不得一別子由，故作二詩，授獄卒梁成，以遺子由二首〉，收錄《蘇軾詩集》（北京：中華書局，2007 年 4 月）卷十九，頁 998。

〔註 97〕二段引文皆出自〈與李翰林建書〉，收錄《柳宗元集》（北京：中華書局，2001 年 1 月），頁 801～802。

〔註 98〕〈十二月二十八日蒙恩責授檢校水部員外郎黃州團練副使，復用前韻二首〉，收錄《蘇軾詩集》（北京：中華書局，2007 年 4 月）卷十九，頁 1005。

的心情，詞作〈卜算子〉:「缺月掛疏桐漏斷人初靜，誰見幽人獨往來，縹緲孤鴻影，驚起卻回頭，有恨無人省，揀盡寒枝不肯棲，寂寞沙洲冷」最能隱約表現此一心情。試比較黃州前後相關遊記作品，如作於熙寧八年（1075）的〈超然臺記〉和謫黃之後作於元豐五年（1082）〈赤壁賦〉,〈超然臺記〉抒發蘇軾自己超然物外、隨遇而安、無往不樂的生活態度。所謂超然，即遊於物之外，因遊於物之外而不爲物所蔽，這是透過莊子〈齊物論〉的思想，破除區別心，齊其差別，藉此擺脫現實環境造成的苦悶，收無所往而不樂之效。此文作於烏臺詩案前，亢言高論，自是讀書人本色。但蘇軾親歷烏臺詩案迫害，他是否還能保有此等心境，試一檢擇〈赤壁賦〉即可窺之。〈赤壁賦〉記敘赤壁之遊，通過江山風月的描寫和主客議論，讓客人抒發人生無常、壯志難酬的苦悶，再由蘇軾以道家思想寬解客人，婉轉表達出遭貶的苦悶心情與尋求解脫苦悶的精神願力。但〈赤壁賦〉的基調卻是正面向上、積極開朗，唯有打破心靈執著和比較的心態，方能眞正感受天地恆常永存、美景足供心曠神怡的大自然的無盡藏。這種眞正經歷憂患而寫出的文章，和〈超然臺記〉所云又多加了一分切身體驗，蘇軾之所以能保持這種信念，與其受釋道之影響固然有關，但死中得生的安穩心境亦大有相關。

四、貶謫後爲文態度的差異

柳宗元遭貶後，政治上的失意讓他將生命重心轉向創作，一方面固然是抒發自己的濃愁幽悶，另一方面也是寄託自己失落的理想與心志，以及藉文章得以流傳於後的獨特用心，正是「袛令文字傳青簡，不使功名上景鍾」〔註 99〕韓愈亦云「然子厚斥不久，窮不極，雖有出於人，其文學辭章，必不能自以力傳於後如今無疑也」〔註 100〕貶謫的困苦處境與鬱悶情緒自然不是朝中安居的官員們所能感受，因此貶謫所寫的遊記中，大多以抒情、寓志、消憂爲主體。

蘇軾則顯然不同，烏臺詩案本質是文字獄，出獄之後的蘇軾絕不可能如柳宗元一般能希冀通過暢言文章來流名後世，且將常以寫作文字爲戒，「文字與詩，皆不復作」、「自得罪後，不敢作文字」蘇軾對於寫作的謹慎態度顯然

〔註 99〕柳宗元〈同劉二十八哭呂衡州兼寄江陵李元二侍御〉，收錄《柳宗元集》（北京：中華書局，2001 年 1 月）卷四十二，頁 1155。

〔註 100〕韓愈〈柳子厚墓誌銘〉，收錄《柳宗元集》（北京：中華書局，2001 年 1 月）附錄，頁 1433。

就比柳宗元來得更加小心翼翼，因爲一不小心，極可能又身陷囹圄之禍。雖說兩人寫給朋友的信，吐露內心眞正的想法和情感時，經常都寫著「相戒勿示人」（柳宗元〈與李翰林建書〉）、「知之勿爲他人言也」（柳宗元〈與蕭翰林書〉）、「不須示人」（蘇軾〈答李端叔書〉）、「軾去歲作此賦。未嘗輕出以示人」（蘇軾〈赤壁賦後跋〉）但寫起文章，蘇軾的顧慮仍較柳宗元爲多。

「多難畏事」讓蘇軾和柳宗元行文會產生讀者意識的不同。柳宗元欲藉文章託名於後，其寫作則存有一敘述對象，將其內心世界傾訴而出；蘇軾則不同，他有意避免寫作文章，不能自已而所寫作的文章，也不存有一既定敘述對象，而僅僅是自我的抒發，將外在的世界含括在內心的覺知感受當中。特別是表現在遊記當中，柳宗元常將山水景物沾染自己的情感色彩，務使讀者感受到他由內及外的全部情感，遊記中也時常寫出他欲將其文字傳之於後的心情，可見他是有意並且設定遊記有其相對之讀者的心境下創作；蘇軾則不同，他將山水景物通過內心的融通，務使自己（而非讀者）融通由外而內的寬容博大，故而在遊記中多抒發生命哲思或體悟，而諸般人生體悟不過是蘇軾自我心情的抒發，並非是爲了特定對象而寫作的。這是兩人極大差異處之一。

五、貶謫後遊記對於「刻劃、抒懷」與「曠達、議論」的差異

因柳宗元寫作時存有一設定讀者，所以寫作遊記時特別著重於摹寫，刻劃景物，極其細緻，務使山水景物栩栩如生，即是要讓設定的讀者可想像、可覺知、甚至使有如在目前之感；又其主要目的在於消憂解愁，因此在刻劃景物之餘，經常筆鋒一轉，轉入牢騷的抒發、情感的寄託。試觀「永州八記」，諸文韻味雖不大相同，或幽僻、或冷豔、或寂寥、或曠遠，但著力寫生描摹、突出山水個性以及寄託懷抱牢騷的筆法卻無二致，這種體貼入微、刻劃盡致、牢騷抒發的寫作方式，皆與其心中存有一既定後世讀者有關。

蘇軾則不同，〔註 101〕並無一設定讀者，或者說蘇軾在「遊記」中論述哲

〔註 101〕陳平原曾比較柳宗元與宋人遊記之異同，認爲宋人當然也有唐人的不遇與不平，只是宋人普遍不像唐人那麼抑鬱悲憤；另一方面，文人在宋代地位較高，待遇相當優厚；再一方面，也與其講求道德修養有關，既然以治國平天下爲志向，個人的得失榮辱不大好意思常掛嘴邊。讀讀范仲淹〈岳陽樓記〉、歐陽修〈豐樂亭記〉、蘇軾〈喜雨亭記〉、蘇轍〈黃州快哉亭記〉等，都是題小而境大，一轉便是國計民生、與民同樂等超越個人悲喜的壯語。陳氏甚至懷疑「是否眞的因以天下之憂樂爲先，故無暇悲傷憔悴，頗值得懷疑」，陳氏從唐

理，闡發人生體悟或追求實證精神的表現仍然可以道出許多人的心聲，因此自有其相對應的讀者群，但更經常的情況其實是讀者便是自己而已，因此遊記無須刻意模山範水，因爲山水就在蘇軾眼前、在蘇軾記憶之中，無須招喚、不必重溫。因此其遊記作品經常轉而與自己對話，甚至大發議論，即便有牢騷、懷抱也是試圖通過理性的議論將其排解、宣洩、終至解脫、超越。

可以說柳宗元遊記的佳妙之處在於「刻劃」與「抒懷」，而蘇軾遊記的佳妙乃在於「曠達」與「議論」。

由上可知，貶謫之事對於柳、蘇雖是相同遭遇，但其中有相同之處，如直道而行的道德堅信態度；亦有不同之處，如對佛道吸收的不同、生死憂患程度不同、寫作態度不同、以及寫作重心（「刻劃、抒懷」與「曠達、議論」）的差異，讓柳、蘇的遊記風格產生極大差異，雖然如此，但兩人卻都因著貶謫困境而造就出人生另一新的高度文學成就，成就了唐宋兩代山水遊記的經典，這點卻是一致。

宋文風及文化差異切入，甚有見地，可作爲補充。陳說見《中國散文小說史》（北京：中華書局，2005 年 7 月），頁 133～136。

第三章　柳宗元遊記審美觀

遊記文學至唐代可謂在內容和形式上確立眞正成熟且完備的地位。遊記文學由魏晉以來逐漸演變，此期文人喜遊山水並在山水中寄寓懷抱，因而魏晉時期可說是一個對自然山水覺醒的時代。隨著社會發展以及人們思考的逐漸成熟，文學從經史中獨立、山水也成爲人們的審美對象之一。此時出現不少獨立完整的山水詩、山水小品，在記遊文學發展中佔有重要地位。魏晉記遊作品多以書寫山水爲主體、抒情則爲次要之事。重要作品如王羲之（303～361）〈蘭亭集序〉，除描寫景色之外亦寄託對人世的感慨；又陶宏景（452～536）〈答謝中書書〉在短篇中寫景寓意，寫山川之景外亦呈現脫俗氣氛。此外，《世說新語》也記載不少當時知識分子遊於山水之樂。可知魏晉人於悅山樂水、極耳目視聽之娛的同時，也將心靈寄託於在山水中的特質。魏晉的記遊作品雖處於發展的初期階段，卻以自然山水的強大吸引力和文人表達的豐富心靈感受爲唐代開展了嶄新的創作道路。

其中的山水審美觀轉變實得力於文人對自然山水審美觀的變遷，以及遊記文體的改變（駢文走向散文化）兩大因素。就遊記發展脈絡而言，乃是由駢文逐漸轉向散文化的過程。初唐、盛唐的遊記創作成就並不高，發展也緩慢，但逐步脫離魏晉以來駢文的束縛。直到柳宗元之前的元結致力擺脫駢文限制，以散文形式書寫遊記，並將自我情感、精神、思想融入山水景物，創作不少作品，如〈右溪記〉、〈寒亭記〉、〈殊亭記〉等以散文形式寫成的遊記，或是以韻文寫成的山川銘文，如〈七泉銘〉、〈退谷銘〉、〈東崖銘〉等，都爲柳宗元鋪下遊記寫作的嶄新道路。雖然元結文中仍常見以四字句爲主的句子，如〈寒亭記〉:「煙靄異色，蒼蒼石墉，含映水木。欲名斯亭，狀類不得，敢請名之，表示來世。」但他擺脫六朝駢文的嘗試與努力與散文為主體的寫作手法確實影響柳宗元不少。〔註 1〕清人吳汝綸所云：「次山放恣山水，實開子厚先聲。」元結的遊記的確爲柳宗元「散文」形式的建立作了絕佳的開端。由於韓、柳的古文運動動搖了六朝以來駢文的統治地位，開創一個可以自由寫景、抒情、言志的散文新傳統，而柳宗元將古文運動的理論、成果運用於遊記中，並將山水遊記視作獨立的文體並融入個人生命加以創作，眞正使山水遊記得到完整確切的地位，使遊記得以獨立，意即唐代的遊記文學乃是經由文學改革（古文運動）的推動而臻於與體的成熟，並在柳宗元的創作中則是得到典範的建立以及寫作形式上的成熟。

特別是到了盛唐，由於理論思維的發展和藝術實踐的豐富，人們對玩物審美有了更深層次的認識，山水自然美觀念遂成熟而完備。盛唐審美觀發展至中唐，受理論思維（儒釋道合一）、藝術實踐（詩文畫融合）和古文運動的影響，促使中唐的文學精神較之前多了寫實和實際的成分，文學的審美情緒也從盛唐樂觀的理想氣象轉向帶有更多意識形態的焦灼和人生情感的抒發。〔註 2〕因而中唐以後雖然許多文人走進了山水，然而文人本身的品格、心緒在山水審美意象中有較盛唐時更多的體現。因此，形成於盛唐的自然山水觀發展至中唐，表現在遊記作品時則成爲文人表現生命理想、人生品格以及展現自我價值的媒介。

山水遊記是柳宗元散文中的精品，他在貶謫生涯中致力創作遊記，其作品標誌遊記文學的成熟，建立山水遊記的典範模式與地位因而成爲唐代山水遊記代表作家，對後世遊記文學有極大影響。柳宗元貶謫期間的出遊乃是排遣寂寞之舉，在山水之樂中尋求心靈暫時的寬慰與解脫。他乃是被迫遷於窮

〔註 1〕 參閱梅新林、俞樟華主編《中國遊記文學史》（上海：學林出版社，2004 年 12 月）頁 67～73。

〔註 2〕 參閱李浩《唐詩的美學詮釋》。李浩認爲唐人對山水的認識表現在於：一、由滿足自然景物的外在形式，到探究山水的內在意蘊和意趣；二、人與自然的關係上，由物我並峙對立，轉變爲物我交融、情景合一；三、因爲詩人觀於山水，而不滯於山水；寓意於物，而不留意於物；不是滿足沈溺于山容水態的感性形式，而是試圖進一步探究山水之中的「靈氣與生機」，以直觀的方式體合宇宙人生的合規律性與合目的性，因此，就美感層次而言，就不僅僅是晉宋時期的「極視聽之娛」了，而是怡神悅志——通過感官，獲得一種超感官的享受。李浩（台北：文津出版社，2000 年 5 月）頁 175～180，本段文字另見於李浩《詩史之際——唐代文學發微》（北京：商務印書館，2000 年 11 月）頁 10～13。

鄉僻壤之地，因而貶謫時創作的山水遊記乃是一種生命與苦難的互相結合之作，投注了強烈的身世之感以及濃厚的個人特色，在遊記文學史上具有獨特的地位。其遊記乃是主觀的將自身人格投射至山水中，並藉以肯定自我高尚品格，即在自然界尋求自身的安慰及認同，憑藉內心情感投射於審美對象使得情景得以相生，自然之景更因情而顯，因此柳宗元筆下細膩描繪的山水乃因其身影投射，方有其價值與意義，山水於此時乃文人情感之載體。〔註3〕

本章節先行分析柳宗元於永州、柳州時期的心理狀態，主要著重於遊之觀念與心理狀態，由此深入討論其遊記作品，再探究柳宗元面對自然的審美觀爲何，並討論柳宗元在此審美觀之上重建與自然間的物我關係爲何，最後指出其風格形成的特色爲何，此爲本章主要的討論思路。

第一節　心理與遊記分析

元和元年（806）至元和十四年（819）共計十四年，柳宗元貶謫永州、柳州期間，創作山水遊記以及與遊玩有關的亭堂碑記，另一部分則是與遊記同時寫作的記遊詩、贈序、對及賦文，可作爲參照討論。柳宗元山水遊記，主要直接表達其情思與感懷，而亭堂碑記則表現出不少他對遊的觀念的闡發與論述，甚是值得注意。

一、永州時期

元和元年（806）柳宗元初貶永州，作於元和四年（809）及七年（812）的「永州八記」〔註4〕及元和八年（813）的〈游黃溪記〉是主要遊記作品，前人論述夥矣，〔註5〕以下先繞開對遊記作品的直接討論，而先從與遊玩有關

〔註3〕柳宗元以凝練的筆觸刻畫山水，其語言風格的建立與酈道元《水經注》有極大關聯。《水經注》對山水樣態各有不同描繪，用不同語言寫不同山水，更在書寫過程約略投入作者本身的情感，駢散兼行而整齊凝練的寫出流暢通順、節奏有力的山水之姿。而這種投注情感的寫作方式、凝練語言的刻畫都深刻影響柳宗元。明人張岱云：「古來記山水，太上酈道元，其次柳子厚」所言確實。

〔註4〕作於元和四年者爲〈始得西山宴遊記〉、〈鈷鉧潭記〉、〈鈷鉧潭西小丘記〉、〈至小丘西小石潭記〉；作於元和七年者爲〈袁家渴記〉、〈石渠記〉、〈石澗記〉、〈小石城山記〉。

〔註5〕大多集中在永州八記的討論，何沛雄《永州八記導讀》先析論永州八記的名稱、內容特點、寫作技巧，接續對永州八記做出整體批評，導讀的部分則以簡析、校注、集評方式呈現，對永州八記有十分詳實的論述，附錄的部分則附上〈遊

的亭堂碑記切入，先探討柳宗元對遊的看法與論述。

柳宗元作於永州與亭堂相關之碑記，共有八篇，〔註6〕試分析之，約有以下幾種觀念：

（一）為政與觀遊可相互補足

柳宗元認爲遊觀實與爲政緊密相關，主要原因在於遊觀能夠紓解爲政者的煩緒、開擴其視野，進而使其心中保持平和之氣，讓思慮清寧，有助於處理政事。〈零陵三亭記〉即云：「邑之有觀游，或者以爲非政，是大不然。夫氣煩則慮亂，視壅則志滯。君子必有游息之物，高明之具，使之清寧平夷，恆若有餘，然後理達而事成」〔註7〕當然，荒游怠政，歷史上乃屢見不鮮，但柳宗元認爲那是流於其弊，並非遊觀之原咎，故云「及其弊也，則以玩替政，以荒去理」〔註8〕換言之，柳宗元讓居官和遊賞建立起正面而積極的關係，只是柳宗元所謂的遊觀，實包含三層意涵，其一爲大自然擁有可紓解「氣煩慮亂」、貞定思慮之益處，故可遊之觀之；其二則透過觀視的擴大，讓心志疏通，從自然的觀視而及人民苦樂的觀視，此與「興觀群怨」的觀之意相合，亦即觀自然的同時也觀人和與否；其三爲從自己觀遊之樂推而及之與民觀遊之樂，達到與民同樂之境，柳宗元〈零陵三亭記〉舉薛存義蒞令零陵後，推能

黃溪記〉的簡析、校注與集評、吳文治〈柳宗元山水遊記和追求閒適〉、清水茂〈柳宗元的生活體驗及其山水記〉、柳宗元年譜。何氏一書是研究柳宗元遊記時的重要專著；再如曾潔明〈略論柳宗元及其永州八記〉則整理諸多前人見解，從釋名釋體裁、刻雕眾形，形式借助辭采（善用修辭（頂眞、排比）、錘字煉詞）、山水作品，獨具特色（寄情山水、揭露時弊、詳述方位）。從形式與內容上分析，亦見細緻處，載《中國學術年刊》第二十一期（1990年3月），頁293～317。又如周玉珠〈試探柳宗元永州八記的繁複心緒〉即分析其心情是物我兩冥天人合一——平和寧靜的心境、關心民瘼痌瘝在抱——悲天憫人的情環、鋤奸除佞除惡務盡——善善惡惡的心理、高潔不屈自我肯定——孤芳自賞的心態、幽寂淒苦思國懷鄉——孤獨落寞的心情、懷才見黜無語問天——暗期起復的幽怨、宣揚勝景安近徠遠——繁榮永州的用心。此文分析極其細緻，載《國立虎尾技術學院學報》第四期（2001年）頁41～51。

〔註6〕永州所作記共有十二篇，扣除〈道州毀鼻亭記〉記毀除象祠、〈永州龍興寺息壤記〉記破除迷信、〈永州龍興寺修淨土院記〉記佛教簡史與佛理、〈永州鐵爐志〉與記名實不相符，此四篇與遊之概念無直接相涉，其餘皆或多或少述及遊之觀念或遊之經驗。

〔註7〕收錄《柳宗元集》（北京：中華書局，2001年1月）卷二十七，頁737。

〔註8〕〈零陵三亭記〉，收錄《柳宗元集》（北京：中華書局，2001年1月）卷二十七，頁738。

濟弊，民相與歡歸道途，迎賀里閭，然後伐穢興作，乃作三亭，作爲高明遊息之道。最可見人和之餘，又能與民同樂之意。

換言之，柳宗元所謂觀遊與政治的關係，正是德化之遊，內以修身養性，外以觀化樂民，修身養性即保持內心平和、志意寬廣；觀化樂民即治民理政、共臻樂境。故而柳宗元之遊概念與一般單純遊山玩水以快意之概念不同。而柳宗元貶居永州，閒居司馬，不得意之際，個人較偏重於重視內以修身養性，主在抒憂解愁、排悶去煩，期望能達清寧平夷之境。當然他雖未掌握治政實權，但心中仍保持對外觀化樂民的態度，如爲永州韋刺史新堂落成所寫的堂記，即流露此一觀念，文中從新堂之前闢除雜穢而顯露得出的山水佳景極力描述，但最後一段卻筆鋒一轉，由山水之美轉入爲政之理：

> 公之因土而得勝，豈不欲因俗以成化？公之擇惡而取美，豈不欲除殘而佑仁？公之蠲濁而流清，豈不欲廢貪而立廉？公之居高以望遠，豈不欲家撫而戶曉？夫然，則是堂也，豈獨草木土石水泉之適歟？山原林麓之觀歟？將使繼公之理者，視其細，知其大也。〔註9〕

正是觀遊與爲政之理相通的最好例證。另一型態則是爲政者德化人和，因此而更有閒暇得以觀遊如〈邕州柳中丞作馬退山茅亭記〉云：「夫其德及故信孚，信孚故人和，人和故政多暇。由是徘徊此山，以寄勝概」亦是觀遊與爲政之理相互融通。

揆諸柳宗元永州所撰遊記，無不是希望藉由「游息之物，高明之具，使之清寧平夷，恆若有餘」，〈始得西山宴游記〉中從「自余爲僇人，居是州，恆惴慄」的憂慮心情終至「心凝形釋，與萬化冥合」〔註10〕的平和狀態；或如〈鈷鉧潭記〉：「孰使予樂居夷而忘故土者，非茲潭也歟？」也是讓自己心情由憂轉樂；或如〈鈷鉧潭西小丘記〉：「枕席而臥，則清泠之狀與目謀，瀯瀯之聲與耳謀，悠然而虛者與神謀，淵然而靜者與心謀」亦是抱持和大自然一般的平和狀態；或如〈石澗記〉：「古之人其有樂乎此耶？後之來者，有能追予之踐履耶？」更能指點後人可樂之處。除了讓自己內以除憂轉樂、常保清夷平和之氣外，柳宗元也稍稍透露了外以觀化樂民的意圖，〈鈷鉧潭記〉：「其上有居者，以予之亟游也，一旦款門來告曰：『不勝官租私券之委積，既芟山而更居，願以潭上田貿

〔註9〕〈永州韋使君新堂記〉，收錄《柳宗元集》（北京：中華書局，2001年1月）卷二十七，頁733。

〔註10〕收錄《柳宗元集》（北京：中華書局，2001年1月）卷二十九，頁762。

財以緩禍。』予樂而如其言」〔註11〕稍稍揭露官租私券之嚴苛，使百姓遁逃深山以躲避官租，柳宗元卻能使之得以安身樂居，這正是閒職司馬觀遊中所僅能及的觀化樂民的地步，但卻隱含柳宗元觀遊的整體意涵。

（二）「美不自美，因人而彰」的三種意涵

柳宗元提出「美不自美，因人而彰」〔註12〕的概念，即強調在自然美景中，人所扮演的積極性。根據柳宗元的文章看來，約可再細分成三層意思，首先自是原文上所提及的「蘭亭也，不遭右軍，則清湍脩竹，蕪沒於空山矣。是亭也，僻介閩嶺，佳境罕到，不書所作，使勝跡鬱堙，是貽林澗之媿」〔註13〕即美景必須依賴文人的紀錄、彰顯、傳揚，方不致於堙沒無聞，空負天地美景。這是第一層意思。第二層意思，就有了人爲作爲的意涵，即將美景從蕪穢交雜的處境中闢除出來，讓清濁辨質、美惡異位，如柳宗元記載永州韋刺史將茂樹惡木、嘉葩毒卉、亂雜爭植、號爲穢墟的郊地，刪蕪焚釃，使之迭出奇勢、嘉木敷舒，「怪石森然，周於四隅，或列或跪，或立或仆，竅穴逶邃，堆阜突怒，乃作棟宇，以爲觀游」〔註14〕並由此而推衍出「因土而得勝，豈不欲因俗以成化？擇惡而取美，豈不欲除殘而佑仁」這樣去惡立善的爲政之理來；又如作元和十年〈永州崔中丞萬石亭記〉亦云：「於是刳闢朽壤，翦焚榛穢，決澮溝，導伏流，散爲疏林，洄爲清池。寥廓泓渟，若造物者始判清濁，效奇於茲地，非人力也」〔註15〕亦是闢穢除雜，而讓清濁判出。第三層意思則是強調人的德行的重要性，山水雖美，若是有德之人居之，則更是兩相其美，柳宗元初謫永州經過潭州曾作〈潭州楊中丞作東池戴氏堂記〉即云：「地雖勝，得人焉而居之，則山若增而高，水若闢而廣，堂不待飾而已奐矣」、「戴氏以泉池爲宅居，以雲物爲朋徒，攄幽發粹，日與之娛，則行宜益高，文宜益峻，道宜益懋，交相贊者也。既碩其內，又揚于時，吾懼其離世之志不果矣」〔註16〕地勝得人而增其美，人得勝

〔註11〕收錄《柳宗元集》（北京：中華書局，2001年1月）卷二十九，頁764。

〔註12〕〈邕州柳中丞作馬退山茅亭記〉，收錄《柳宗元集》（北京：中華書局，2001年1月）卷二十七，頁731。

〔註13〕同上注。

〔註14〕〈永州韋使君新堂記〉，收錄《柳宗元集》（北京：中華書局，2001年1月）卷二十七，頁733。

〔註15〕〈永州崔中丞萬石亭記〉，收錄《柳宗元集》（北京：中華書局，2001年1月）卷二十七，頁735。

〔註16〕〈潭州楊中丞作東池戴氏堂記〉，收錄《柳宗元集（北京：中華書局，2001年1月）卷二十七，頁724。

地而益其德，兩相其美，彼此彰顯。如此一來，看似可以離世隱居之地，忽然又成了德化之遊，故云「吾懼其離世之志不果矣」，又與前述為政與觀遊相互補足的觀念綰合。

因此，柳宗元所說的「美不自美，因人而彰」，旨在強調，美景總處於被動性，人方才具有積極主動性，人的積極主動性則包含紀錄、宣揚美景的彰顯意義、闢穢顯美的開拓意義及人、景相互輝映的烘托意義；並由此彰顯、開拓意義而推衍出揀拔人才、因俗成化，由烘托意義而推衍出人得其位的政治意涵。「永州八紀」中大多即表露此三種意涵。

證諸柳宗元永州遊記作品，第一層意思，美景必須依賴文人的紀錄、彰顯、傳揚，方不致於堙埋無聞，空負天地美景，即〈鈷鉧潭西小丘記〉:「書於石，所以賀茲丘之遭也」、〔註 17〕〈游黃溪記〉:「既歸為記，以啓後之好游者」、〔註 18〕〈袁家渴記〉:「永之人未嘗游焉，余得之，不敢專也，出而傳於世」、〔註 19〕〈石渠記〉:「惜其未始有傳焉者，故累記其所屬，遺之其人，書之其陽，俾後好事者求之得以易」；〔註 20〕第二層意思有人為作為，將美景從蕪穢交雜的處境中闢除出來，讓清濁辨質、美惡異位，亦屢見於遊記中的〈始得西山宴遊記〉:「斫榛莽，焚茅筏」、〈鈷鉧潭西小丘記〉:「剷刈穢草，伐去惡木，烈火而焚之。嘉木立，美竹露，奇石顯」、〈石渠記〉:「攬去翳朽，決疏土石，既崇而焚，既釃而盈」〈石澗記〉:「折竹箭，掃陳葉，排腐木」〔註 21〕等種種於遊玩時的作為。第三層意思是強調人的德行的重要性，山水雖美，若是有德之人居之，則更是兩相其美，即〈小石城山記〉所云:「噫！吾疑造物者之有無，久矣。及是愈以為誠有。又怪其不為之中州，而列是夷狄，更千百年不得一售其伎，是固勞而無用，神者儻不宜如是，則其果無乎。或曰:『以慰夫賢而辱於此者。』或曰:『其氣之靈，不為偉人，而獨為是物，故楚之南，少人而多石。』是二者，余未信之。」柳宗元雖說不肯相信，但其中已隱含賢者與奇景兩相其美的意思了。

（三）適宜觀遊的兩種型態：曠如、奧如

柳宗元云:「游之適，大率有二：曠如也，奧如也，如斯而已。」曠如，

〔註 17〕收錄《柳宗元集》(北京：中華書局，2001 年 1 月）卷二十九，頁 765。
〔註 18〕收錄《柳宗元集》(北京：中華書局，2001 年 1 月）卷二十九，頁 759。
〔註 19〕收錄《柳宗元集》(北京：中華書局，2001 年 1 月）卷二十九，頁 768。
〔註 20〕收錄《柳宗元集》(北京：中華書局，2001 年 1 月）卷二十九，頁 770。
〔註 21〕收錄《柳宗元集》(北京：中華書局，2001 年 1 月）卷二十九，頁 771。

即寬廣、空闊之景；奧如，則是幽深、邃密之景。

適合曠如者，即高出群山之上，一覽無遺者，即「其地之凌阻峭，出幽鬱，寥廓幽長，則於曠宜」，最適宜於高處增建臺閣，飽覽風光，故云：「因其曠，雖增以崇臺延閣，迴環日星，臨瞰風雨，不可病其敞也」，晴時賞日星，陰時賞風雨，天高地迥，所見寬敞。

適合奧如者，即幽深曲折，步移景換者，即「抵丘垤，伏灌莽，迫遽迴合，則於奧宜」，最適宜在丘林曲折之中，增設樹石使之深邃幽雅，故云：「因其奧，雖增以茂樹聚石，窮若洞谷，蓊若林麓，不可病其邃也。」〔註22〕

曠如之景，可以開眼界、拓胸襟、除幽鬱；奧如之景，則可以去溽暑、供處休、使觀妙。各有其宜。因此闢建曠如之景，柳宗元嘗「命僕人持刀斧，羣而翦焉，叢莽下頹，萬類皆出，曠焉茫焉，天爲之益高，地爲之加闢，丘陵山谷之峻，江湖池澤之大，咸若有而增廣之者」〔註23〕增設奧如之景，則曾在永州龍興寺東丘上「凡坳窪坻岸之狀，無廢其故。屏以密竹，聯以曲梁。桂檜松杉楩柟之植，幾三百本，嘉卉美石，又經緯之。俛入綠縟，幽蔭薈蔚，步武錯迕，不知所出。溫風不爍，清氣自至，水亭陿室，曲有奧趣」可見曠如之處則闢之使曠如也、宜奧如之處則設之使奧如也，倘若可同時兩者得兼，則是最好的狀態，一地而有兩種興味，前述龍興寺東丘，則是在龍興寺前已有曠如之景，於是不必要在將東丘上的密林加以斬除淨盡，故云：「噫！龍興，永州之佳寺也。登高殿可以望南極，闢大門可以瞰湘流，若是其曠也。而於是小丘，又將披而攘之，則吾所謂游有二者，無乃闕焉而喪其地之宜乎？」〔註24〕

證諸柳宗元遊記，〈始得西山宴游記〉：「攀援而登，箕踞而遨，則凡數州之土壤，皆在衽席之下。其高下之勢，岈然洼然，若垤若穴；尺寸千里，攢蹙累積，莫得遯隱；縈青繚白，外與天際，四望如一。然後知是山之特立，不與培塿爲類」或〈鈷鉧潭記〉：「則崇其台，延其檻，行其泉于高者而墜之潭，有聲潨然。尤與中秋觀月爲宜，于以見天之高，氣之迥」或〈鈷鉧潭西小丘記〉：「由其中以望，則山之高，雲之浮，溪之流，鳥獸之遨遊，舉熙熙然迴巧獻技，以

〔註22〕上引文皆出自〈永州龍興寺東丘記〉，收錄《柳宗元集》（北京：中華書局，2001年1月）卷二十八，頁748。

〔註23〕〈永州法華寺新作西亭記〉，收錄《柳宗元集》（北京：中華書局，2001年1月）卷二十八，頁750。

〔註24〕〈永州龍興寺東丘記〉，收錄《柳宗元集》（北京：中華書局，2001年1月）卷二十八，頁748。

效茲邱之下」等等皆是開闊寬廣的曠如之景，因此所感受的情感也總是開眼界、拓胸襟、除幽鬱的「心凝形釋，與萬化冥合」（〈始得西山宴游記〉）、「使予樂居夷而忘故土者」（〈鈷鉧潭記〉）、「則清泠之狀與目謀，瀯瀯之聲與耳謀，悠然而虛者與神謀，淵然而靜者與心謀」（〈鈷鉧潭西小丘記〉）。

至於奧如之景，則如〈至小丘西小石潭記〉：「坐潭上，四面竹樹環合，寂寥無人，淒神寒骨，悄愴幽邃」或如〈石澗記〉：「揭跣而往，折竹箭，掃陳葉，排腐木，可羅胡床十八九居之。交絡之流，觸積之音，皆在床下；翠羽之木，龍鱗之石，均蔭其上」所感受到的情感即是去溽暑、供處休、使觀妙之樂，有云：「古之人其有樂乎此耶？後之來者，有能追予之踐履耶？」（〈石澗記〉）

曠如、奧如的景物能和柳宗元幽深的情意呼相對應，「曠如」使他暫離煩悶、憂傷；「奧如」則象徵他幽深難解之情，這是柳宗元理解景物特質後提出的想法，同時他也在出遊過程中經歷這兩種各具含意的遊賞方式，因此這兩種能象徵情意的景物特質成為他筆下的描繪焦點，且在遊記中融入兩種方式的遊賞內涵，使遊記更能象徵柳宗元之心境。

二、柳州時期

元和十年（815）至元和十四年（819）四年餘期間，柳宗元調任柳州，現存遊記僅剩〈柳州山水近治可游者記〉一篇，以及與遊相關的亭記〈柳州東亭記〉一篇。〔註25〕

其中遊記〈柳州山水近治可游者記〉與永州所作遊記相比，細緻白描手法仍存，如描寫柳州仙奕山，即云「其上有穴，穴有屏，有室，有宇。其宇下有流石成形，如肺肝，如茄房；或積於下，如人，如禽，如器物，甚眾」、「由上室而上，有穴，北出之，乃臨大野，飛鳥皆視其背。其始登者，得石枰於上，黑肌而赤脈，十有八道，可奕，故以云」〔註26〕描寫石魚山，即云「全石，無大草木，山小而高，其行如立魚，尤多秭歸」，通過移動的觀點描

〔註25〕另有一篇作於元和十二年〈桂州裴中丞作訾家洲亭記〉，乃為桂州裴行立刺史作一亭記，其中提及桂州山水，壯觀美景異常，卻「車輿步騎，朝過夕視」極易抵達，同時也再次提及「昔之遺勝概者，必於深山窮谷，人跡罕至，而好事者後得以為己功」，又與「美不自美，因人而彰」的主張相合。收錄《柳宗元集》（北京：中華書局，2001年1月）卷二十七，頁726～727。

〔註26〕收錄《柳宗元集》（北京：中華書局，2001年1月）卷二十九，頁775。

寫，對事物具體的譬喻、細緻的刻劃、考證山水名稱由來等筆法，都與永州所作遊記相同。但〈柳州山水近治可游者記〉所採用的整體刻劃，每一段即整體介紹柳州南北東西的山水狀況，和永州遊記注著重單一景點的刻劃有所不同，且通篇並無個人情感抒發，與永州遊記注重抒懷精神大不相同。就如〈柳州東亭記〉所記為在州門外闢除「棄地」，披剃蠲疏，植以眾樹，憑空拒江，建作一亭，也全然沒有永州遊記或亭記所流露出的「棄地遭人遺棄」之感慨，卻是「當邑居之劇，而忘乎人間」的相忘之感。之所以會有如此巨大差異，主要原因就在於柳宗元官位的轉變。

柳宗元擔任柳州刺史，地雖偏遠，主掌一州權力和永州司馬的無權閒差相比，的確略有施展抱負的機會。雖然他也有所抱怨，如〈柳州二月榕葉落盡偶題〉:「宦情羈思共悽悽，春半如秋意轉迷」，〔註 27〕但他的刺史責任感逐漸加重，如〈種柳戲題〉:「柳州柳刺史，種柳柳江邊，談笑為故事，推移成昔年，垂陰當覆地，聳幹會參天，好作思人樹，慚無惠化傳」〔註 28〕用的即是《詩經・召南・甘棠》典故，以南國之人愛召穆公虎而及其所曾憩息之樹，藉以來期勉自己在刺史任內能有所德惠之舉。這樣的想法，其實和柳宗元對遊的看法「為政與觀遊可相互補足」其實始終不變，在永州時曾為薛伯高刺道州時摧毀祭祀舜之不仁弟象的鼻亭神祠，作一文〈道州毀鼻亭神記〉即以司馬身份寫出對刺史責任的看法，云:「凡天子命刺史於下，非以專土疆、督貨賄而已也。蓋將教孝悌、去奇邪。俾斯人敦忠睦友，祇肅信讓，以順於道」〔註 29〕因此在柳州任刺史，亦以此自任，〈柳州復大雲寺記〉即為破除柳人信祥易殺、傲化偭仁、迷信無知，但若對柳人董之禮則頑、束之刑則逃，只好用佛教勢力以佐教化，在佛寺中建立學堂，使柳人去鬼息殺，務趨仁愛。正是柳宗元擔任刺史的播施之一。

因此，柳宗元於柳州所作遊記，和永州時著重內在抒悲懷、解憂悶以保內心平和、志意寬廣的態度不同，而是逐漸轉向外在治民理政、共臻樂境的觀化樂民方向，〈柳州山水近治可游者記〉沒有悲情抒懷、〈柳州東亭記〉也無遭受冷落愁緒，都與柳宗元官位轉變而心態有所調整有關。

〔註 27〕收錄《柳宗元集》（北京：中華書局，2001 年 1 月）卷四十二，頁 1172。
〔註 28〕收錄《柳宗元集》（北京：中華書局，2001 年 1 月）卷四十二，頁 1171～1172。
〔註 29〕收錄《柳宗元集》（北京：中華書局，2001 年 1 月）卷二十八，頁 744。

第二節　自然山水審美觀

一、自然審美觀——主觀投射

柳宗元遊記創作背景來自於貶謫生涯，由於生命遭受極大的轉折故而有抑鬱難平之恨以及委屈難解之情，因此貶謫後的文學創作往往結合本身遭遇的苦痛並將自我情意投射於山水描繪之中。他看待自然與創作遊記的方式，即其內在的自然審美觀是將自我情意投射於自然景物，意指通過自身情感抒發遊賞山水之情，在描繪山水的過程中呈現心緒，是一種將「主觀的情感」投射於「客觀的自然」的書寫方式，山水乃是柳宗元投射主觀情感的載體。

柳宗元眼中的永州乃是「地極三湘，俗參百越，左衽居椎髻之半，可墾乃石田之餘」、〔註30〕「虺虺之所蟠，狸鼠之所游，茂樹惡木，嘉葩毒卉，雜亂而爭植，號爲穢墟」〔註31〕遭遇的狼狽是「以罪大擯廢，居小州，與囚徒爲朋，行則若帶纏索，處則若關桎梏，行而無所趨，拳拘而不能肆」〔註32〕被棄的淒涼之感深刻而沈重；元和十年他再遷柳州，官雖進而地愈遠，與永州生活相較，柳州的環境更加惡劣。他面對長期貶謫之苦，其心境乃是「零落殘魂倍黯然」〔註33〕不僅舊病未癒且增添新疾，在柳州的處境是「炎荒萬里，毒瘴充塞」、〔註34〕「陰森野葛交蔽日，懸蛇結虺如蒲萄。……奇瘡釘骨狀如箭，鬼手脫命爭纖毫。今年噬毒得霍疾，支心攪腹戟與刀。邇來氣少筋骨露，蒼白瀄汨盈顛毛」〔註35〕仍可見其孤寂、鬱悶之情。

「沉埋全死地，流落半生涯」〔註36〕柳宗元歷經貶謫空間的偏遠、時間

〔註30〕〈代韋永州謝上表〉，收錄《柳宗元集》（北京：中華書局，2001年1月）卷三十八，頁999。

〔註31〕〈永州韋使君新堂記〉，收錄《柳宗元集》（北京：中華書局，2001年1月）卷二十七，頁732。

〔註32〕〈答周君巢餌藥久壽書〉，收錄《柳宗元集》（北京：中華書局，2001年1月）卷三十二，頁839。

〔註33〕〈別舍弟宗一〉，收錄《柳宗元集》（北京：中華書局，2001年1月）卷四十二，頁1173。

〔註34〕〈祭弟宗直文〉，收錄《柳宗元集》（北京：中華書局，2001年1月）卷四十一，頁1100。

〔註35〕〈寄韋珩〉，收錄《柳宗元集》（北京：中華書局，2001年1月）卷四十二，頁1141。

〔註36〕〈同劉二十八院長述舊言懷感時書事奉寄澧州張員外使君五十二韻之作因其韻增至八十通贈二君子〉，收錄《柳宗元集》（北京：中華書局，2001年1月）

的久長，謫居期間山水成為他的慰藉與溫暖，在尋求並欣賞自然之景的平和、和諧時，心靈才得到短暫的寧靜與安穩。而他在憂患中將自我心意投射於山水，藉助自然景物表現思想使山水富有濃郁的主觀色彩，形成自然山水與自我合而為一的情況，柳宗元貶謫期間的遊記詩文即是這樣的情形。

意即柳宗元在山水中宣洩人生悲憤，並暫時獲致心理上的平衡或快意，在參天地之化的過程中與萬物同樂，心凝形釋與天地冥合。柳宗元將情意投射於自然山水的情形，如作於元和七年〈南澗中題〉描寫憂樂情緒的變化：

> 秋氣集南澗，獨游亭午時。回風一蕭瑟。林影久參差。始至若有得，稍深遂忘疲。羈禽響幽谷，寒藻舞淪漪。去國魂已游，懷人淚空垂。孤生易為感，失路少所宜。索寞竟何事？徘徊只自知。誰為後來者，當與此心期。〔註 37〕

他透過山水以抒發自我情感在詩中顯而易見，蘇軾謂此詩：「憂中有樂，樂中有憂，蓋絕妙古今矣」〔註 38〕此中憂樂來自於柳宗元本想透過山水抒發憂愁，沒料到孤寂清冷的南澗觸動心底深處的失意，因而情感一如「寒藻舞淪漪」般往更深層的憂傷走去。故而他的遊記詩文並非僅止於描寫景物本身，而是在遊賞山水、記錄山水的同時凸顯自我情感。換言之，山水是柳宗元情感的載體，是他投射主觀情意的對象。元和十年初抵柳州，他登高遠眺又念及同遭貶謫的友人而作〈登柳州城樓寄漳汀封連四州〉，是柳宗元透過山水以抒情的另一作品：

> 城上高樓接大荒，海天愁思正茫茫。驚風亂颭芙蓉水，密雨斜侵薜荔牆。　嶺樹重遮千里目，江流曲似九回腸。共來百越文身地，猶自音書滯一鄉。〔註 39〕

此時山水已然成為詩人的情感化身，有濃烈的主觀色彩。

柳宗元是因「罪人」的身分方可獲得遊歷經驗，故而失去與一般人常見的主動追求山林之樂的心情，加上貶謫地區的偏僻荒涼遂增加他的鬱悶與壓抑，因此他的滿腔憂憤並未在山水中獲得完全的消解，將情感發之為文時深重悲痛仍能得見。然而作為一個文人，他對自然之景的美好有所嚮往，故而

卷四十二，頁 1116。

〔註 37〕收錄《柳宗元集》（北京：中華書局，2001 年 1 月）卷四十三，頁 1192。

〔註 38〕〈書柳子厚南澗詩〉，收錄《蘇軾文集》（北京：中華書局，2004 年 11 月）卷六十七，頁 2116。

〔註 39〕收錄《柳宗元集》（北京：中華書局，2001 年 1 月）卷四十三，頁 1164。

要在山水中尋找能夠使其沉潛、安定並能和自己心靈相契合之地加以描寫。面對遊賞地點的選擇，柳宗元初謫永州時借住龍興寺時，嘗作一文〈永州龍興寺東丘記〉云：

> 游之適，大率有二：曠如也，奥如也，如斯而已。其地之凌阻峭，出幽鬱，廖廓悠長，則於曠宜；抵丘垤，伏灌莽，迫遽迴合，則於奥宜。……丘之幽幽，可以處休。丘之窅窅，可以觀妙。〔註40〕

由於渴望在遊賞同時找到與心靈相契合之處藉以抒發情感，故而曠遠遼闊、幽寂淒冷的地點成爲他主觀情意投射下的書寫對象。〔註 41〕因此，柳宗元乃是有意識的尋找與自我境況相似的景物加以描寫並將際遇投射其中，呈現在遊記的自然審美觀即爲將「主觀的自我」投射於「客觀的自然」，藉此表明心情與處境。故而出遊的地點、出遊的心態無不是本身心境的呈現，於是遊記中的山水處處有其身影的投射。

柳宗元在貶謫期間出遊所寫下的遊記，面對自然的審美觀是「主觀的投射」，那麼他是如何透過遊記創作具體表達心情與處境，並且更完整的將自我與自然山水融合呢？答案就是，透過「物我關係」的重新建構來完成。

二、物我關係

柳宗元面對自然山水並將自我情意投射其中，而遊記所展現的精神面貌，實則更爲細緻、具體的表現在自然山水所代表的「客體」之「物」，與柳宗元作爲一個遊者所代表的「主體」之「我」，兩者之間的關係變化。

（一）以我形物

首先是遊者「發現」山水風光，此一發現可名之爲「以我形物」，論者大多從「發掘」風景來看待柳宗元訪得美景：「『景物』從來都不是敞露在眼前的，……

〔註40〕收錄《柳宗元集》（北京：中華書局，2001 年 1 月）卷二十八，頁 748。

〔註41〕針對柳宗元所尋找、描寫與其心靈相呼應的地點及其呈現的情調，尚永亮《元和五大詩人與貶謫文學考論》有一段詮釋：「東丘的奥趣、石渠的清深、小石潭的寂寥、袁家渴的幽麗、黃溪二潭的曲邃、鈷鉧潭西小丘的幽靜，在在表現出了與詩人心境相契合的特點，在在見出了詩人追求幽寂美的主體情志。儘管在這些景物描寫中，沒有明確的悲情抒發，但由於在詩人幽獨寂寞的心性中，本即包含著對混濁人世的強烈不滿，因而，詩人以蒼涼幽悶的眼光觀物，不能不使上述景物之意境、氣氛均呈低沈淒冷之態，不能不使他們都帶著一種與世俗不諧的孤獨冷峭的色彩。」足供參照，詳見尚永亮：《元和五大詩人與貶謫文學考論》（台北：文津出版社，1993 年 12 月），頁 367。

『發掘』是山水遊記的主體之一，從來都是結構中很重要的部分」〔註 42〕但發掘或發現，實則是透過主體「我」來彰顯客體的「物」，試以永州八記為例，以我形物的三種型態即為：

一乃藉由我親身深入探尋得曲折幽深之美景，如〈始得西山宴游記〉:「遂命僕人過湘江，緣染溪，斫榛莽，焚茅筏，窮山之高而止」即透過斬除草木、緣溪窮山等艱辛尋訪過程始尋得西山美景；二乃藉由我的闢除雜穢、增添物事使美景更加突出、更便宜於欣賞，如〈鈷鉧潭記〉:「則崇其台，延其檻，行其泉于高者而墜之潭，有聲潀然」或〈石渠記〉:「予從州牧得之，攬去翳朽，決疏土石，既崇而焚，既釃而盈」或〈石澗記〉:「揭跣而往，折竹箭，掃陳葉，排腐木，可羅胡床十八九居之」即在美景之中增設人事加工，或掃除雜穢、或決疏土石、或新設台地、或擺設胡床，使美景更加突出，更適宜悠閒寓目；三乃藉由我的文字紀錄使美景流傳於世，如〈袁家渴記〉:「永之人未嘗游焉，余得之，不敢專也，出而傳於世」或〈石渠記〉:「惜其未始有傳焉者，故累記其所屬，遺之其人，書之其陽，俾後好事者求之得以易」希望透過文字紀錄能讓美景流傳於世、引導後來之人。

「以我形物」的三種型態，表面看似無足為奇，實乃象徵著作者柳宗元的諸多心意：其一「藉由我親身深入探尋得曲折幽深之美景」，隱約透露自我貶謫於遠地，一方面在遠地獨自堅持其美好，一方面又渴望有人能如自己一般不畏艱辛、不辭路遙而探尋美景，猶如有人能發現自己獨在遠地的美好；其二為「藉由我的闢除雜穢、增添物事使美景更加突出、便於欣賞」，象徵自我遭受他人流言謗語或政治挫折，期望能有人能擺落這一切重新欣賞自己才能，而不計較過往政治經歷種種；其三「藉由我的文字紀錄使美景流傳於世」因此柳宗元筆下的景物藉由文字記載而產生更巨大的存在價值，即所謂「美不自美，因人而彰」〔註 43〕此中透露他為自我辯護的能力，希冀掙脫時間及空間的侷限，在空間上，文字傳播可超越永州一處地方；在時間上，文字則可超越時間限制而流傳於後。〔註 44〕

〔註 42〕林明珠：〈論柳宗元永柳山水遊記「無中生有」的結構及其意義〉，《花蓮師院學報》(2003 年 6 月)，頁 59。

〔註 43〕〈邕州柳中丞作馬退山茅亭記〉，收錄《柳宗元集》(北京：中華書局，2001 年 1 月) 卷二十七，頁 731。

〔註 44〕針對柳宗元以文字記錄遊賞之地，鄧小軍《唐代文學的文化精神》有另一看法，在此提出作為補充。本書第八章云：「由現實憂患而來的憂患意識，不可也因此，柳宗元不僅是山水的遊覽、觀賞者，更是山水自然的發現者與創造者與記錄者。而他「以我形物」的過程，充滿我對物的發現、創造及張揚的內涵，實則也是對人的重新發現、創造及張揚的意義。

（二）從「物我兩合」到「以物形我」

柳宗元面對自然山水，「以我形物」中的文字紀錄心意，表現在文章中即是以簡鍊之筆素描般描繪出眼觀之物，如〈始得西山宴游記〉寫山及俯瞰之景，是「其高下之勢，岈然洼然，若垤若穴；尺寸千里，攢蹙累積，莫得遯隱；縈青繚白，外與天際，四望如一。」〈鈷鉧潭記〉寫水流，是「屈折東流，其顛委勢峻盪擊益暴，齧其涯，故旁廣而中深，畢至石乃止。流沫成輪，然後徐行。」〈至小丘西小石潭記〉寫潭景，是「潭中魚可百許頭，皆若空游無所依。日光下澈，影布石上，怡然不動；俶爾遠游，往來翕忽。」〈袁家渴記〉寫水中小山之景，是「山皆美石，上生青叢，冬夏常蔚然。其旁多巖洞。其下多白礫；其樹多楓、柟、石楠、楩、櫧、樟、柚；草則蘭、芷，又有異卉，類合歡而蔓生，轇轕水石。」其餘寫魚、寫植物、寫各種所見之物，大多採特寫鏡頭，簡要摘取重要景物而白描之，並不作太多細節刻劃，正如〈袁家渴記〉所云「余無以窮其狀」，雖說「無以窮其狀」其實作者本無意於細緻刻劃美景，而是僅選擇了經過情意剪裁過的簡要景象，供作「物我兩合」的準備。

所謂物我兩合，即藉由描繪山水的過程投射並建立自我的品格與生命價值於其中，使「物」中涵有「我」的精神樣貌，如〈小石城山記〉：「怪其不爲之中州，而列是夷狄，更千百年不得一售其伎」，表面上憐山，實則是自憐。柳宗元於「物」、「我」之間進行重構，將自然景物成爲自我的化身而並非客觀的遊賞對象，換言之，他對眼前自然景物進行了審美的重構，以自我身影的投射重新建構一道新的自然風景，成就「物我兩合」的境界。如柳宗元在〈愚溪詩序〉自謂「余以愚觸罪」，故而將所遇之溪、丘、泉、溝、池、堂、亭、島，皆冠以「愚」字，原因乃「無利於世，而適類於余，然則雖辱而愚之，可也」、「今余遭有道，而違於理，悖於事，故凡爲愚者莫我若也」，「人

能被投契自然的自由快樂所消解，但卻可能被在當下所壓倒。人悲愴的心靈在這當下，亦即獲致安放與復甦，從而可以更有力量承擔現實。柳宗元珍視這種體驗的眞實性與價值性。「永州八記」歷歷記述所遊一山一水的時間，再次表明『爲之文以誌』（〈西山記〉）、『乃記之』（〈小石潭記〉）、『傳於世』（〈袁家渴記〉），正是將當下的自由快樂放進永恆。」鄧小軍：《唐代文學的文化精神》（台北：文津出版社，2003 年 11 月）頁 478。

與溪」在此合而爲一以表露內心的憂悶；〈鈷鉧潭西小丘記〉:「唐氏之棄地」，「人與丘」在此亦合而爲一；〈柳州東亭記〉:「有棄地在道南」，則是以「棄地」和自我身爲朝廷「棄人」相結合，上述正是「以我觀物」而「物我兩合」的最佳例證。

所謂「以物形我」，是透過外物來彰顯自我品格與才能，其實正是極爲婉曲表達心志的最佳途徑與方法，因爲貶謫之人該如何自我洗刷過往種種、甚至自我張揚呢？直書其事容易顯得發露，曲折隱約又常晦澀不顯，因此只好藉由讚揚歌頌遠僻之地不被發現、重視的山水美景來婉轉表達自己貶謫不受重用的處境，但卻保有如同山水美景同樣美好的才能與心志，因此在讚美一切美好山水事物，實際上，都是在讚揚自己的品格。這才是柳宗元「以物形我」的最重要用心之處。

（三）物我兩執

柳宗元貶謫永、柳州，韓愈稱其「自肆於山水間」(〈柳子厚墓誌銘〉)，只是柳宗元的「自肆山水」，卻意外超過遊覽本身，而在遊覽山水中顯現出人格精神與生命價値，使其筆下山水成爲一種全新的審美視野，具有新的意義以及文人透發而出的文化意涵。柳宗元出遊經驗裡將自我心境投射於山水並發爲遊記，雖然在面對美景時能欣賞其優點，然而在敘其優點的背後又往往透露自放山水卻未忘懷人世的鬱悶愁緒，最後仍是落入於「物我兩執」的心情得失起伏之中。

柳宗元接觸美景的心情和在悲傷、失落間反覆擺盪的情形，在其遊記中隨處可見。以永州八記爲例，柳宗元眞正發現自然之美並且和內心有更深層連結的乃是西山之遊，〈始得西山宴游記〉:「自余爲僇人，居是州，恆惴慄」極深刻的表露文人在貶謫時的龐大憂患與苦痛之情，而後雖言登上西山，體驗與造物者、自然合而爲一的感受，看似極其曠達，然而貶謫的龐大憂患卻始終未曾眞正消弭，出遊依然無法使他得到心境上的和諧，常常流露出執著於物之美好與投射其自我之美好的留戀之中。此一深刻執著，雖不似道家之灑脫，卻未曾偏離儒家的積極奮發，故所謂「物我兩執」，並無貶意，而是執著於去禍免患之外，還有治平功業的遠大理想上。

柳宗元〈小石城山記〉悲嘆小石城山不受重視，其實是明顯表達他對於自我才學及品格未被重用所發出的慨嘆，然而在篇末他依然還原山水原始的本質：「或曰『以慰夫賢而辱於此者。』或曰：『其氣之靈不爲偉人，而獨爲是物，故楚之南少人而多石。』是二者，余未信之」〔註45〕「余未信之」，說明山水的本質並非爲人而存在，這可說是柳宗元理解自然山水後所獲得的全新意義，這是因爲他到永州已經七年（元和七年，812），雖說苦悶依然，但在很多時候還是盡量客觀的欣賞自然風物，故有此言，這對他來說不啻爲走出陰霾心境的一件美事，然而觀看他兩年後（元和九年，814）所作的〈囚山賦〉〔註46〕並與〈小石城山記〉相比，這裡的情感更爲深沈，鬱悶與悲憤的交集使他又陷入貶謫的苦痛之中。如元和四年〈與李翰林建書〉:「一遇和景出，負牆搔摩，伸展支體，當此之時，亦以爲適，然顧地躕天，不過尋丈。終不得出，起復能久爲舒暢哉？」〔註47〕柳宗元在出遊時能獲得心中片刻的快慰與解脫，山水成爲他發洩悲憤、抒發情志的對象，但是結束遊賞的當下便有龐大的失落向他襲來，乃因他雖然遠離朝廷甚至對朝廷感到失望，然而他所有的政治理想、人生抱負卻必定要在朝廷才能得以實踐，而這樣身不由己的矛盾與無奈使他在遊賞時無法得到和諧統一的心境。因此柳宗元遊歷山水的心境始終是反覆擺盪，山水固然使他忘卻塵世苦痛，暫時獲得精神的自由與安頓，然而一旦聯想至被遺棄的山水與自身命運他的心境立刻化爲深沈

〔註45〕〈小石城山記〉，收錄《柳宗元集》（北京：中華書局，2001年1月）卷二十七，頁773。

〔註46〕〈囚山賦〉充滿柳宗元看待山林時「厭山」的心情。而「厭山」的態度來自於柳宗元對於「聖理賢進」的質疑（自己身爲賢能之士卻困於謫居之地）以及厭山卻不能離開、心懷朝廷卻不能返回的悲嘆，這正是柳宗元心中最大的憂患與悲憤，因此〈囚山賦〉中的山林成爲囚禁柳宗元的牢獄，對他來說山水使他感到厭倦與痛恨、不安而焦慮，而這種孤憤的憂愁便構成柳宗元山水遊記的整體情感基調。〈囚山賦〉云:「楚越之郊環萬山兮，勢騰踴夫波濤。紛對迴合仰伏以離迾兮，若重墉之相褒。……顧幽昧之罪加兮，雖聖猶病夫嗷嗷。匪兕吾爲柙兮，匪豕吾爲牢。積十年莫吾省者兮，增蔽吾以蓬蒿。聖日以理兮，賢日以進，誰使吾山之囚吾兮滔滔？」針對柳宗元「厭山」的心情，許東海〈風景與焦慮：柳宗元永州所撰山水遊記與辭賦之對讀〉針對柳宗元面對山水時的悲憤憂患提出:「柳宗元於永州山水書寫中最能明顯展現其『厭山』意識的是〈囚山賦〉。此賦對於南楚山水的創作取向，完全定焦於其陰幽濕熱，處處險惡的囚獄特質。……反映出深具謫囚意識的柳宗元面對南楚地理山川產生陌生與不安的焦慮表徵。」此文就永州的地理環境解釋柳宗元的心境並認爲〈囚山賦〉是柳宗元對山水觀照的告白與深層底蘊。許東海：〈風景與焦慮：柳宗元永州所撰山水遊記與辭賦之對讀〉，《政大中文學報》第一期，（2004年6月），頁75～112。

〔註47〕〈與李翰林建書〉，收錄《柳宗元集》（北京：中華書局，2001年1月）卷三十，頁800。

的鬱悶。這種矛盾心態，其實正是物我兩執無法避免的心境表現。

綜上所述，柳宗元對景物的觀察、感受，透過以我形物，最終達到物我兩合、物我兩執的境地，所以柳宗元遊記中每一幕風景描繪的背後其實都帶有他本身人格與心懷的投射，換言之，即是山水風光全都摻入了柳宗元的情意與品格。如此記遊文章，文學史上前無古人，不僅成爲柳宗元山水遊記獨特面貌，也成爲唐代遊記文學的全新風貌。

三、風格形成

（一）幽寂孤峭與〈離騷〉精神

柳宗元曾自述爲文之道，乃不敢以輕心掉之、怠心易之、昏氣出之，「抑之欲其奧，揚之欲其明，疏之欲其通，廉之欲其節，激而發之欲其清，固而存之欲其重，此吾所以羽翼夫道也」〔註 48〕這固然是整體寫作的回顧與省察，然而落實在遊記上，柳宗元似乎也遵循著同樣想法，分析來看，他在遊記中舉凡描繪寫生大多簡潔精要，多能做到揚明、疏通、廉節；至於對景物的發現與闡揚則多能做到揚明、激清；而情感的投射與執著則多能展現「固重」的寫作要求。

然而柳宗元在遊記中特別著意所在恐怕是「抑之欲其奧」的筆法，所謂奧者，幽深也。乃藉由壓抑之筆而達臻幽深的情境，此種筆法恰與其貶謫處境不能直書其孤憤之悲，而藉由描繪山水寄託、投射其心志的壓抑曲折心情，完全吻合。柳宗元曾云「參之〈離騷〉以致甚幽」(〈答韋中立論師道書〉)，便是透過參酌〈離騷〉的筆法而達到幽奧情意，因爲屈原撰〈離騷〉正是自我「好脩以爲常」的堅持品格，但是「世溷濁而不分兮，好蔽美而嫉妒」，上下求索而終不可得到欣賞其美好者，以致於最後是「國無人莫我知兮，又何懷乎故都？既莫足與爲美政兮，吾將從彭咸之所居。」(〈離騷〉) 的猶豫徘徊，想離去卻又留戀故都，進退不得的哀傷悱惻的悲感。柳宗元吸收了〈離騷〉的筆法和悲情，曾有詩云：「天命斯不易，鬼則將安逃？屯難果見凌，剝喪宜所遭。神明固浩浩，眾口徒嗷嗷。投跡山水地，放情詠〈離騷〉」，〔註 49〕藉詠〈離騷〉以抒發其進退不得的憂情，最爲貼切。

〔註 48〕〈答韋中立論師道書〉，收錄《柳宗元集》(北京：中華書局，2001 年 1 月) 卷三十四，頁 871。

〔註 49〕〈游南亭夜還叙志七十韻〉，收錄《柳宗元集》(北京：中華書局，2001 年 1 月) 卷四十三，頁 1198。

《新唐書》本傳謂柳宗元「既竄斥，地又荒癘，因自放山澤間，其堙厄感鬱，一寓諸文，仿〈離騷〉數十篇，讀者咸悲惻」。〔註 50〕所謂仿〈離騷〉數十篇，今可見柳集中卷十八「騷」類文章，將其全數考察後可知，其出發點大多以事、物而發，與因山水感發而寫的遊記不甚相同，如〈乞巧文〉，乞巧原是古代七夕時，婦人以彩縷穿七孔針，陳几筵酒脯瓜果於庭中以乞巧，或說是看見銀河白氣中，有五色光，以為徵應，見者得福。但柳宗元為此文，卻是借此來說自己拙於謀己。又如〈罵尸蟲文〉，乃柳宗元貶謫永州，宰相惜其才，欲擢用之，詔補袁州刺史，然諫官頗言不可用，遂罷。當時讒毀柳宗元者眾，宗元寫此文以嫉其惡也。其餘騷體諸篇大多類此，可見柳宗元面對這些惱人的人事物，依然選擇和〈離騷〉相同的文體，準確傳達透過騷體文體所展現的悲憤情意。但遊記卻不相同，雖然內容和情意仍是〈離騷〉的內在精神，但形式上卻擺脫句型參差錯落兼押韻的騷體文而選用自由的散文，表面上似乎擺落了文體所帶給人先入為主的悲感印象，並且在遊記中時而描繪刻劃清新可喜的山水景物，甚至常見其灑脫曠達之語，如「悠悠乎與灝氣俱，而莫得其涯！洋洋乎與造物者遊，而不知其所窮」、「心凝形釋，與萬化冥合」(〈始得西山宴游記〉)其實其本質仍離不開〈離騷〉的悲憤，也就是說，柳宗元所寫騷體文也好、山水遊記也好，文體雖不同，其含蘊〈離騷〉悲憤精神卻是一模一樣的。

〈離騷〉孤憤之外，屈原還展現出不同流俗的「孤高」，柳宗元通過「抑之欲其奧」的筆法，將自我孤高之情曲折寄託在自然山水的奇特秀異之中，於是山水景象到了柳宗元筆下全都充滿孤峭的風貌，與一般平淡曠遠的山容水意大不相同，柳宗元的遊記寫山是「是山之特立，不與培塿為類」(〈始得西山宴游記〉)的特出，寫水是「斗折蛇行，明滅可見，其岸勢犬牙差互，不可知其源」(〈至小丘西小石潭記〉)的深邃，寫石是「大石林立，渙若奔雲，錯若置碁，怒者虎鬥，企者鳥厲」(〈永州崔中丞萬石亭記〉)的奇峭怪麗。如此特地剪裁，藉由抑筆而曲折透過孤峭之山水來映現自我孤高之品格，文章自然而然就瀰漫著孤峭的風格。

由此可見柳宗元山水遊記所展現的幽寂孤峭風格，實則與〈離騷〉精神息息相關。

〔註 50〕《新唐書》卷一百六十八《柳宗元傳》。

（二）憂樂相因：局部山水之美與整體孤憤之憂

因爲品格孤高而描繪孤峭的山水，其結果山水形貌必然不可能是全貌，而只能是局部的，如此方能象徵著自己的孤獨；而孤峭奇美的山水遠在荒棄僻地，同樣正象徵著自己的孤高以及遭受謫棄遠地。局部的山水之美雖能投射自我情感，但只能是暫時，並不長久，換言之只是治標，不能治本。全體山水對於柳宗元而言並非都是情感的投射，只有和自己品行相合的奇山異水才是，如對懷美不遇的小石城山山景發出深切感嘆乃因其「懷美不遇」與自己相似。雖然如此，尋常所見的山水有時卻反倒成爲桎梏身心的痛苦來源，柳宗元〈囚山賦〉描寫永州四郊環繞萬山，勢若波濤，層若重墉，卻成了「胡井眢以管視兮，窮坎險其焉逃。顧幽昧之罪加兮，雖聖猶病夫嗷嗷。匪兕吾爲柙兮，匪豕吾爲牢」猶如拘束於坎井、關押於牢籠，同樣的山水卻有著截然不同的心境，因爲這些山水並沒有投射其品格，山水只是山水，甚至是拘束圈禁的枷鎖，其悲傷不言可喻，「厭山」的心情更爲深刻明顯，〔註51〕是故「積十年莫吾省者兮，增蔽吾以蓬蒿。聖日以理兮，賢日以進，誰使吾山之囚吾兮滔滔？」朝廷日進賢聖之徒，但自己卻被群山囚禁於遠地，時間越久就沒有人能汲引他，恐怕就要老死於遠地。

這種整體孤憤的憂愁才是柳宗元山水遊記的基調。雖然詩文中有時感覺已然灑脫、自在，如告誡自己「夫氣煩則慮亂，視壅則志滯。君子必有游息之物，高明之具，使之清寧平夷，恆若有餘」（〈零陵三亭記〉）要心境高明、要遊心物外，才能心平氣和，不思慮紊亂，阻塞志氣；或是表達渴望歸於田園的念頭，似乎遠離悲憤，如「爲農信可樂，居寵眞虛榮」〔註 52〕或者甘心於貶謫生活，如「遠棄甘幽獨」、〔註53〕「寂寞固所欲」、〔註54〕「更樂瘖默，思與木石爲徒，不復致意」（〈與蕭翰林俛書〉）甚至可以歡笑面對謫地，「神舒屏羈鎖，志適忘幽潺，棄逐久枯槁，迨今始開顏」〔註 55〕但若往深處探察

〔註51〕柳宗元「厭山」心緒，可參見註釋153。

〔註52〕〈游石角過小嶺至長鳥村〉，收錄《柳宗元集》（北京：中華書局，2001 年 1 月）卷四十三，頁1193。

〔註53〕〈酬婁秀才將之淮南見贈〉，收錄《柳宗元集》（北京：中華書局，2001 年 1 月）卷四十二，頁1131。

〔註54〕〈夏出雨後尋愚溪〉，收錄《柳宗元集》（北京：中華書局，2001 年 1 月）卷四十三，頁1213。

〔註55〕〈構法華寺西亭〉，收錄《柳宗元集》（北京：中華書局，2001 年 1 月）卷四十三，頁1196。

便會發現這其實是執著人故作超然語，故而不久又悲從中來，悲懷不能自已，「去國魂已游，懷人淚空垂」、「索默竟何事，徘徊祇自知」（〈南澗中題〉）如此憂樂相因，蓋正如前文所述蘇軾所言「憂中有樂，樂中有憂」，但實際情況是憂者多而樂者少。

柳宗元「憂樂相因」的心境在永、柳二州不難得見，舉例說明：元和四年柳宗元分別寄書楊憑、蕭俛、李建，表述貶謫鬱結痛苦之狀：「自遭責逐，繼以大故，荒亂耗竭，又常積憂恐，神志少矣」（〈與楊京兆憑書〉）、「肌革慘懍，毛髮蕭條」（〈與蕭翰林俛書〉）、「行則膝顫，坐則髀痺」（〈與李翰林建書〉）可見其身心承受之苦。雖然如此他仍於同年寫下〈始得西山宴游記〉、〈鈷鉧潭記〉、〈鈷鉧潭西小丘記〉、〈至小丘西小石潭記〉諸篇清麗遊記，可知「悲憤之憂」與「遊賞之樂」在此時並存於柳宗元的生活中，即他在貶謫時的文學創作體現的是一種憂樂相因的心態，作品中常有在「憂樂」之間流動轉折的現象。一如前文所引〈南澗中題〉所述「由樂而憂」的心境，或於元和九年所作〈覺衰〉：

> 久知老會至，不謂便見侵。今年宜未衰，稍已來相尋。齒疏發就種，奔走力不任。咄此可奈何，未必傷我心。彭聃安在哉？周孔亦已沉。古稱壽聖人，曾不留至今。但願得美酒，朋友常共斟。是時春向暮，桃李生繁陰。日照天正綠，杳杳歸鴻吟。出門呼所親，扶杖登西林。高歌足自快，商頌有遺音。〔註56〕

詩中有柳宗元自「齒疏發就種，奔走力不任。」至「高歌足自快，商頌有遺音」「由憂而樂」的轉變。由上述可見他在憂樂間反覆的心境，而這種心情除前文所述乃因「物我兩執」之故外，面對長期貶謫而無法免除的整體孤憤與憂患亦是重要原因。

因此在遊記中似乎能看到曠達、喜悅、滿足，但那都只是貶謫憂愁生活中的短暫安慰，然而憂慮也好、暫時欣慰也好，柳宗元的憂樂卻都是儒家式的積極進取心態，是進亦憂、退亦憂的仕進態度，是對自己才能、品行的貞定與自信，故而雖說憂樂相因，其底蘊仍是作爲〈離騷〉（遭憂）精神的抒發與期待，藉抒發一己之孤憤，期待東山再起的機會，以展現自己才能，報效家國，也於是在憂樂相因的心情中仍清楚見得柳宗元的心志。

因此他的憂樂相因，並非只落在單純自憐自傷的痛苦之中，而是透過局

〔註56〕收錄《柳宗元集》（北京：中華書局，2001年1月）卷四十三，頁1198。

部的山水之美烘托著自己的整體孤憤之憂，讓遊記成爲情感的抒發出口，同時也透過遊記寄寓著深切盼望，憐山水，正是憐己，期盼山水能逢知音，正是期盼自己終究能獲致賞識拔擢，遊記遂成爲憂樂相因、循環往復不定之心情投射的作品。

第四章　蘇軾遊記審美觀

唐、宋古文運動影響所及，意外爲唐、宋遊記文學創立高峰，唐代古文運動落實了遊記轉向散文創作的趨勢，更在柳宗元精心書寫、刻意描摹景物與投射心境的個人創作之下，爲唐代遊記建立新的典範地位；古文運動延續至宋代，在理性思潮的影響之下，作家紛將哲思融注遊記之中，遊記創作逐漸開展另一新的風貌，其中又以蘇軾的遊記作品最爲突出。

蘇軾遊記作品約十八篇，量小質精，若將其作品置於山水遊記史中考察，他的確是繼承柳宗元之後，第一位提供遊記更多創作角度的文人，更讓山水遊記出現有別於唐代的全新風貌的重要作家。

第一節　心理與遊記分析

蘇軾因仕途蹭蹬而展開宦遊生活，以下將以蘇軾任官時期爲分界，論述蘇軾在長距離遊蹤（貶謫地域的改變）與各個短距離遊蹤（當地風物、出遊時間、同遊者）的心理與遊記的變化。

一、杭密徐湖時期：功成名就的渴望

熙寧四年（1071），蘇軾展開近八年的外放任官生涯。因遭受彈劾而自請外任，得通判杭州，其後又轉知密州、徐州、湖州（熙寧四年至元豐二年，1071～1079）。這段時間，一方面得以遠離政治鬥爭，期許自己能在地方治理上有所作爲。另一方面卻也因在朝任官經驗的不順遂，讓他經常發出慨嘆，表露渴望歸隱的心意，這種在「仕」、「隱」間反覆擺盪的心情，在杭密徐湖

時期的文學創作中十分明顯。

這時期的記遊作品，均表現出不僅僅著重於山水之景的描繪而已，更著重於年華正茂渴求功成名遂、致君堯舜的抱負，以及因仕途受挫而產生歸隱的念頭。蘇軾藉「遊」的形式進入人生、政治、哲理思考，透過記錄並淡化山水景色以加強感慨、寄託懷抱、抒發哲理，這種記遊方式乃此時期作品的共同特質。

杭密徐湖時期的遊賞活動多集中在聚會宴飲與出外遊覽，遊賞記錄中時可見蘇軾所寄託的感慨、懷抱與理想。作於熙寧四年（1071）〈游金山寺〉即記錄遊賞的同時，也抒發了對現實無奈的感嘆：「試登絕頂望鄉國，江南江北青山多」、「羈愁畏晚尋歸楫，山僧苦留看落日」、「悵然歸臥心莫識……我謝江神豈得已，有田不歸如江水」〔註1〕本詩抒發登覽金山、遠眺長江從而思念故鄉之心情，藉景抒情同時又表露因政治失意、仕途艱難產生的感慨與渴望歸田的心意；再看熙寧六年（1073）任杭州通判作〈法惠寺橫翠閣〉所述「百年興廢更堪哀，懸知草莽化池臺」，是對光陰易逝的感慨，與「春來故國歸無期，人言秋悲春更悲」、「遊人尋我舊遊處，但覓吳山橫處來」〔註2〕的慨嘆，由景入情以抒寫政治失意後對光陰消逝、人生惆悵的感慨與懷鄉情感；同時期有詞〈行香子・過七里灘〉，乃是通過對歷史的評價抒發感慨：「算當年、虛老嚴陵。君臣一夢，今古空名」，〔註3〕詞中藉前人反觀自我政治生涯的浮沉，又對虛名加以思索，「致君堯舜」的理想與「君臣一夢」終究只是「今古空名」。而這樣矛盾的心境在熙寧七年（1074）〈赴密州早行馬上寄子由〉中又有所不同想法：

> 孤館燈青，野店雞號，旅枕夢殘。漸月華收練，晨霜耿耿，雲山摛錦，朝露漙漙。世路無窮，勞生有限。似此區區長鮮歡。微吟罷，憑征鞍無語，往事千端。當時共客長安，似二陸初來俱少年。有筆頭千字，胸中萬卷，致君堯舜，此事何難！用舍由時，行藏在我，袖手何妨閒處看？身長健，但優游卒歲，且鬭樽前。〔註4〕

〔註1〕收錄《蘇軾詩集》（北京：中華書局，2007年4月）卷七，頁307。

〔註2〕收錄《蘇軾詩集》（北京：中華書局，2007年4月）卷九，頁426。

〔註3〕收錄鄒同慶、王宗堂《蘇軾詞編年校注》（北京：中華書局，2002年9月），頁67。

〔註4〕收錄鄒同慶、王宗堂《蘇軾詞編年校注》（北京：中華書局，2002年9月），頁134。

熙寧七年，蘇軾以子由在濟南，求爲東州守，得請高密，罷杭州通判，以太常博士、直史館權知密州軍州事。前往密州時對子由提出過去嚮往於「致君堯舜」的抱負，如今已逐漸懂得「用舍由時，行藏在我」的或仕或隱合於時的想法。

建功立業的渴望如今與理想有所落差，蘇軾如何面對內心失落與仕隱間的擺盪，可從〈超然臺記〉窺知。熙寧七年蘇軾改任密州，隔一年政事穩定後便修葺舊臺，由蘇轍命名爲「超然」，因有〈超然臺記〉，文章一開頭並非景物描寫，而是立刻來上兩段議論，提出「凡物皆有可觀。苟有可觀，皆有可樂，非必怪奇瑋麗者也」因而可以「安往而不樂？」又提出「物非有大小也，自其內而觀之，未有不高且大者也」故有「以見予之無所往而不樂者，蓋游於物之外也」遊於物外的思考，試圖以理性思維、破除執著的態度消解心中糾葛。文章中的景物描寫退讓至後頭，第三段寫移守密州之景況，第四段方才述及修臺之過程，第五段寫遠景文字，「南望馬耳、常山，出沒隱見，若近若遠，庶幾有隱君子乎？而其東則廬山，秦人盧敖之所從遁也。西望穆陵，隱然如城郭，師尚父、齊威公之遺烈，猶有存者。北俯濰水，慨然太息，思淮陰之功，而弔其不終。」著重在觀看山水而興發歷史的空間感及滄桑感；近景描繪文字則是「臺高而安，深而明，夏涼而冬溫。雨雪之朝，風月之夕，予未嘗不在，客未嘗不從。擷園蔬，取池魚，釀秫酒，瀹脫粟而食之。曰：『樂哉游乎！』」〔註5〕並無過多細節的刻劃，淡化了景物的精細描繪，而著重於整體樂遊氛圍的營造。

〈超然臺記〉之外，蘇軾作於元豐元年（1078）七月的〈眉州遠景樓記〉同樣淡化景物「樓」本身的描寫，只以此樓綜攬全文提出漢唐遺風、太守、遠景樓三者間的關係，站在遠景樓的基礎上描繪此地風俗。又將「州人之所以樂斯樓之成而欲記焉者」與「上有易事之長，下有易治之俗」做連結，使本文跳出單純描繪建築物樣貌特徵的記體文描寫，著重在與此樓相關的民情風物，讚此樓與太守政績「今吾州近古之俗，獨能累世而不遷，蓋耆老昔人豈弟之澤，而賢守令撫循教誨不倦之力也，可不錄乎！」而感到「若夫登臨覽觀之樂，山川風物之美，軾將歸老於故丘，布衣幅巾，從邦君於其上，酒酣樂作」；〔註6〕元豐元年，蘇軾與雲龍山人張天驥交遊而寫作〈放鶴亭記〉，先說明該亭命名由來，再經由《易經》、《詩經》中對賢人君子的理解，以描寫隱士的情趣再接續

〔註5〕收錄《蘇軾文集》（北京：中華書局，2004年11月）卷十一，頁352。
〔註6〕收錄《蘇軾文集》（北京：中華書局，2004年11月）卷十一，頁354。

提出國君「雖清遠閑放如鶴者猶不得好，好之則亡其國」乃是與隱士之樂大不相同的生活情趣，文中論述因現實環境不同而產生的生活方式自然有所差異，而隱士之樂則是「南面之君，未可與易也」；〔註7〕元豐元年正月，蘇軾藉古抒懷寫下〈游桓山記〉，文中沒有詳細的遊蹤、景物敘述，而是使用對話的形式將議論融於文中，藉由議論「鼓琴於墓，禮歟？」〔註8〕一事在遊記中展現豐富的知識性，論述井然而層層深入，展現不同的遊記面貌；再看元豐二年（1079）三月所作〈靈壁張氏園亭記〉，本篇對於景物的描寫較〈放鶴亭記〉、〈游桓山記〉詳細許多，除交代地理位置「道京師而東，水浮濁流，陸走黃塵，陂田蒼莽，行者厭倦。凡八百里，使得靈壁張氏之園於汴之陽」還描繪亭內亭外景色「修竹森然以高，喬木蓊然以深」、「蒲葦蓮芡，有江湖之思。倚桐檜柏，有山林之氣。奇美花草，有京洛之態。華堂廈屋，有吳蜀之巧」，景觀不僅宜人，同時兼具實用性「其深可以隱，其富可以養」本文與蘇軾其他淡化山水景物之遊記不同，在於較爲詳實紀錄張氏園亭景物，之所以如此乃因這篇亭記乃受人之託，「余自彭城移守吳興，由宋登舟，三宿而至其下。肩輿叩門，見張氏之子碩。碩求余文以記之」，留在張氏園亭中，又有爲之宣揚意味，因此就存有特定讀者意識，景物細節的描繪和過程交代也就特別清楚了。文中還有更重要的部分乃在於蘇軾提出看待「仕」的想法：

> 古之君子，不必仕，不必不仕。必仕則忘其身，必不仕則忘其君。〔註9〕

此一觀念是他看待仕隱的重要觀念，杭密徐湖時期對於仕隱的抉擇，仍然是仕大於隱，卻在仕隱之間仍有所擺盪。

杭密徐湖時期的遊記數量不多，但仍然能從這些作品中歸納出蘇軾藉景抒情論理的心意。遊記作品多半呈現仕大於隱、理想大於感慨的面向，在宴會、遊賞之中，並未著重於詳細描寫每一處景色，而是將景色視爲文章背景予以淡化的筆法處理，著重於凸顯自己所見所聞、歷史感與人生體悟。

二、黃州時期：不求離世但求超越

元豐二年（1079），蘇軾任官湖州，烏臺詩案爆發，遭貶謫黃州。蘇軾一

〔註7〕收錄《蘇軾文集》（北京：中華書局，2004年11月）卷十一，頁361。
〔註8〕收錄《蘇軾文集》（北京：中華書局，2004年11月）卷十一，頁370。
〔註9〕收錄《蘇軾文集》（北京：中華書局，2004年11月）卷十一，頁368。

生及其思想主以烏臺詩案爲轉折點，黃州時期也是蘇軾遊記創作的高峰期，約佔全部作品的一半。烏臺詩案使蘇軾在精神上受到打擊，雖然極力保持內心平衡，然而積極進取的精神亦於此時逐漸消退，他所採用隨緣自適、曠達坦然的生活態度仍然常被孤獨苦悶的心情所籠罩，因此他在黃州的遊記作品或多或少、或隱或顯的呈現他心中掙扎與開脫、矛盾與釋然的現象。黃州雖然帶給他生活和心靈上的苦痛，但卻也使他重新看待人世與思索生命哲理，因而可說蘇軾在黃州得到另一種新生的力量。

初至黃州蘇軾在物質生活上十分貧乏，心境也十分苦悶、孤獨，然而在經歷了一段時間之後，蘇軾深深喜愛上黃州的風土人情，也因此在精神上逐漸感到富足且自適。初抵黃州時的心情是：

> 某自竄逐以來，不復作詩與文字。……但多難畏人，遂不敢耳。其中雖無所云，而好事者巧以醞釀，便生出無窮事也。〔註 10〕

> 但得罪以來，不復作文文字，自持頗嚴，若復一作，則決壞藩牆，今後仍復袞袞多言矣。〔註 11〕

黃州時期所處環境不佳，心境也因「多難畏人」、「好事者巧以醞釀，便生出無窮事也」而有所警惕。然而就一個文人而言，蘇軾仍對於黃州景物產生很深的喜愛，甚至認爲自己「謫居既久，安土忘懷。一如本是黃州人」〔註 12〕蘇軾這麼看待黃州景色：

> 寓居去江干無十步，風濤煙雨，曉夕百變，江南諸山，在几席上，此幸未始有也。〔註 13〕

> 寓居官亭，俯迫大江，席之下，雲濤接天，扁舟草履，於浪山水間。客至，多辭以不在，往來書疏如山，不復答也。此味甚佳，生來未嘗有此適。〔註 14〕

〔註 10〕〈與陳朝請〉二之二，收錄《蘇軾文集》（北京：中華書局，2004 年 11 月）卷五十七，頁 1709。

〔註 11〕〈答泰太虛〉七之四，收錄《蘇軾文集》（北京：中華書局，2004 年 11 月）卷五十二，頁 1536。

〔註 12〕〈與趙晦之〉四之三，收錄《蘇軾文集》（北京：中華書局，2004 年 11 月）卷五十七，頁 1711。

〔註 13〕〈與司馬溫公〉五之三，收錄《蘇軾文集》（北京：中華書局，2004 年 11 月）卷五十，頁 1442。

〔註 14〕〈與王慶源〉十三之五，收錄《蘇軾文集》（北京：中華書局，2004 年 11 月）卷五十九，頁 1813。

所居臨大江，望武昌諸山咫尺，時復葉舟縱遊其間，風雨雪月，陰晴早暮，態狀千萬，恨無一語略寫其彷彿耳。〔註15〕

蘇軾自認黃州乃「風濤煙雨，曉夕百變」、「雲濤接天」、「風雨雪月，陰晴早暮，態狀千萬」，有著絕麗美景，故言「已遷居江上臨皋亭，甚清曠。風晨月夕，仗履野步，酌江水飲之」，〔註16〕還說「新居已成，池圃勝絕，朋舊子舍皆在，人間之樂，復有過此者乎？」〔註17〕蘇軾在此逐漸得以安穩生活，因此將黃州當作一個新的出遊之處，在「遊」的過程中體會了精神與生命的充實。

謫黃之後，蘇軾在心境上最大轉變即是在仕隱之間逐步邁向和諧與超越自我，達到曠放昇華的生命境界。蘇軾曾說：「丈夫重出處，不退要當前」，〔註18〕將讀書人出仕的理想一語道出。謫居黃州後，他調和仕隱之間的態度以保有獨立的人格價值與理想。此期的蘇軾欲做隱士、或做進取的臣子皆不可得，只能走向內心，發展自我，不論仕與不仕都保持住個體的獨立、自由，展現認眞自適又能關照現實的曠達品格。

蘇軾在黃州時期陷入極大的痛苦之中，詩作中一再提到自己是「逐客」、「楚囚」的身份，如：「夫子自逐客，尙能哀楚囚」、〔註19〕「未忍悲歌學楚囚」〔註20〕不難見到蘇軾悲戚之心情，雖然如此他卻在同時期寫下許多表達超然物外、展現哲理思維的文學作品。元豐五年（1082），蘇軾在赴沙湖相田途中遇雨，他「衝雨」且嘯且行。雖然買田未果，卻創作出〈定風波〉（莫聽穿林打葉聲）、〈浣溪沙〉（山下蘭芽短浸溪）、〈西江月〉（照野瀰瀰淺浪）等傑出詞章。〈游沙湖〉：

黃州東南三十里爲沙湖，亦曰螺師店，予買田其間。因往相田得疾，聞麻橋人龐安常善醫而聾，遂往求療。安常雖聾，而穎悟絕人，以

〔註15〕〈與上官彝〉三之三，收錄《蘇軾文集》（北京：中華書局，2004年11月）卷五十七，頁1713。

〔註16〕〈朱康叔〉二十之五，收錄《蘇軾文集》（北京：中華書局，2004年11月）卷五十九1786。

〔註17〕〈答范署公〉十一之二，收錄《蘇軾文集》（北京：中華書局，2004年11月）卷五十，頁1446。

〔註18〕〈和子由苦寒見寄〉，收錄《蘇軾詩集》（北京：中華書局，2007年4月）卷五，頁215。

〔註19〕〈子由自南都來陳三日而別〉，收錄《蘇軾詩集》（北京：中華書局，2007年4月）卷二十，頁1018。

〔註20〕〈陳州與文郎逸民飲別〉，收錄《蘇軾詩集》（北京：中華書局，2007年4月），卷二十，頁1017。

紙畫字，書不數字，輒深了人意。余戲之曰：「余以手爲口，君以眼爲耳，皆一時異人也。」疾愈，與之同游清泉寺。寺在蘄水郭門外二里許，有王逸少洗筆泉，水極甘，下臨蘭溪，溪水西流。余作歌云：「山下蘭芽短浸溪，松間沙路淨無泥，蕭蕭暮雨子規啼。誰道人生無再少？門前流水尚能西，休將白髮唱黃鷄。」是日劇飲而歸。〔註21〕

蘇軾見蘭溪溪水西流的特殊景致因而寫作此文，復有記遊詞〈浣溪沙〉一首（即上引文中所作歌）。蘇軾因「門前流水尚能西」勸人莫要嘆老嗟悲而要積極樂觀，詞中以輕鬆自然的方式表達深刻含義。觀〈浣溪沙〉詞句，前四句描繪山水松雨，後四句轉入人生議論。亦作於元豐五年（1082）的〈定風波〉（三月七日沙湖道中遇雨，雨具先去，同行皆狼狽，余獨不覺。已而遂晴，故作此詞。）：「莫聽穿林打葉聲，何妨吟嘯且徐行。竹杖芒鞋輕勝馬，誰怕？一簑煙雨任平生。料峭春風吹酒醒，微冷，山頭斜照卻相迎。回首向來蕭瑟處，歸去，也無風雨也無晴」〔註22〕詞中藉由風雨晴晦象徵生命的困厄窮通，展現安然風雨之中的智慧。詞句不單是寫自然之景，更借自然之景象徵自身心靈上的超越，充分顯現內在安定、無所畏懼的堅定精神。「誰怕」的自信與篤定，足以面對生命中的風雨，因而在「回首」之後，無論是自然風雨或政治風雨皆無足懼焉。

元豐五年（1082）七月、十月，蘇軾先後遊歷赤壁並有前、後〈赤壁賦〉、〈念奴嬌〉（赤壁懷古）等作品。前、後〈赤壁賦〉乃蘇軾記遊文學中的代表作品，體現深沈的哲理思考與生命探究，以及齊物我的體會，成爲宋代遊記的典範作品。元豐五年，蘇軾的好友、道士楊士昌到黃州探望他，於是兩人在月色下同遊赤壁，蘇軾便在此次遊賞後寫下前〈赤壁賦〉。前〈赤壁賦〉中蕩舟赤壁的蘇子，在月色下「縱一葦之所如，凌萬頃之茫然」，從而「飲酒樂甚，扣舷而歌之」，在這樣悠哉心境下，似乎跳脫貶謫的鬱悶了，但他卻又發出「渺渺兮予懷，望美人兮天一方」的惆悵，隱約透露心中翻騰不已的不平之情；然而經過內心思索後蘇軾體會流逝者如水、盈虛者如月的道理，以變化之眼與不變之眼觀天地，天地乃是全然不同的面貌，最後終能撥雲見日，

〔註21〕〈游沙湖〉，收錄《東坡志林》卷一。

〔註22〕收錄鄒同慶、王宗堂《蘇軾詞編年校注》（北京：中華書局，2002年9月），頁356

心中坦蕩而「相與枕籍乎舟中，不知東方之既白」。〔註 23〕綜觀全文可知蘇軾在情感上的表現上，乃由樂至悲又由悲轉樂，由怡然自得到悲傷低落再至超然灑脫，蘇軾以理來消解情感的執著，試圖對貶謫的苦悶心情作出理性的解脫。如此理性思維，其實正來自於蘇軾對儒、釋、道的融合體悟。謫居黃州後，蘇軾或嘆「老來事業轉荒唐」，〔註 24〕或感貶謫以來「平生親識，亦斷往返」，然而「釋、老數公，乃復千里致問，情義之厚，有加於平時，以此知道德高風，果在世外也」〔註 25〕對佛僧道友的情誼別有一番深刻體會，他在〈與子由弟〉中說：

> 任性逍遙，隨緣放曠，但盡凡心，無別勝解。以我觀之，凡心盡處，勝解卓然。但此勝解，不屬有無，不通言語。〔註 26〕

蘇軾認爲隨緣自適、任性逍遙乃是超越一切的勝解，這樣的體會「不屬有無，不通言語」，乃是超越外在形式的精神。前〈赤壁賦〉體現的哲理與人生態度即是這種超越一切的「勝解」，更有莊子「天地與我並生，而萬物與我爲一」〔註 27〕的精神存乎其中。即使逝者如水、盈虛者如月，但只要參自然之造化，物我爲一，便能體悟永恆的生命意義。

前〈赤壁賦〉的意境恬淡縹緲，而後〈赤壁賦〉則有更加深微的生命感觸。後〈赤壁賦〉中的蘇子初因「仰見明月，顧而樂之」，萌發夜遊赤壁的念頭，此時情感是平靜的遊賞之樂，又「攜酒與魚，復遊於赤壁之下」，未料「曾日月之幾何，而江山不可復識矣」的感嘆油然而起，獨自踏上尋幽歷險的道路之後，長嘯劃破寂靜，面對「草木震動，山鳴谷應，風起水湧」而感到自然震撼的力量與「我生天地間，一蟻寄大磨」〔註 28〕的悲哀，高昂壯闊的情緒遂轉爲「悄然而悲」，而這種「悄然而悲」的心境是連蘇軾自己都未曾事先察覺，他心中對現世的苦悶與現實的無奈，甚而「凜乎不可留也」，此次遊賞

〔註 23〕收錄《蘇軾文集》（北京：中華書局，2004 年 11 月）卷一，頁 5。

〔註 24〕〈初到黃州〉，收錄《蘇軾詩集》（北京：中華書局，2007 年 4 月）卷二十，頁 1031。

〔註 25〕〈與參寥子〉二十一之二，《蘇軾文集》（北京：中華書局，2004 年 11 月）卷六十一，頁 1859。

〔註 26〕收錄《蘇軾文集》（北京：中華書局，2004 年 11 月）卷六十，頁 1834。

〔註 27〕見莊子〈齊物論〉，收錄黃錦鋐注譯《新譯莊子讀本》（台北：三民書局，2005 年 1 月），頁 19。

〔註 28〕〈遷居臨皋亭〉，收錄《蘇軾詩集》（北京：中華書局，2007 年 4 月）卷二十，頁 1053。

使蘇軾對生命得失、人生感悟感到無從衡量，而他所能作的便是「放乎中流」而任其所止。前〈赤壁賦〉將人生轉瞬的解脫歸之於理，理解從不變之眼觀萬物則一切即可永恆；後〈赤壁賦〉的情感變化乃是由樂至悲，但是這樣的悲傷並非消極或失落，而是將人世一切歸之於平淡以及順其自然的眼光之上。同樣寫於此期的〈念奴嬌〉（赤壁懷古），蘇軾將赤壁納入胸中，在巨大的時空中體會功名成敗的虛幻與不眞，並藉「大江東去」的開闊氣象寫出充滿感發力量的文字，有廣闊的視野、開闊的氣魄及對歷史人物而今何在的慨嘆。蘇軾在壯闊山河中探索人生與自然之關係，一方面得到了遊山歷水之樂，另一方面則成就超脫世俗的曠達懷抱。

觀看前、後〈赤壁賦〉、〈念奴嬌〉（赤壁懷古），可見蘇軾在空間的廣漠與時間的悠遠中感受自我的渺小與人生短暫，這些是他在政治打擊之後所引發無法掌控命運的空虛之感，而文字中諸多超然、曠放之語實際上仍藏有苦悶，蘇軾便在苦悶中尋求解脫，而這種貌似曠達實際苦悶的心理狀態則是蘇軾黃州時期的重要心理特質。

此一時期蘇軾也有不少富有特色的遊記作品，元豐四年（1081）十月，他憶及杭州時與張子野等人出遊情景而寫下〈書遊垂虹亭〉，是一篇清麗舒爽的小品：

> 吾昔自杭移高密，與楊元素同舟，而陳令舉、張子野皆從吾過李公擇於湖，遂與劉孝叔俱至松江。夜半，月出，置酒垂虹亭上。子野年八十五，以歌詞聞於天下，作〈定風波令〉，其略云：「見說賢人聚吳分，試問也，應傍有老人星。」坐客歡甚，有醉倒者，此樂未嘗忘也。今七年爾。子野、孝叔、令舉皆爲異物，而松江橋亭，今歲七月九日，海風駕潮，平地丈餘，蕩盡無復孑遺矣。追思曩時，眞一夢也。元豐四年十月二十日，黃州臨皋亭夜坐書。〔註29〕

「追思曩時，眞一夢也」人生如夢是蘇軾在黃州時期常有的念頭，對於故人他有深刻的想念、對於現實有所期望與失落，面對消逝的過去，蘇軾在矛盾中逐漸尋得化解。元豐六年（1083），〈記承天寺夜游〉爲一篇簡單明快的遊記小品。文中以素描般簡筆記錄遊蹤與遊者，表達出作者在月色下夜遊的平和心境。然而文末「何夜無月？何處無竹伯？但少閑人如吾兩人耳」〔註30〕除了反應欣然

〔註29〕收錄《蘇軾文集》（北京：中華書局，2004年11月）卷七十一，頁2254。
〔註30〕收錄《東坡志林》卷一。

自得的自我寬慰以外，何嘗不是解嘲「不得簽書公事」的嘆息；元豐七年（1084）三月又作〈記游定惠院〉，與〈記承天寺夜游〉同樣的以簡筆描寫景物與遊賞經歷，呈現悠然自適的生活情趣。文中記錄了定惠院的自然風光、同遊人物與寫作緣由，「有海棠一株，特繁茂。每歲盛開，必攜客置酒，已五醉其下矣」。再寫作客場景「有劉唐年主簿者，饋油煎餌，其名爲甚酥，味極美」，又寫自己「忽盡興，乃徑歸」〔註31〕的情景，文章流暢親切、如敘家常。同遊者參寥，以棗湯代酒，不遠千里路途親詣黃州隨蘇軾遊玩期年，〔註32〕這份親切心意使蘇軾在謫居期間感受友誼溫情，更使文章添增溫馨。

元豐七年（1084）六月，蘇軾由黃州至汝州的旅途中所寫的〈石鐘山記〉，將遊賞與格物致理作結合，表現蘇軾求眞求實的個性，也展現宋代遊記重視理性思維的特質。文中第一部份藉酈道元、李渤對石鐘山的命名緣由起疑，「酈元以爲下臨深潭，微風鼓浪，水石相搏，聲如洪鐘。是說也，人常疑之」、「唐李渤始訪其遺蹤，得雙石於潭上，扣而聆之，南聲函胡，北音清越，枹止響騰，餘韻徐歇，自以爲得之矣。」但是對李渤的說法，蘇軾「尤疑之」，但並未提出解釋；第二部分才記錄白日遊石鐘山的過程，但對於命名之疑未得確解，於是又於夜晚親自前往考察：「至暮夜月明，獨與邁乘小舟至絕壁下。」同樣以簡筆寫大石形狀，「大石側立千仞，如猛獸奇鬼，森然欲搏人」，在月夜下，蘇軾「徐而察之」從容考察景色，終於發現「有大石當中流，可坐百人，空中而多竅，與風水相吞吐，有窾坎鏜鞳之聲，與向之噌吰者相應，如樂作焉」才是石鐘山命名的眞正因素；最後一部份蘇軾回歸議論，提出「事不目見耳聞，而臆斷其有無，可乎？」〔註33〕文中充分展現蘇軾勇於探索、力求眞實的個性。

〔註31〕收錄《蘇軾文集》（北京：中華書局，2004年11月）卷七十一，頁2257。

〔註32〕〈參寥泉銘〉序文：「余謫居黃，參寥子不遠數千里從余於東城，留期年。嘗與同遊武昌之西山，夢相與賦詩，有『寒食清明』、『石泉槐火』之句，語甚美，而不知其所謂。其後七年，余出守錢塘，參寥子在焉。明年，卜智果精舍居之。又明年，新居成，而余以寒食去郡，實來告行。舍下舊有泉，出石間，是月又鑿石得泉，加冽。參寥子擷新茶，鑽火煮泉而瀹之，笑曰：『是見于夢九年，衛公之爲靈也久矣。』坐人皆悵然太息，有知命無求之意。乃名之參寥泉，爲之銘曰：『在天雨露，在地江湖。皆我四大，滋相所濡。偉哉參寥，彈指八極。退守斯泉，一謙四益。余晚聞道，夢幻是身。眞即是夢，夢即是眞。石泉槐火，九年而信。夫求何神，實弊汝神。』」

〔註33〕收錄《蘇軾文集》（北京：中華書局，2004年11月）卷十一，頁370。

黃州時期的蘇軾在身心上遭受貶謫帶來的打擊與苦痛，然而他不曾一味愁苦反而成就隨緣自適又曠達超然的心境。所以他能抱病與龐安常說笑：「余以手為口，君以眼為耳，皆一時異人也。」還寫下〈浣溪沙〉（山下蘭芽短浸溪）一詞，可見他仍有一顆純眞心靈，即使在謫居苦悶中他依然有見月色而欣然起行的興致、依然能「扣舷而歌」的漫遊赤壁、依然能在海棠盛開時「攜客置酒」甚而「已五醉其下矣。」蘇軾在這些充滿樂趣的出遊同時，也表露對現實的無奈與對人生的思索，可知他在進退與仕隱間仍有擺盪、徘徊，曠達與苦悶的交錯便是黃州時期蘇軾山水遊記的重要特質。與杭密徐湖時期借題發揮、借景抒情的記遊手法相較，此時的遊記便是文人記錄自我生命與思考的過程，也因此呈現蘇軾的個性以及他內心的悲與樂。

三、惠儋時期：心安自適的情懷

宋神宗去世後，哲宗即位，蘇軾得以還朝，一年內連升三級，中書舍人、禮部尚書、翰林學士並知制誥。哲宗元祐，舊黨人士復起，因蘇軾並未如司馬光主張全盤反對變法，理念不合之下，再一次自請外任，以龍圖閣大學士知杭州，其後又轉知州、揚州、定州。後又逢新黨再次執政，貶授惠州，後又貶授儋州。惠儋時期的蘇軾經歷起落不定的宦海生涯，生活閱歷更加深刻，也以更闊達的胸懷面對政治得失。此時期的作品往往展現蘇軾徜徉山水、尋幽訪勝或是人生哲理的感慨，心安與隨緣成為此時的生命主題，謫黃時期看待進退、仕隱間的矛盾已然消弭。蘇軾「心安」的人生體悟，可從宋哲宗元祐元年他對柔奴之語甚有同感，所作〈定風波〉：「此心安處是吾鄉」〔註 34〕可窺見他心中對於心安的深刻認同。

蘇軾惠儋時期遊記作品，往往在看似平淡的敘述中，體現他歷經人生風雨後平靜安穩的心情，並展現出與以往不同風貌，常在文章中抒發安心於現況的安穩與踏實之感，這和杭密徐湖時期渴望建功立業、黃州時期仕隱矛盾的心情是大不相同的。正因為「此心安處是吾鄉」的心境，所以他更深入了走入社會人群，身心均回歸於土地，這樣自適的感受其實早在紹聖元年（1094）

〔註 34〕〈定風波〉：詞序：「王安國歌兒曰柔奴。姓宇文氏。眉目娟麗。善應對。家世住京師。定國南遷歸。余問柔。廣南風土應是不好。柔對曰。此心安處便是吾鄉。因為綴詞云：『常羨人間琢玉郎。天應乞與點酥娘。自作清歌傳皓齒。風起。雪飛炎海變清涼。萬里歸來年愈少。微笑。笑時猶帶嶺梅香。試問嶺南應不好。卻道。此心安處是吾鄉。』」

初至惠州時就已見其端倪，〈題嘉祐寺壁〉：「杖履所及，雞犬皆相識」〔註35〕在平和心境中時常往返於嘉祐寺周圍以及可及之地，方可使「雞犬皆相識」，這是蘇軾主動的出遊，從黃州時期的「逐臣」身分轉變成「遊者」甚至是「歸人」的身分，——蘇軾發自內心的回歸於自然，正是此時期遊記的主要特質。

紹聖元年（1094）他貶謫惠州，抵達十天後所作的〈記游白水巖〉：

> 紹聖元年十二月十二日，與幼子過游白水山佛跡院。浴於湯池，熱甚，其源殆可以熟物。循山而東，少北，有懸水百仞，山八九折，折處輒爲潭。深者縋石五丈，不得其所止，雪濺雷怒，可喜可畏。水涯有巨人跡數十，所謂佛跡也。暮歸，倒行，觀山燒壯甚。俛仰度數谷。至江山月出，擊汰中流，掬弄珠璧。到家，二鼓矣。復與過飲酒，食餘甘，煮菜，顧影頹然，不復能寐。書以付過。東坡翁。〔註36〕

這是篇充滿生活情趣的記遊小品，文中交代明確的遊蹤、遊者，從遊至歸的轉變，洋溢清新舒適之感，絲毫不見他因爲貶謫而產生苦悶，反而是輕鬆自在的感受充盈其中。此外，惠州時期紀錄遊賞於亭台樓閣的作品也呈現蘇軾在此時期隨緣、心安而自適的心情。

事實上在到達惠州之前他曾以爲當地應是蠻荒窮困之地，所幸在抵達半年後，他已喜愛上這塊土地，在惠州寫下〈食荔支〉：「羅浮山下四時春，盧橘楊梅次第新。日啖荔支三百顆，不辭長作嶺南人」〔註37〕還說惠州「風土食物不惡，吏民相待甚厚。孔子云：「『雖蠻貊之邦行矣。』豈欺我哉！」認爲「自失官後，便覺三山跬步，雲漢咫尺，此未易遽言也」、「決須幅巾草履相從於林下也」〔註38〕在惠州地理景觀影響下，登高訪勝的確是蘇軾在當地最常進行的遊賞活動。再看〈記游松風亭〉，寫自己「縱步松風亭下，足力疲乏，思欲就床止息。仰望亭宇，尙在木末。意謂如何得到」，經過思索後轉念一想「此間有甚麼歇不得處？」從而醒悟，並登時如同「掛鉤之魚，忽得解脫。」〔註39〕文中看出昔日積極奮鬥進取的精神現已轉換爲順其自然並隨遇

〔註35〕收錄《蘇軾文集》（北京：中華書局，2004年11月）卷七十一，頁2270。
〔註36〕收錄《蘇軾文集》（北京：中華書局，2004年11月）卷七十一，頁2269。
〔註37〕〈食荔支二首并引〉，收錄《蘇軾詩集》（北京：中華書局，2007年4月）卷四十，頁2193
〔註38〕〈與陳季常〉十六之十六，收錄《蘇軾文集》（北京：中華書局，2004年11月）卷五十三，頁1570。
〔註39〕收錄《蘇軾文集》（北京：中華書局，2004年11月）卷七十一，頁2271。

而安的生活態度，這是蘇軾擺脫羈絆後所得的自在安穩。

紹聖四年（1097），蘇軾從惠州再責瓊州別駕昌化軍安置，不得簽書公事。此期的作品記錄了海南的風光與風土人情，更反應出他歷經宦海沈浮後對命運無能爲力而感受個人渺小，從而越發順其自然、擺脫羈絆的心情。他在前往海南時說：

九死南荒吾不恨，茲遊奇絕冠平生。〔註40〕

於海南時則說：

斂收平生心，耿耿聊自溫。〔註41〕

他年誰作輿地志，海南萬里眞吾鄉。〔註42〕

風波不斷的政治生涯中，蘇軾唱出這樣瀟灑而坦然的生命曲調。在離開儋州時還說「我本海南民，寄生西蜀州。忽然跨海去，譬如事遠游。平生生死夢，三者無劣優。知君不再見，欲去且少留。」〔註43〕可知他視儋州如故鄉般的深刻喜愛。儋州時期的蘇軾寫下不少描寫海南風物特色的作品：「海南無冬夏，安知歲將窮」、〔註44〕「奇峰望黎母，何異嵩與邙。飛泉瀉萬仞，舞鶴雙低昂」、〔註45〕「海南無嘉植，野果名黃子。堅瘦多節目，天材任操倚」〔註46〕另有一首將自我融入景色之中，寫春江月夜均富情致又充滿隨遇而安氣息的〈和陶游斜川〉：

謫居澹無事，何異老且休。雖過靖節年，未失斜川游。春江淥未波，人臥船自流。我本無所適，泛泛隨鳴鷗。中流遇洑洄，捨舟步層丘。有口可與飲，何必逢我儔。過子詩似翁，我唱而輒酬。未知陶彭澤，頗有此樂不。問點「爾何如」，不與聖同憂。問翁何所笑，不爲由與求。〔註47〕

〔註40〕〈六月二十日夜渡海〉，收錄《蘇軾詩集》（北京：中華書局，2007年4月）卷四十三，頁2366。

〔註41〕〈入寺〉，收錄《蘇軾詩集》（北京：中華書局，2007年4月）卷四十一，頁2283。

〔註42〕〈吾謫海南，子由雷州，被命即行，了不相知，至梧乃聞其尚在藤也，旦夕當追及，作此詩，示之〉，收錄《蘇軾詩集》（北京：中華書局，2007年4月）卷四十一，頁2243。

〔註43〕收錄《蘇軾詩集》（北京：中華書局，2007年4月）卷四十二，頁2362。

〔註44〕收錄《蘇軾詩集》（北京：中華書局，2007年4月）卷四十二，頁2317。

〔註45〕收錄《蘇軾詩集》（北京：中華書局，2007年4月）卷四十一，頁2261。

〔註46〕收錄《蘇軾詩集》（北京：中華書局，2007年4月）卷四十二，頁2320

〔註47〕收錄《蘇軾詩集》（北京：中華書局，2007年4月）卷四十二，頁2318。

他在惠儋時期的記遊作品有很大一部份是以「和陶詩」形式呈現，這般追慕陶淵明的心情從他在黃州時所作〈江城子〉:「只淵明。是前生」〔註 48〕便已開啓。蘇軾在〈書李簡夫詩集後〉說:「陶淵明欲仕則仕，不以求之爲嫌，欲隱則隱，不以去之爲高。……古今賢之，貴其眞也。……平生不眩於聲利，不戚於窮約，安於所遇而樂之終身者，庶幾乎淵明之眞也。」〔註 49〕觀其言可知蘇軾由衷欣賞陶淵明任眞的懷抱，而這樣的情懷在惠儋時期深刻影響蘇軾，使他將自己完全投入於當地的風土以及農村生活，發自內心的樂在其中。蘇軾一心嚮往陶淵明的心境並且抱持輕鬆遊賞的愉悅興致，是這樣逍遙自適甚至猜想「未知陶彭澤，頗有此樂不？」惠儋時期的蘇軾擁有沖淡恬靜的心情，因此能透過「遊」發現內在最眞實的安穩心聲，乃是親近自然、民眾、土地，因此此期作品無不呈現融入異地，將異地視爲故鄉的溫暖情懷，這便是蘇軾最欣賞陶淵明「安於所遇而樂之終身者，庶幾乎淵明之眞也」的展現。

在儋州的蘇軾將當地百姓如同親人般珍視，而儋州百姓亦對蘇軾眞誠相待，這又是另一件使蘇軾感到「我本海南人」的情感了。當朝廷將蘇軾驅逐出官舍時，感嘆「聚散憂樂，如反覆手」，又儋州「此間食無肉，病無藥，居無室，出無友，冬無炭，夏無寒泉，然亦未易悉數，大率皆無耳。」在物質條件不佳的情況下，儋州百姓「賴十數學生助工作，躬泥水之役」，〔註 50〕溫暖舉動讓他有安穩處所遮風閉雨，使蘇軾與當地百姓更如同親人般相待。元符二年（1099）所作〈書上元夜游〉可見蘇軾與當地百姓交遊的情景：

> 己卯上元，予在儋州，有老書生數人來過，曰:「良月嘉夜，先生能一出乎？」予欣然從之。步城西，入僧舍，歷小巷，民夷雜揉，屠沽紛然。歸舍已三鼓矣。舍中掩關熟睡，已再鼾矣。放杖而笑，孰爲得失？過問先生何笑，蓋自笑也。然亦笑韓退之釣魚無得，更欲

〔註 48〕元豐五年作〈江城子〉詞序：陶淵明已正月五日遊斜川，臨流班坐，顧瞻南阜，愛曾城之獨秀，乃作斜川詩，至今使人想見其處。元豐壬戌之春、余躬耕於東波，築雪堂居之。南挹四望亭之後丘，西控北山之微泉，慨然而歎，此亦斜川之遊也。乃作長短句，以江城子歌之:「夢中了了醉中醒。只淵明。是前生。走遍人間，依舊卻躬耕。昨夜東坡春雨足，烏鵲喜，報新晴。北山傾。小溪橫。南望亭丘，孤秀聳曾城。都是斜川當日境，吾老矣，寄餘齡。」

〔註 49〕收錄《蘇軾文集》（北京：中華書局，2004 年 11 月）卷六十八，頁 2148。

〔註 50〕〈與程秀才〉三之一《蘇軾文集》（北京：中華書局，2004 年 11 月）卷五十五，頁 1627。

遠去，不知走海者未必得大魚也。〔註51〕

此中刻畫了老書生的熱情邀約與蘇軾「欣然從之」的隨和個性，文中描寫夜遊情景也寫下自己「放杖而笑，孰爲得失」的開闊胸懷，雖然文中的開懷笑容不免帶有看待自己一生的辛酸之感，但以樂觀的詼諧方式書寫，反映自己即便貶謫依然泰然處之的胸懷，因而這裡的得失便不似〈赤壁賦〉貌似曠達而內心矛盾的苦悶，而是眞正的於逆境中求得內在的安穩，透過哲思揭示他的心情，「釣魚無得，更欲遠去，不知走海者未必得大魚也」，沒有一絲頹廢氣息，在儋州的蘇軾眞切體會無處不是故鄉的心境。

綜上所論，蘇軾在不同時期的出遊以及作品都具有不同的心情與意義。杭密徐湖時期的蘇軾在作品中，表露他因年華尚在而渴望建功立業的念頭，在諸多借景議論、借題發揮的遊記作品中對於不順遂的仕途發出感慨，因而此一時期的蘇軾在心態上並未將自然山水視爲「遊」之主體，而是藉景抒發政治理想；黃州時期的蘇軾逐漸在仕隱中獲得調和，然而從作品中仍可見到他貌似曠達實際苦悶的心情，這是因爲他在仕隱、進退之間調和不已，但也在此時他體會到超然物外的開闊以及人生如夢的豁達，因而此期的蘇軾雖然仍有內心的衝突、掙扎，卻也逐漸走出政治風暴，開拓新的人生；至惠儋時期，蘇軾已經從「遊者」成爲一位「歸人」，他在惠儋時期呈現安穩的心理狀態，對異鄉的認同以及歸屬都使他得到安心而踏實的感受，這樣的情緒表現在作品中相當明顯。

第二節　自然山水審美觀

蘇軾遊記作品除前、後〈赤壁賦〉爲賦體文之外，其餘遊記約可分爲兩類：一爲山水、亭臺樓閣記，如〈石鐘山記〉、〈放鶴亭記〉、〈凌虛臺記〉、〈超然臺記〉、〈靈壁張氏園亭記〉；二爲蘇軾以隨筆、書信等簡短形式寫成的遊記小品，多集中於《東坡志林・記游》，著名篇章有〈記承天寺夜游〉、〈記游松江〉、〈遷居臨皋亭〉、〈記游松風亭〉。承接本論文分析柳宗元遊記的模式，於下文分析蘇軾記遊作品的自然審美觀及物我關係，希望從中得出柳、蘇二人不同的審美意趣、創作心態、物我關係爲何。

〔註51〕收錄《蘇軾文集》（北京：中華書局，2004年11月）卷七十一，頁2275。

一、自然審美觀

（一）略其形而求其神

山水是一種客觀存在，唯有進入人們的審美視野才能成爲審美對象。當自然山水成爲審美對象後，會因人文本身因素而創造出不同的山水文學作品。蘇軾的自然山水審美觀，一方面是淡化景物的描寫以凸顯自我情感，也就是他在情與景的處理上，並非以景觀來呈現山水姿態，而主要在於透過山水的遊歷表達心靈感受。對蘇軾而言，事物的形色並不是最重要的部分，能在觀照自然景物後，略其形而求其神才是他山水遊記的重點，而所謂「神」更大部分是他自我情感的抒發以及人生體悟和哲理思考。

蘇軾說「天地與人一理也。」（《東坡易傳》）〔註 52〕這樣的說法破除了事物的差異性，使用相對、變化的眼光看待事物，因而能夠不計較人生的窮通禍福。這種天地人一理的觀念放諸於遊賞自然風光時，蘇軾認爲便是觀萬物之變，進而求得萬物之理，〈上曾丞相書〉：

> 以爲凡學之難者，難於無私。無私之難者，難於通萬物之理。故不通乎萬物之理，雖欲無私，不可得也。己好則好之，己惡則惡之，以是自信則惑也。是故幽居默處而觀萬物之變，盡其自然之理，而斷之於中。其所不然者，雖古之所謂賢人之說，亦有所不取。〔註 53〕

蘇軾認爲應就物以知理，在「觀萬物之變」時「盡其自然之理，而斷之於中」，這是他強調「自得其理」的表現，意即萬事萬物自有其發展變化之理，觀其變通之時最重要的便是能夠獨立思考並獲得其中之理。此外還認爲「必其所見而後知，則聖人之所知者寡矣。是故聖人之學也，以其所見者推至其所不

〔註 52〕蘇軾於貶官黃州時始撰寫《易傳》，此後不斷修正直至嶺南時期才完稿爲《東坡易傳》，成爲北宋蜀學思想的代表作品。冷成金〈從《東坡易傳》看蘇軾的情本論思想〉對《東坡易傳》有精深的闡發，他從宇宙生成論、性命論、人性論等方面分析了蘇軾哲學思想的基本特點。認爲蘇軾將道的本質規定爲無時無處不與人共存共生著的「易」，而「得喪吉凶」的「易」出自人的情感判斷和價值判斷，因此，「易」也就必然導源於人的情感。蘇軾從人的自然而然的本性中抽繹出情，再讓情進入到本體的層次，使情、性、命處於同一個層面。在現實中，人的各種活動往往是首先從感情出發的，按照情、性、命合一的理論，人的情感實際上變成了人事活動的本源和根據。這就形成了其獨特的情本論。冷成金〈從《東坡易傳》看蘇軾的情本論思想〉收錄《福建論壇》（福州：福建論壇雜誌社，人文社會科學版，2004年）第二期。

〔註 53〕收錄《蘇軾文集》（北京：中華書局，2004 年 11 月）卷四十八，頁 1378。

見者。天文地理，物之終始，精氣游魂可見者也，故聖人以是三者舉之」（《東坡易傳》）他強調超越直感的外在，而追求理性的感悟與精神提升，方得以上知天地物，並在天地萬物中體悟自我，「此身常擬同外物，浮雲變化無蹤跡」，〔註 54〕蘇軾便是這樣藉由自然景物以反照自我，以一種與萬物齊一的心情來審視自然萬物，並在其中深得生命體會，因此他在密州時說「杖藜觀物化，亦以觀我生。萬物各得時，我生日皇皇」，〔註 55〕正是他的山水自然審美觀。詩裡可以看到他與自然渾然一體的呈現，藉自然以參透天地並透過這樣審美態度，達到藉由體會物我齊一道理。

蘇軾對於神悟體道有更深刻的論述，他在〈書李伯時山莊圖後〉云：

> 居士之在山也，不留於一物，故其神與萬物交，其智與百工通。雖然，有道有藝，有道而不藝，則物雖形於心，不形於手。〔註 56〕

文中可以看出他認爲「道」乃是「神與萬物交」，若能夠不受到外界事物的阻撓而能夠神與物遊，便能使心靈超越事物的外在形式，進而體悟人生常理，因此他在〈淨因院畫記〉云：

> 余嘗論畫，以爲人禽宮室器用皆有常形。至於山石竹木，水波煙雲，雖無常形，而有常理。常形之失，人皆知之。常理之不當，雖曉畫者有不知。故凡可以欺世而取名者，必託於無常形者也。雖然，常形之失，止於所失，而不能病其全，若常理之不當，則舉廢之矣。以其形之無常，是以其理不可不謹也。世之工人，或能曲盡其形，而至於其理，非高人逸才不能辨。與可之於竹石枯木，眞可謂得其理者矣。〔註 57〕

文中明白揭示蘇軾的創作觀念，常形乃是自然之形、常理便是自然之理。對於「形」的清楚與否乃是人人得見，然而面對「理」的價值、意義卻並非每個人都能明白，因此在形與理中，「常理」乃是極重要的部分，非「高人逸才」不能辨別，因而可以「略其形」，但卻必須「求其神」也。這樣的觀念也反映在他的遊記所呈現的自然山水審美觀之中，看〈醉白堂記〉：

> 死生窮達，不易其操，而道德高於古人……公既不以其所有自多，

〔註 54〕〈贈寫眞何充秀才〉，收錄《蘇軾詩集》（北京：中華書局，2007 年 4 月）卷十二，頁 587。

〔註 55〕〈西齊〉，收錄《蘇軾詩集》（北京：中華書局，2007 年 4 月）卷十三，頁 630。

〔註 56〕收錄《蘇軾文集》（北京：中華書局，2004 年 11 月）卷七十，頁 2211。

〔註 57〕收錄《蘇軾文集》（北京：中華書局，2004 年 11 月）卷十一，頁 637。

亦不以其所無自少，將推其同者而自託焉。方其寓形於一醉也，齊得喪，忘禍福，混貴賤，等賢愚，同乎萬物，而與造物者遊。〔註58〕

蘇軾以韓公的私人宅第「醉白堂」，乃取自於白居易〈池上〉詩而得名，是因爲羨慕白居易而感到自己有所不及故名之，因此蘇軾將兩者之間得失作出區別，提出兩人之間的得失雖有不同，然而「道德高於古人」乃是韓公與白居易共通的特色，更重要的是文中爲禍福得失寫下與造物者遊「同乎萬物」之註解。因此可知蘇軾的文學創作常在文字中求得「理」的存在，與造物者遊的人生，正是蘇軾在文中體現的道理。而這樣理性的思索以及哲理表現也在他的遊記中可以得見。

前、後〈赤壁賦〉，均體現深沈的哲理探究與生命思考。前文已論述蘇軾創作此兩篇文章的心理特質，蘇軾在文中展示「天地人一理」的哲理深度，明顯受到莊子〈齊物論〉:「天地與我並生，而萬物與我爲一」的影響，個體生命雖然短暫但卻能超越萬物之上，以萬物齊一的眼光觀看世界，使個人精神力量超越物我，而能蓋涵蓋天地宇宙之間。後〈赤壁賦〉將一切歸之於空，故而以理化情，在消解過程中一步步探索生命本質。在遊記中透過淡化的山水（形）呈現自我情感、理念（神），「與造物者遊」乃是遊記中重要的思考脈絡，能夠藉由自然萬物而參悟天地人共通之理，是蘇軾欲達到的目標。

此外，藉景發揮的〈放鶴亭記〉將議論灌注其中，描寫隱士的情趣以及闡述身爲帝王若愛鶴也會招致禍害的道理：

蓋其爲物，清遠閒放，超然於塵垢之外，故《易》、《詩》人以比賢人君子隱德之士。狎而玩之，宜若有益而無損者，衛懿公好鶴則亡其國。周公作〈酒誥〉，衛武公作〈抑戒〉，以爲荒惑敗亂無若酒者，而劉伶、阮籍之徒以此全其眞而名後世。嗟夫，南面之君，雖清遠閒放如鶴者猶不得好，好之則亡其國，而山林遁世之士，雖荒惑敗亂如酒者猶不能爲害，而況於鶴乎。由此觀之，其爲樂未可以同日而語也。〔註59〕

將賞鶴與遊賞之樂結合，文末又以放鶴招鶴之歌加深意涵，寫景部分不多但形象生動而鮮明，重要的是藉由古人、古事寫出因身分不同而有所變化的生活方式；試看〈喜雨亭記〉：

〔註58〕收錄《蘇軾文集》（北京：中華書局，2004年11月）卷十一，頁344。
〔註59〕收錄《蘇軾文集》（北京：中華書局，2004年11月）卷十一，頁360。

> 亭以雨名，志喜也。古者有喜，則以名物，示不忘也。周公得禾，以名其書；漢武得鼎，以名其年；叔孫勝狄，以名其子。其喜之大小不齊，其示不忘一也。余至扶風之明年，始治官舍，爲亭於堂之北，而鑿池其南，引流種樹，以爲休息之所。是歲之春，雨麥於岐山之陽，其占爲有年。既而彌月不雨，民方以爲憂。越三月乙卯，乃雨，甲子又雨，民以爲未足，丁卯，大雨，三日乃止。官吏相與慶於庭，商賈相與歌於市，農夫相與忭於野，憂者以樂，病者以愈，而吾亭適成。於是舉酒於亭上以屬客，而告之曰：「五日不雨，可乎？」曰：「五日不雨，則無麥。」「十日不雨，可乎？」曰：「十日不雨，則無禾。」無麥無禾，歲且荐饑，獄訟繁興，而盜賊滋熾，則吾與二三子，雖欲優游以樂於此亭，其可得耶！今天不遺斯民，始旱而賜之以雨，使吾與二三子，得相與優游而樂於此亭者，皆雨之賜也。其又可忘耶！既以名亭，又從而歌之，曰：使天而雨珠，寒者不得以爲襦。使天而雨玉，饑者不得以爲粟。一雨三日，繄誰之力。民曰太守，太守不有。歸之天子，天子曰不然。歸之造物，造物不自以爲功。歸之太空，太空冥冥。不可得而名，吾以名吾亭。〔註60〕

寫該亭得名由來，乃是「亭以雨名，志喜也。」再以史事寫古人命名之心意，同時不分事情大小，「古者有喜，則以名物，示不忘也。周公得禾，以名其書；漢武得鼎，以名其年；叔孫勝狄，以名其子。其喜之大小不齊，其示不忘一也。」眾人期盼的大雨之日來臨時「官吏相與慶於庭，商賈相與歌於市，農夫相與忭於野，憂者以樂，病者以愈，而吾亭適成。」文末再將得雨歸功於天「一雨三日，繄誰之力。民曰太守，太守不有。歸之天子，天子曰不然。歸之造物，造物不自以爲功。歸之太空，太空冥冥。」〈喜雨亭記〉除展現與民同樂的情懷，還恰當的將該亭緊密繫於太守、天子、造物、太空，將人事歸於宇宙運轉道理之中，文氣順暢而有條理。展現蘇軾精警的哲理思辨能力。另〈凌虛臺記〉一文：

> 物之廢興成毀，不可得而知也。昔者荒草野田，霜露之所蒙翳，狐虺之所竄伏，方是時，豈知有凌虛臺耶？廢興成毀相尋於無窮，則臺之復爲荒草野田，皆不可知也。嘗試與公登臺而望，其東則秦穆之祈年、橐泉也，其南則漢武之長楊、五柞，而其北則隋之仁壽、

〔註60〕收錄《蘇軾文集》（北京：中華書局，2004年11月）卷十一，頁349。

唐之九成也。計其一時之盛，宏傑詭麗，堅固而不可動者，豈特百倍於臺而已哉！然而數世之後，欲求其彷彿，而破瓦頹垣無復存者，既已化爲禾黍荊棘丘墟隴畝矣，而況於此臺歟？夫臺猶不足恃以長久，而況於人事之得喪，忽往而忽來者歟？而或者欲以夸世而自足，則過矣。蓋世有足恃者，而不在乎臺之存亡也。〔註61〕

蘇軾從臺之築成預料日後台終將毀壞，若干年後當會由高臺成爲荒野，天地之間的事何嘗不是「廢興成毀相尋於無窮」，而高臺亦「猶不足恃以長久」因此體悟「蓋世有足恃者，而不在乎臺之存亡也」，既然成敗不在於臺的存亡，在無限的時空之中，所有一切都是有限而暫時，那麼有何事物能夠經歷時空長河而歷久不衰？蘇軾在文中提出這樣的哲理思考。文中寄託對於往來倏忽的飄忽歲月以及人事代謝的感慨，曾經風光興盛的一切如今也只是「破瓦頹垣無復存者」、「化爲禾黍荊棘丘墟隴畝矣」給人無限欷噓。因而該記乃是將臺的有無歸諸精神意義的存亡，而非實際形體上的存在與否，凸顯蘇軾重視超越景象而重視傳達精神、事理的文學觀。〈凌虛臺記〉蘇軾並未針對問題提出解釋，那麼從〈墨妙亭記〉可見蘇軾如何看待事物如何永恆而不被淘汰的看法：

凡有物必歸於盡，而恃形以爲固者，尤不可長，雖金石之堅，俄而變壞，至於功名文章，其傳世垂後，乃爲差久。〔註62〕

由此觀之，蘇軾認爲文章功業便是長久流傳之事，無形的精神才會是永恆。在〈凌虛臺記〉中蘇軾從成敗興衰的變遷思考有形與無形的相異性，在〈墨妙亭記〉則提出文章功業的永恆精神。此外，〈墨妙亭記〉還提出一項天命與人事之間矛盾與否的見解：

余以爲知命者，必盡人事，然後理足而無憾。物之有成必有壞，譬如人之有生必有死，而國之有興必有亡也。雖知其然，而君子之養身也，凡可以久生而緩死者無不用，其治國也，凡可以存存而救亡者無不爲，至於不可奈何而後已。此之謂知命。〔註63〕

顯然的，蘇軾所謂的「知命」並非被動的聽天由命，而是積極的努力於人事，儘管國有興亡、人有生死皆無法抗拒，但只要進取於人事便可「理足而無憾」，這便是知命，「理足而無憾」之後所完成的「知命」，遂使天命與人事之間不

〔註61〕收錄《蘇軾文集》（北京：中華書局，2004年11月）卷十一，頁350。
〔註62〕收錄《蘇軾文集》（北京：中華書局，2004年11月）卷十一，頁354。
〔註63〕同上注。

相衝突矛盾了。〈超然臺記〉以客觀角度開脫心中的矛盾與失落，提出「超然物外」的人生之樂，而這樣的樂乃是無入而不自得；〈石鐘山記〉則將遊賞與格物致理結合，體現宋人注重理性的思考模式，一如他所說追求的在盡自然之理同時，得到人生眞諦，這篇文章因事及理，以實踐的精神求得「事不目見而聞，而臆斷其有無，可乎？」的道理，此外還在〈跋石鐘山記後〉中寫到他對錢塘東南的親身經歷與理解：

> 陽皆有水樂洞，泉流空巖中，自然宮商。又自靈隱下天竺而上至上天竺，谿行兩山間，巨石磊磊如牛羊，其聲空礐然，眞若鐘聲，乃知莊生所謂天籟者，蓋無所不在也。〔註64〕

這樣的考察，體現蘇軾在遊賞之中注重親身實踐以及理性思考的態度。《東坡志林》的小品，則是或詼諧或感慨地體現蘇軾的理性思考，以及對人事的看法，感性部分如〈記游松江〉追憶與老友同遊，「追思曩時，眞一夢耳」感慨人生如夢因而對待曾經的遊賞，乃是「此樂未嘗忘也」，情感形成強烈對比，在遊記中闡發哲理，並抒發人生感悟感悟的如〈記游松風亭〉，蘇軾爲達遊賞目的不堪疲累，忽然醒悟自己何必拘於目的，而應該「若掛鉤之魚」便能解脫，在此將愜意遊賞的感受提升至看待生死於度外，展現超越自我以及自然萬物的追求心靈自由的哲理；〈記鐵墓厄臺〉、〈記樊山〉、〈記赤壁〉三篇遊記篇幅短小，考據古蹟，在賞景中表現蘇軾重視歷史，以及自然而然的運用理性態度審視外界的態度。〈記鐵墓厄臺〉云：

> 舊遊陳州，留七十餘日。近城可遊觀者無不至。柳湖傍，有丘，俗謂之「鐵墓」，云：「陳胡公墓也。」城濠水注齧其趾，見有鐵錮之。又有寺曰「厄臺」，云：「孔子厄於陳、蔡所居者。」其說荒唐不可信。或曰：「東漢陳愍王寵教弩臺以控扼黃巾者。」斯說爲近之。〔註65〕

寫陳州柳湖旁一小丘之名究竟爲「鐵墓」、或「厄臺」，然蘇軾認爲這兩個說法「其說荒唐不可信」，並認爲「『東漢陳愍王寵教弩臺以控扼黃巾者。』斯說爲近之。」考證陳州厄臺並非孔子困於陳蔡時所居之地。〈記樊山〉：

> 自余所居臨皋亭下，亂流而西，泊於樊山，爲樊口。或曰「燔山」。歲旱燔之，起龍致雨。或曰樊氏居之。不知孰是？其上爲盧洲，孫仲謀汎江，遇大風，柂師請所之。仲謀欲往盧洲，其僕谷利以刀擬

〔註64〕收錄《蘇軾文集》（北京：中華書局，2004年11月）卷六十六，頁2074。
〔註65〕收錄《蘇軾文集》（北京：中華書局，2004年11月）卷六十六，頁2075。

> 柂師，使泊樊口。遂自樊口鑿山通路歸武昌，今猶謂之「吳王峴」。有洞穴，土紫色，可以磨鏡。循山而南，至寒谿寺。上有曲山，山頂即位壇、九曲亭，皆孫氏遺跡。西山寺，泉水白而甘，名菩薩泉。泉所出石，如人垂手也。山下有陶母廟。陶公治武昌，既病登舟，而死於樊口。尋繹故跡，使人悽然。仲謀獵於樊口，得一豹，見老母，曰：「何不逮其尾？」忽然不見。今山中有聖母廟。予十五年前過之，見彼板彷彿有「得一豹」三字，今亡矣。〔註66〕

寫臨皐亭下「亂流而西，泊於樊山，爲樊口。或曰「燔山」。歲旱燔之，起龍致雨。或曰樊氏居之。不知孰是？」並將歷史往前推移至「仲謀欲往盧洲，其僕谷利以刀擬柂師，使泊樊口。」又說「有洞穴，土紫色，可以磨鏡。循山而南，至寒谿寺。上有曲山，山頂即位壇、九曲亭，皆孫氏遺跡。」將景物與歷史陳跡作結合；〈記赤壁〉：

> 黃州守居之數百步爲赤壁，或言即周瑜破曹公處，不知果是否？斷崖壁立，江水深碧，二鶻巢其上。上有二蛇，或見之。遇風浪靜，輒乘小舟至其下。捨舟登岸，入徐公洞。非有洞穴也，但山崦深邃耳。《圖經》云是徐邈。不知何時人，非魏之徐邈也。岸多細石，往往有溫瑩如玉者，深淺紅黃之色，或細紋如人手指螺紋也。既數游，得二百七十枚，大者如棗栗，小者如芡實。又得一古銅盆，盛之，注水粲然。有一枚如虎豹首，有口鼻眼處，以爲群石之長。〔註67〕

以三國時代的赤壁與黃州赤壁究竟是否爲一作考據「黃州守居之數百步爲赤壁，或言即周瑜破曹公處，不知果是否？」的想法作爲思考脈絡的開展。這些根據古蹟、歷史創作而成的遊記，一方面展現蘇軾在遊賞之中顯現他對過往人事的評價，一方面則是體現他理性探究、並勇於追求事實的態度，這和〈石鐘山記〉所展現的理性精神是相同的。

蘇軾以重視「理」的觀念創作文學作品不只表現在散文體裁的遊記上，如〈題西林壁〉、〈百步洪〉充滿理趣之詩作也同樣展現他在文學中體現「理」的精神。〈題西林壁〉：「橫看成嶺側成峰，遠近高低各不同。不識廬山眞面目，只緣身在此山中」〔註68〕體現人之所見乃因時空不同而具有相對性，然若能

〔註66〕收錄《蘇軾文集》（北京：中華書局，2004年11月）卷七十一，頁2254。
〔註67〕收錄《蘇軾文集》（北京：中華書局，2004年11月）卷七十一，頁2254。
〔註68〕收錄《蘇軾詩集》（北京：中華書局，2007年4月）卷二十三，頁1219。

入於其內、超然其外，便能以客觀而全面的態度審視萬物，以理性角度觀看山水並且進一步探討宇宙自然，求得人生安身立命之道的思考方式；再看〈百步洪〉，蘇軾時任徐州知府，先後與王定國、參寥放舟百步洪下，並作詩分贈二人，本詩乃送與參寥，是一首充滿理趣的記遊詩，在遊賞之樂中寄託懷念好友的心情以及對人生的體悟。詩序云：「王定國訪余於彭城。一日，棹小舟，與顏長道攜盼、英、卿三子游泗水，北上聖女山，南下百步洪，吹笛飲酒，乘月而歸。余時以事不得往，夜著羽衣，佇立於黃樓上，相視而笑，以爲李太白死，世間無此樂三百餘年矣。定國既去逾月，復與參寥師放舟洪下，追懷曩游，已爲陳跡，喟然而歎。故作二詩，一以遺參寥，一以寄定國，且示顏長道、舒堯文邀同賦云。」其詩：

> 長洪斗落生跳波，輕舟南下如投梭。水師絕叫鳧雁起，亂石一線爭磋磨。有如兔走鷹隼落，駿馬下注千丈坡。斷絃離柱箭脫手，飛電過隙珠翻荷。四山眩轉風掠耳，但見流沫生千渦。嶮中得樂雖一快，何意水伯誇秋河。我生乘化日夜逝，坐覺一念逾新羅。紛紛爭奪醉夢裏，豈信荊棘埋銅駝。覺來俯仰失千劫，回視此水殊委蛇。君看岸邊蒼石上，古來篙眼如蜂窠。但應此心無所住，造物雖駛如吾何。回船上馬各歸去，多言譊譊師所呵。〔註69〕

詩的前半部分以雄渾之氣寫浪急舟輕之景，節奏緊促氣勢迭出，後半部分則從「君看」以下轉爲哲理思索，議論並說理。面對氣勢萬千的水勢，蘇軾自人生短暫、物是人非以及宇宙的廣闊聯想起古人遺跡尚在而其人早已遠去，但他的心情並未因此走進悲觀消極之中，因此筆鋒一轉，自我開解的點出只要保有「心無所住」的精神狀態，那麼「造物雖駛如吾何」還以幽默語氣「多言譊譊師所呵」自我解嘲，完結對生命以及人事乃至宇宙的議論。

蘇軾面對自然山水時，主觀的超越了山水並且更進一步的以「理性」思維審視山水，因此他的遊記作品大多透過淡化景物的描寫以凸顯自我情感，對蘇軾而言，事物的形色並非最爲重要，總在觀照自然景物之時，略其外形而求其神理，才是他山水遊記的重點，在他的遊記可以發現他追求理性感悟的面向，因此除了看見景物含有的哲理之美以外，更可以看見蘇軾在山水中展現他觀察與認識人世的理趣。

〔註69〕收錄《蘇軾詩集》（北京：中華書局，2007年4月）卷十七，頁891。

（二）神理寓諸文字之中

對蘇軾而言，文學創作的最佳境界乃是充分而自由的表露人生、強調自我主體意識，因而他將自我的人格力量、審美取向、性格精神等昇華並化爲文字，蘇軾認爲文字中所呈現的，不僅止於一時一地或短暫悲喜的呈現，而是整個人生智慧、胸襟思想的展現，故而放大了文字的感悟力量。同時，蘇軾認爲文章有其自身所能確立的價值，他在〈答毛澤民七首之一〉說：

> 世間爲名實不可欺。文章如金玉，各有定價，先後進相汲引，因其言以信於世，則有之矣。至其品目高下，蓋付之眾口，決非一夫所能抑揚。軾於黃魯直、張文潛輩數子，特先識之耳。始誦其文，蓋疑信者相半，久乃自定，翕然稱之，軾豈能爲之輕重哉！〔註 70〕

藉由黃庭堅文章從被懷疑直至認可的過程，說明文章自身所存有的價值乃是能夠經歷挑戰以及考驗，故能「久乃自定」，如同金玉一樣具有獨立價值，決非「一夫所能抑揚」，深刻說明文章所具有的傳世功能。因著文章之所以有傳世而不朽的地位，爲文時亦有所用心與體會，他曾經說自己爲文的境界：

> 吾文如萬斛泉源，不擇地皆可出在平地滔滔汩汩，雖一日千里無難。及其與山石曲折，隨物賦形，而不可知也。所可知者，常行於所當行，常止於不可不止，如是而已矣。〔註 71〕

這便是蘇軾在文學中體驗到生命的全然自在，以及左右逢源的理想境界。就寫作過程而言，這是作者本身直抒胸臆，不爲文造情的書寫；就作品而言，便是渾然天成的呈現，沒有刻意雕飾的痕跡。文章的產生乃出於胸中的體會，是有感而發之作，故爲文時所表達的思想情感乃是自由而流暢，因此文章自然呈現文理，能夠體現作者的心緒，並在「隨物賦形」的過程中能夠自由的游刃有餘，而「常行於所當行，常止於不可不止。」蘇軾主張不爲文而造情，內心情感的自然抒發才是爲文重點：

> 夫昔之爲文者，非能爲之爲工，乃不能不爲之爲工也。山川之有雲霧，草木之有華實，充滿勃鬱，而見於外，夫雖欲無有，其可得耶！自少聞家君之論文，以爲古之聖人有所不能自已而作者。故軾與弟轍爲文至多，而未嘗敢有作文之意。己亥之歲，侍行適楚，舟中無

〔註 70〕收錄《蘇軾文集》（北京：中華書局，2004 年 11 月）卷五十三，頁 1571。
〔註 71〕〈自評文〉，收錄《蘇軾文集》（北京：中華書局，2004 年 11 月）卷六十六，頁 2069。

事，博弈飲酒，非所以爲閨門之歡，而山川之秀美，風俗之朴陋，賢人君子之遺跡，與凡耳目之所接者，雜然有觸於中，而發於詠歎。〔註 72〕

其中所說不刻意爲文的態度，即是文章乃是因內心有所感悟而創作，因而文字中便會充盈作者的內在情感與豐富內涵，這種以文字駕馭生命以及體現生命智慧的觀念在他面對山水美景時同樣有所展現。

蘇軾認爲遊賞於自然山水能夠化解內心鬱悶，「不如且徜徉山水間散此伊鬱也」，〔註 73〕將遊賞山水之樂視作使心靈悠閒自適的良藥，「青天孤月，固是人間一快」，〔註 74〕同時也認爲山水美景需要藉助文字記錄方可流傳而揚名，故云「橫風吹雨入樓斜，壯觀應須好句誇」、〔註 75〕「遣子窮愁天有意，吳中山水要清詩」、〔註 76〕「不將新句紀茲游，恐負山中清淨債」，〔註 77〕可知蘇軾強調遊賞山水時，將所觀之景視作審美對象，並且化爲文學作品的自然山水審美態度。不僅如此，他也認爲將名勝美景以文字記錄方式流傳於後乃是自己本該進行之事。他在黃州時寫信給陳師仲，信中一方面提及自己貶謫黃州「負罪遠竄，流離契闊」的心情，另一方面感謝陳師仲「獨犯眾人之所忌」與自己有所來往，並「編述《超然》、《黃樓》二集，爲賜尤重」，同時感嘆「人生如朝露，意所樂則爲之，何暇計議窮達」，信末便提及蘇軾看待山水時，認爲自己應持有的態度：

山水窮絕處，往往有軾題字，想復題其後。足下所至，詩但不擇古律，以日月次之，異日觀之，便是行記。〔註 78〕

即使身處謫居憂患之中，蘇軾面對山水仍有應以文字記錄的體會，不曾因爲

〔註 72〕〈南行前集敘〉，收錄《蘇軾文集》（北京：中華書局，2004 年 11 月）卷十，頁 323。

〔註 73〕〈與程正輔〉七十一之四十五，收錄《蘇軾文集》（北京：中華書局，2004 年 11 月）卷五十四，頁 1607。

〔註 74〕〈題合江樓〉，收錄《蘇軾文集》（北京：中華書局，2004 年 11 月）卷七十一，頁 2272。

〔註 75〕〈望海樓晚景〉，收錄《蘇軾詩集》（北京：中華書局，2007 年 4 月）卷八，頁 368。

〔註 76〕〈和晁同年九日見寄〉，收錄《蘇軾詩集》（北京：中華書局，2007 年 4 月）卷十四，頁 696。

〔註 77〕〈與胡祠部游法華山〉，收錄《蘇軾詩集》（北京：中華書局，2007 年 4 月）卷十九，頁 988。

〔註 78〕〈答陳師仲主簿書〉，收錄《蘇軾文集》（北京：中華書局，2004 年 11 月）卷四十九，頁 1428。

謫居地偏遠、內心苦悶而稍減，這便是蘇軾以山水文學作品的審美創造作爲他自然山水審美觀的依歸。

蘇軾對於山水與文學創作之間的聯繫有確切的體悟，他在黃州與程彝仲書信來往：

> 闊別永久，多難流落，百事廢弛，不復通問。獨吾兄不忘疇昔，時枉遠書，感怍不可言。仍審比來起居佳勝。又讀別紙所記園亭山水之勝，廢卷閉目，如到其間，幸甚！幸甚！〔註79〕

面對自己「多難流落，百事廢弛」的身世有深刻感慨，但對於有機會能讀到紀錄山水庭園的文學作品，他這麼說：「又讀別紙所記園亭山水之勝，廢卷閉目，如到其間，幸甚！幸甚！」這是蘇軾在謫居期間甚感欣慰之事。此外，他也認爲山水之中自有創作的靈感源頭，而這份來自山水的創作泉源，乃是身在世俗名利中之人無法領略，故云「某江湖之人，久留輦下，如在樊籠，豈復有佳思也。」〔註80〕他認爲必須有拋開世俗名利的胸懷方能眞正領略山水勝景：「乃知山水遊放之樂，自是人生難必之事，況於市朝眷戀之徒，而出山林獨往之言，固已疏矣。」〔註81〕山水之樂、之美並非眷戀世俗者可以體會，這是蘇軾在宦遊生涯中遊賞山水所產生的體悟，所以他一再地在作品中提及自己留戀山水並且寫下創作的心路歷程：「顧我無足戀，戀此山水青。新詩如彈丸，脫手不暫停」，〔註82〕可知蘇軾在山水中獲得身心的安頓，也將山水視爲創作的靈感來源，在無足眷戀的人世中，仍存有「戀此山水青」感觸，故而要創作作品，他說「天憐詩人窮，乞與供詩本」，〔註83〕正是意識到山水乃是「詩本」、正是創作的對象與根源，因爲在江山中得到創作泉源，故曾言「遊遍錢塘湖上山，歸來文字帶芳鮮」，〔註84〕他在山水勝景中得江山之助，

〔註79〕〈與程彝仲〉六之五，收錄《蘇軾文集》（北京：中華書局，2004年11月）卷五十八，頁1751。

〔註80〕〈與劉貢父〉七之七，收錄《蘇軾文集》（北京：中華書局，2004年11月）卷五十一，頁1467。

〔註81〕〈題逸少帖〉，收錄《蘇軾文集》（北京：中華書局，2004年11月）卷六十九，頁2169。

〔註82〕〈次韻答參寥〉，收錄《蘇軾詩集》（北京：中華書局，2007年4月）卷十八，頁948。

〔註83〕〈僧清順新作垂雲亭〉，收錄《蘇軾詩集》（北京：中華書局，2007年4月）卷九，頁451。

〔註84〕〈送鄭户曹〉，收錄《蘇軾詩集》（北京：中華書局，2007年4月）卷十六，頁791。

遂有記遊之詩詞文流傳，在宦遊生涯中爲他帶來免除煩憂的生活心態，〈滿庭芳〉：「思量。能幾許，憂愁風雨，一半相妨。又何須，抵死說短論長。幸對清風皓月，苔茵展，雲幕高張。江南好，千鍾美酒，一曲滿庭芳」，[註85]「清風皓月」之景使他暫忘仕途上的憂慮，在諸多美景當中他更加深刻體會「清景一失後難摹」[註86]之理，遂在文字中記錄遊賞山水的體會。

因著對文字的體悟與掌握，蘇軾在山水遊記中便得以收放自如的開展其思想脈絡，其中重要的特色便是他在遊記中以理性思維審視山水以及人生並抒發對生命的思索。

二、物我關係：從「萬物齊一」到「物我相忘」

（一）萬物齊一

蘇軾云：「平生寓物不留物」[註87]可知他對待外物的方法乃是「遊於物外」，遊於物外的同時更不爲物滯、把握整體，對人生與自然進行審美活動，〈寶繪堂記〉：

> 君子可以寓意於物，而不可留意於物。寓意於物，雖微物足以爲樂，雖尤物不足以爲病；留意於物，雖微物足以爲病，雖尤物不足以爲樂。[註88]

在寓意於物的心態底下，物便爲我用，便能在過程中獲得至樂，因而不僅是超越了自然外物、更掌控自然外物。莊子「齊物」思想亦讓他在困頓之中得以消解苦悶，保持超然曠達胸懷。其知密州所作〈後杞菊賦〉：

> 人生一世，如屈伸肘。何者爲貧？何者爲富何者爲美？何者爲陋？或糠覈而瓠肥，或粱肉而墨瘦。何侯方丈，庾郎三九。較豐約於夢寐，卒同歸於一朽。[註89]

文中即揭示因爲窮通不改其憂樂的個性，使蘇軾以超然之境界面對得失。人

[註85] 收錄鄒同慶、王宗堂《蘇軾詞編年校注》（北京：中華書局，2002年9月），頁458。

[註86] 〈臘日遊孤山訪惠勤惠思二僧〉，收錄《蘇軾詩集》（北京：中華書局，2007年4月）卷七，頁316。

[註87] 〈寄吳德仁兼簡陳季常〉，收錄《蘇軾詩集》（北京：中華書局，2007年4月）卷二十五，頁1340。

[註88] 收錄《蘇軾文集》（北京：中華書局，2004年11月）卷十一，頁356。

[註89] 收錄《蘇軾文集》（北京：中華書局，2004年11月）卷一，頁4。

生變化無常，禍福名利本存於其中，並非一時但也不會永遠，因此這種暫時性的苦樂便不足在意。所謂「太山秋毫兩無窮，鉅細本出相形中。大千起滅一塵裏，未覺杭潁誰雌雄」〔註 90〕正是蘇軾將萬物齊一的方法。從「大千起滅一塵裡」觀看世界，事物的差異性便從而消失，因而物我之間也就沒有任何差別。他在〈廣心齋銘〉說：

> 細德險微，憎愛彼我。君子廣心，物無不可。心不運寸，中積瑣瑣。得得戚戚，忿欲生火。然爐傾側，焚我中和。沃以遠水，井泉無波。天下爲量，萬物一家。前聖後聖，惠我光華。〔註 91〕

能秉持萬物爲一的觀點，胸襟自然開闊，自然會「物無不可」，否則將爲瑣碎之事使得「焚我中和」。從黃州所寫前〈赤壁賦〉可看出這種齊一的觀點：

> 蘇子曰：客亦知夫水與月乎？逝者如斯，而未嘗往也。盈虛者如彼，而卒莫消長也。蓋將自其變者而觀之，則天地曾不能以一瞬。自其不變者而觀之，則物與我皆無盡也，而又何羨乎？

此段文字即體現「任性逍遙，隨緣自適」，乃是超越一切的勝解與萬物皆一的觀點，在參天地造化過程中體會物我一體的感受，便能夠在遊賞過程中體會生命意義的永恆。因此蘇軾在文中揭示「蓋將自其變者而觀之，則天地曾不能以一瞬。自其不變者而觀之，則物與我皆無盡也」之理，使個人精神力量超越自然萬物、超越短暫的生命而淩駕於生命之上，使自我生命力量與萬物爲一，突破生命短暫的侷限性，一方面領略宇宙的運行道理，一方面在仕隱矛盾之中逐漸獲得消解，因此仍然懷抱理想的他便能夠以萬物與我皆無盡的觀點看待世界，因而天地之間便無所謂得失與否。

蘇軾善處憂患，能隨遇而安，俱與齊物思想有關。蘇軾所云「此心安處是吾鄉」、「一如本是黃州人」、「我本海南民」等語，莫不是以齊一的心態觀看人生，將異鄉等同家鄉，方可獲得貶謫苦悶的調適與解脫，從而免去謫居與安居之間的差異。謫黃期間，蘇軾在三年間的同一日分別寫下記遊詩作，便可以看出他因吸收莊子思想而逐漸視異鄉爲故鄉的心境變遷，元豐三年經過春風嶺所作〈正月二十日，往岐亭，郡人潘、古、郭三人送余於女王城東

〔註 90〕〈軾在潁州，與趙德麟同治西湖，未成，改揚州。三月十六日，湖成，德麟有詩見懷，次其韻〉，收錄《蘇軾詩集》（北京：中華書局，2007 年 4 月）卷三十五，頁 1876。

〔註 91〕收錄《蘇軾文集》（北京：中華書局，2004 年 11 月）卷十九，頁 576。

禪莊院〉：

> 十日春寒不出門，不知江柳已搖村。稍聞決決流冰谷，盡放青青沒燒痕。數畝荒園留我住，半瓶濁酒待君溫。去年今日關山路，細雨梅花正斷魂〔註92〕

元豐四年，蘇軾欲往岐亭探訪陳慥，再次經過春風嶺。他憶及曾寫下「細雨梅花正斷魂」的淒清之景，與此次出遊草木已現生機之景大不相同，心境也有所變遷，遂寫下〈正月二十日，與潘、郭二生出郊尋春，忽記去年是日同至女王城作詩，乃和前韻〉：

> 東風未肯入東門，走馬還尋去歲村。人似秋鴻來有信，事如春夢了無痕。江城白酒三杯釅，野老蒼顏一笑溫。已約年年爲此會，故人不用賦〈招魂〉。〔註93〕

詩中雖有「人似秋鴻來有信，事如春夢了無痕」感慨之語，卻也見到他逐漸褪去政治上的失意，顯露出心境的漸次開闊，也見到他與友人間「已約年年爲此會」的溫情。元豐五年，蘇軾謫居黃州已過二載，他再遊故地寫下〈六年正月二十日，復出東門，仍用前韻〉：

> 亂山環合水侵門，身在淮南盡處村。五畝漸成終老計，九重新埽舊巢痕。豈惟見慣沙鷗熟，已覺來多釣石溫。長與東風約今日，暗香先返玉梅魂〔註94〕

依序讀之，可發現蘇軾初到黃州之時面對政治風暴仍無法釋懷甚而感到悲傷。一段時日以後，他漸漸走進黃州山水與百姓生活當中，遂在其中找回天性曠達的懷抱以及坦然自適的情懷，逐漸從矛盾、得失中走出，在內心逐漸能夠獲得平衡以及消解心中苦悶。這三首分別作於不同年的詩作，展現的正是蘇軾深入的關注自我生命以及所處環境，並且從謫居苦悶中體會宇宙之間蘊藏的無限生機與自然界規律的變化，故而在這樣的體驗之下，蘇軾將自我與天地視作同一，而能夠在得失之間獲得平衡。蘇軾居處窮困，然他能以莊子齊物的觀點自處，故能夠視窮通貴賤爲生命中稍縱即逝、暫時、短暫的環節，而貶謫、貧困這種短暫的痛苦相對於廣漠的人世便不足在意了。

蘇軾能以莊子齊物我觀點生活而能坦然自適，因而見到秦觀自書挽詞也不

〔註92〕收錄《蘇軾詩集》（北京：中華書局，2007年4月）卷二十一，頁1077。
〔註93〕收錄《蘇軾詩集》（北京：中華書局，2007年4月）卷二十一，頁1105。
〔註94〕收錄《蘇軾詩集》（北京：中華書局，2007年4月）卷二十二，頁1154。

覺奇怪，反倒說「予以謂少游齊死生，了物我，戲出此語，無足怪者」，〔註 95〕試看〈試筆自書〉：

> 吾始至南海，環視天水無際，悽然傷之，曰：「何時得出此島耶？」已而思之，天地在積水中，九州在大瀛海中，中國在少海中，有生孰不在島者？覆盆水於地，芥浮於水，蟻附於芥，茫然不知所濟。少焉水涸，蟻即徑去，見其類，出涕曰：「幾不復與子相見，豈知俯仰之間，有方軌八達之路乎？」念此可以一笑。戊寅九月十二日，與客飲薄酒小醉，信筆書此紙。〔註 96〕

這是蘇軾寫前往儋州時的心境。儋州與惠州相較之下，離鄉更遠，歸期更加渺茫，環境更是不佳。但若以齊物思想審視此行，那麼天地萬物有誰不在宇宙之中，那麼居於何處似乎並無差異；因此蘇軾將希望寄託於「方軌八達之路」，如此一來便免除了居處地的差異性，而能夠同一的看待所處環境，同時不失去對未來的信心。這種不因環境變遷而影響內心的心境，又可見諸〈記游松風亭〉：

> 心若掛鉤之魚，忽得解脫。……雖兩陣相接，鼓聲如雷霆，進則死敵，退則死法，當恁麼時，也不妨熟歇。

本段文字很能體現蘇軾將萬物視爲同一的精神。因蘇軾在謫居期間把握住萬物齊一的心態，所以能透取同捨異的看待所面臨的一切，將他鄉等同於家鄉，以寬闊的胸襟處之，於其中獲得自適之情。

從「物我合一」的觀點出發，蘇軾將自我與外界的差異抹去，故而在謫居中免除憂患，能夠淡然於苦難之中，因此無論是〈記游松風亭〉或是〈書秦少游挽詞後〉，蘇軾都確實的將物我之間的關係視作一體，因而生死與得失甚而有情與無情對蘇軾來說都是無入而不自得的高曠情懷了。蘇軾晚年所作記遊文章〈天慶觀乳泉賦〉：

> 陰陽之相化，天一爲水。六者其壯，而一者其稚也。夫物老死於坤，而萌芽於復。故水者，物之終始也。意水之在人寰也，如山川之蓄雲，草木之含滋，漠然無形而爲往來之氣也。爲氣者水之生，而有形者其死也。死者鹹而生者甘，甘者能往能來，而鹹者一出而不復返，此陰陽之理也。吾何以知之？蓋嘗求之於身而得其說。凡水之

〔註 95〕〈書秦少游挽詞後〉，收錄《蘇軾文集》（北京：中華書局，2004 年 11 月）卷六十八，頁 2158。

〔註 96〕收錄《蘇軾文集‧佚文彙編》（北京：中華書局，2004 年 11 月），卷五，頁 2549。

在人者，爲汗、爲涕、爲洟、爲血、爲溲、爲淚、爲矢、爲涎、爲沫，此數者，皆水之去人而外騖，然後肇形於有物，皆鹹不能返。故鹹者九而甘者一。一者何也？唯華池之眞液，下涌於舌底，而上流於牙頰，甘而不壞，白而不濁，宜古之仙者以是爲金丹之祖，長生不死之藥也。今夫水之在天地之間者，下則爲江湖井泉，上則爲雨露霜雪，皆同一味之甘，是以變化往來，有逝而無竭。故海洲之泉必甘，而海雲之雨不鹹者，如涇渭之不相亂，河濟之不相涉也。若夫四海之水，與凡出鹽之泉，皆天地之死氣也。故能殺而不能生，能槁而不能浹也，豈不然哉？吾謫居儋耳，卜築城南，鄰於司命之宮，百井皆鹹，而醪醴湩乳，獨發於宮中，給吾飲食酒茗之用，蓋沛然無窮。吾嘗中夜而起，挈缾而東。有落月之相隨，無一人而我同。汲者未動，夜氣方歸。鏘瓊佩之落谷，灩玉池之生肥。吾三嚥而遄返，懼守神之訶譏，卻五味以謝六塵，梧一眞而失百非。信飛仙之有藥，中無主而何依。渺松喬之安在，猶想像於庶幾。〔註97〕

文中由陰陽之理解釋水的物理變化，「死者鹹而生者甘，甘者能往能來，而鹹者一出而不復返，此陰陽之理也。」並透過親身經歷與觀察，說明自己夜至天慶觀暢飲泉水的經過。文章首先揭示陰陽之理與水之間的關係，再寫人的身體與水之間的關聯，至此才進入夜至天慶觀取水的過程。蘇軾在深夜一人行走於取水路途上，在「有落月之相隨，無一人而我同」的情景下，一方面顯現出自然之景的一路相伴、一方面顯現出他孤獨無人陪伴的情形。因謫居地的偏遠，「無一人而我同」的情形很可以想見，然而蘇軾能在這樣的環境之下轉換思考方向，跳脫出孤寂之感，而進一步的認爲「有落月之相隨」、「信飛仙之有藥，中無主而何依。渺松喬之安在，猶想像於庶幾」的心得，這是蘇軾能夠滿足於簡單、平淡的生活，並且發自內心的感到安適，蘇軾面對生死、得失都無二致，遂在生活、思想中體現無往而不自得之情。

（二）從「萬物齊一」至「物我相忘」

「萬物齊一」的自然審美觀乃是將人生事物之間的具體差異加以消除，而「物我相忘」則是從情感的層面上消去我與萬物之間的區別，忘卻物我，遂可無物無我，因此萬物之間不僅齊一甚而是沒有物與我之間的分別。

〔註97〕收錄《蘇軾文集》（北京：中華書局，2004年11月）卷一，頁15。

> 杜門面壁，觀六十年之非。豈獨江湖之相忘，蓋已寂寥而喪我。〔註98〕

> 及其相忘之至也，則形容心術，酬酢萬物之變，忽然而不自知也。自不能者而觀之，其神智妙達，不既超然與如來同乎！〔註99〕

> 間一二日輒往，焚香默坐，深自省察，則物我相忘，身心皆空，求罪垢所從生而不可得。〔註100〕

> 平等若一，無有高下，輕重大小。云何能一，以忘我故。若不忘我，一畫之中，已現二相，而況多畫。〔註101〕

如同莊子所說「相忘於江湖」的境界，既忘物之存有執著，又忘我之存有執著，達到物我兩忘、超然物我之外，這種與物相忘的精神狀態其實正在日常生活之中，《東坡易傳》即云：

> 咸者以神交，夫神者將移其心，而況於身乎！身忘而後神存，心不移則身不忘，身不忘則神忘，故神與身，非兩存也，必有一忘。忘不足屨，則屨之爲累也，甚於桎梏。腰不忘帶，則帶之虐也，甚於縲紲。人之所以終日躡屨束帶而不知厭者，以其忘之也。（卷四）

之所有不能忘，乃在於有心執著，正如同腳上之鞋、腰間之帶，若是時時記掛，便覺累贅束縛，然人之所以不覺累贅束縛，正因爲穿戴在身上卻總不會時時掛記，因爲這樣的忘卻保存了腳鞋腰帶的存有。蘇軾便以此爲例，指出唯有透過忘一己之身才能存其神，神存之後，才能全其身也。

蘇軾論及歐陽脩以六一居士自稱，云「吾《集古錄》一千卷，藏書一萬卷，有琴一張，有棋一局，而常置酒一壺，吾老於其間，是爲六一。」即指出歐陽脩賞玩己身之外的五物，能與五物和合爲一也；〈書六一居士傳後〉云：

> 蘇子曰：「居士可謂有道者也。」或曰：「居士非有道者也。有道者，無所挾而安，居士之於五物，捐世俗之所爭，而拾其所棄者也。烏

〔註98〕〈答王幼安宣德啓〉收錄《蘇軾文集》（北京：中華書局，2004年11月）卷四十七，頁1369。

〔註99〕〈虔州崇慶禪院新經藏記〉《蘇軾文集》（北京：中華書局，2004年11月）卷十二，頁390。

〔註100〕〈黃州安國寺記〉收錄《蘇軾文集》（北京：中華書局，2004年11月）卷十二，頁391。

〔註101〕〈書若逵所書經後〉，收錄《蘇軾文集》（北京：中華書局，2004年11月）卷六十九，頁2207。

> 得爲有道乎？」蘇子曰：「不然。挾五物而後安者，惑也。釋五物而後安者，又惑也。且物未始能累人也，軒裳圭組，且不能爲累，而況此五物乎？物之所以能累人者，以吾有之也。吾與物俱不得已而受形於天地之間，其孰能有之？而或者以爲己有，得之則喜，喪之則悲。今居士自謂六一，是其身均與五物爲一也。不知其有物耶，物有之也？居士與物均爲不能有，其孰能置得喪於其間？故曰：居士可謂有道者也。雖然，自一觀五，居士猶可見也。與五爲六，居士不可見也。居士殆將隱矣。」〔註 102〕

表明爲若有心挾物或釋物便不能安，挾物卻不執著於物，最後達到「不知其有物耶，物有之也」的物我兩忘境界，破除心之執著而得到超然曠達的心境。

從「萬物齊一」到「物我相忘」，蘇軾對待外物的審美心態促使他在記遊作品中展現超越自然的審美觀，表現自我與萬物爲一、物我相忘的哲思，因此記遊文章往往略景而存情、論理，在淡化山水景物的同時，蘇軾看重的是自然山水內涵之理，以及物我兩忘之理，故而蘇軾在遊記中所表現的哲理、體悟，便成爲遊記中勝於寫景的部分。

綜上所論，蘇軾山水遊記明顯的著重於理性的抒發，並且將情感建立在理性之上，以客觀的角度審視山水並將自我與自然山水合而爲一，因此他的遊記便出現略景存情，淡化山水之境的樣態。換言之，蘇軾的山水遊記在於展現理性思維以及人生體悟，同時與萬物達成和諧關係，亦即他所說「並生天地宇，同覽古今宙」之意，遂在遊記中開展了與萬物爲一的面向。

〔註 102〕〈書六一居士傳後〉，收錄《蘇軾文集》（北京：中華書局，2004 年 11 月）卷六十六，頁 2048。

第五章　柳、蘇山水遊記特質之比較

第一節　內涵精神

柳宗元、蘇軾山水遊記各具特色，透過前文的論述可以發現柳宗元的創作意識偏向以「情意」的抒發爲主，在描山繪水、刻畫景物的過程中體現自我情意，蘇軾的創作意識則是以「理」的態度審視山水，並不重視景物的刻畫，而是偏向透過山水、並以理性角度審視人生。因此本章即以柳、蘇二人遊記中的「情與理」爲論述主題，同時也要分析柳、蘇二人用運何種表達方式，也就是語言特色來呈現他們欲表達之情理，又在語言運用的過程中呈現什麼樣的特徵，這是本章要論述的第二個重點「言與意」。以下即就遊記內涵精神中的情與理、言與意兩部分析而論述之。

一、情與理

（一）柳重情之抒發；蘇重理之闡述

柳宗元遊記特色側重主觀山水描繪，選擇性地描寫永州、柳州之奇山麗水，藉彼地奇麗山水的描述，隱約吐露自己懷才不遇、有志難深、不爲世用的孤憤與牢騷。柳宗元遊記創作背景來自於貶謫生涯，故而有抑鬱難平之恨以及委屈難解之情，因此往往將自我情意投射於山水描繪之中，通過自身情感抒發遊賞山水之情，在描繪山水的過程中呈現心緒，是一種將「主觀的情感」投射於「客觀的自然」的書寫方式。

柳宗元歷經貶謫空間的偏遠、時間的久長，謫居期間山水成爲他的慰藉與溫暖，在尋求並欣賞自然之景的平和、和諧時，心靈才得到短暫的寧靜與安穩。而他在憂患中將自我心意投射於山水，藉助自然景物表現思想，使山水富有濃郁的主觀色彩，形成自然山水與自我合而爲一的情況；亦即柳宗元在山水中宣洩人生悲憤，並暫時獲致心理上的平衡或快意，在參天地之化的過程中獲得短暫與萬物同樂，心凝形釋與天地冥合。故而他的遊記並非僅止於描寫景物本身，而是在遊賞山水、記錄山水的同時凸顯自我情感。換言之，山水是柳宗元情感的載體，是他投射主觀情意的對象。

因爲貶謫，開啓了柳宗元山水遊記創作之機，十四年的貶謫生涯，起復還朝無望的情況下，柳宗元總是處於悲悶情緒之中。雖則「悶即出遊」，經常藉由出遊賞玩以消解心中鬱悶，但是遊賞之後總又回復到低落與失望情緒之中。遊賞後所作的遊記，無一不沾染他鬱悶難解的情緒。在「漱滌萬物，牢籠百態」的精細描摹寫生山水筆法之下，輕易可感受到柳宗元藉由山水描繪來抒發懷才不遇的心情。遊記藉景宣情的方式，一乃透過奇山異水來象徵自我的孤高幽深，故而所描繪之對象往往是孤山、幽林、奇石、深潭等；二乃藉由奇山異水的處境與命運象徵自己命運，抒發遭到遺棄與不爲世用的心聲。因不得志於世，遂自放於山林之中，於各式樣奇異景色中託寄其憂思，故而筆下所見的高山深壑，俱流露柳宗元身世之感。

柳宗元於貶謫荒州又無人援引助益的情況下，將生命融入永州、柳州未經開發環境之中，於是自我命運便與山水命運和合爲一，他乏人知遇援引，但他卻可以知遇山水，兩相比較，反倒又凸顯自己之悲情，文章中時常如此云；

> 是亭也，僻介閩嶺，佳境罕到，不書所作，使盛跡郁堙，是貽林澗之愧。(〈邕州柳中丞作馬退山茅亭記〉)

> 永之人未嘗游焉，余得之不敢專也，出而傳於世。(〈袁家渴記〉)

柳宗元是這樣將自己視爲山水知音。進而就凸顯出自己「才不爲世用，道不行於時」的悲情，〈愚溪詩序〉云：

> 愚溪之上，買小丘，爲愚丘。自愚丘東北行六十步，得泉焉，又買居之，爲愚泉。愚泉凡六穴，皆出山下平地，蓋上出也。合流屈曲而南，爲愚溝。遂負土累石，塞其隘，爲愚池。愚池之東，爲愚堂。其南，爲愚亭。池之中，爲愚島。嘉木異石錯置，皆山水之奇者，以予故，鹹以愚辱焉。……溪雖莫利於世，而善鑒萬類，清瑩透澈，鏘鳴金石，能使愚者喜笑眷慕，樂而不能去也。予雖不合於俗，亦

> 頗以文墨自慰，漱滌萬物，牢籠百態，而無所避之。以愚辭歌愚溪，則茫然而不違，昏然而同歸，超鴻蒙，混希夷，寂寥而莫我知也。

遂將滿腔鬱悶情緒隱含於更改冉溪之名、取名愚溪的過程，流露自己「不合於俗」的悲苦情緒，然而在「不合於俗」的情況下，他卻依然希冀能如愚溪一般保有「善鑒萬類」的能力，藉溪喻己，表露心聲，寬慰自我。

可見柳宗元筆下的山水，於細緻刻畫自然景物時，隱約將自我情感蘊藏其中，因此遊記中除可見山水的呈現，更可以找出柳宗元寄託其中的寂寞、不安、苦痛的情感。重「情」之抒發乃柳宗元遊記的主要特徵。

蘇軾的山水遊記則明顯呈現與柳宗元大異其趣的「理性」特質。因此蘇軾與柳宗元雖同遭貶謫，但因貶謫心境、個性以及文化氛圍〔註 1〕的不同因素下，他筆下的遊記並未如同柳宗元般多以情感抒發爲主，若說柳宗元遊記是以「情」的表現爲主，那麼蘇軾的遊記便很顯然的是以「理」的闡述爲主。雖說蘇軾寫有一些清麗記遊小品，但就整體面貌而言，他所發展出的哲理性質濃厚的遊記面貌才是蘇軾遊記中最爲顯著的特質，且足以鶴立北宋文壇遙與中唐柳宗元相互輝映。

柳宗元筆下偏向寫實且注重情感抒發的山水之美，到了蘇軾手裡變成以理性目光觀察自然，並追求深刻哲理的理趣之美。蘇軾許多遊記乃建立在理性的思考之上所寫成，刻意淡化自然景物，轉向借題發揮、展現個人哲思。如〈赤壁賦〉中對人生哲理的體悟，文章中著力於深化自我意識，將貶謫的苦痛寬解並且超越自然、超越相對概念的對人生進行思考，體悟到「自其變者而觀之，則天地曾不能以一瞬；自其不變者而觀之，則物與我皆無盡也」之理。又如〈石鐘山記〉巧妙地融合寫景與議論，親身考察該山的命名緣由，並對未經證實便加以揣測的行爲加以駁斥。過程中，未對史傳之說堅信不移，而是以理性、科學的判斷親自證實，此中的遊歷便因著蘇軾的判斷而充滿理性思維。其他如〈凌虛臺記〉寫人事在長遠的時空中如何能歷久不衰之理；〈記鐵墓厄臺〉考證陳州厄臺並非當時孔子所居；〈記樊山〉寫樊山得名緣由；〈記赤壁〉寫黃州赤壁與三國赤壁是否爲一。像這樣融敘事、寫景、說理的文章

〔註 1〕 宋代文人將哲理性和思辨性的眼光投注於寫作之中，表現在遊記上也多是如此，因而常在遊記中展現審美態度、融合寫景與議論、說理，或表露人生感悟，甚至融合歷史、典故等敘述，亦即宋人常在山水中尋求理趣，使遊記不僅只是風景的描繪，更帶有人生哲理思考的智慧。以上論述參閱梅新林、俞樟華主編《中國游記文學史》（上海：學林出版社，2004 年 12 月）頁 120～123。

充滿理性的思考和辯證的過程，乃蘇軾遊記中重要的特色。

蘇軾在遊記中淡化景物的描寫，因而順勢強調了說理、議論的特質，蘇軾能以理化情的看待仕途蹭蹬以及人生坎坷，故而較能寬慰自我的處世，因此表現在遊記當中的特質便不是自我情感的大量投入，而是以理性思維審視宇宙世界的哲理思考，因而蘇軾遊記的特質便是以重「理」爲主要了。

（二）柳以騷體精神入文；蘇以莊子思想入文

柳宗元與蘇軾同遭貶謫，同樣在謫居期間寫下不朽之山水遊記，然綜觀兩人作品，可發現他們因各自體悟的不同、貶官心情的差異，遊記中所展現出的氣質也就有所不同。柳宗元的遊記呈現的是〈離騷〉精神，於怨刺中感慨呈現謫居苦悶與孤憤；蘇軾則融攝莊子思想，蘊含齊物觀念，非僅止於自我情意之抒發，更在於對整體宇宙人生的感悟上。

柳宗元自云「投跡山水地，放情詠〈離騷〉」，在貶謫苦痛中，他所選擇的宣洩情緒方式便是效法屈原，堅持自我品格的信念：

> 吾哀今之爲仕兮，庸有慮時之否臧。食君之祿畏不厚兮，悼得位之不昌。退自服以默默兮，曰吾言之不行。既媮風之不可去兮，懷先生之可忘。（〈弔屈原文〉）

柳宗元將屈原和當今求仕之人相對照，諷刺爲官者，並在這樣的書寫中將自我處境和屈原相比，藉由屈原的精神和遭遇以表達自己的處境和心情，文中更深刻表現「窮與達固不渝兮，夫唯服道以守義」的自我堅持。柳宗元的遊記作品即承襲屈原的騷怨精神，融之於文，〈離騷〉中蘊含的孤憤情調和柳宗元貶謫期間的心情能遙相共鳴，曾云「參之〈離騷〉以致甚幽」（〈答韋中立論師道書〉）便是透過參酌〈離騷〉的筆法而達到幽奧情意，同時在遊記中放大了屈原的孤憤以及哀怨之精神。從〈囚山賦〉中哀怨山水猶如牢籠所產生的「厭山」情緒，更嘆道「聖日以理兮，賢日以進，誰使吾山之囚吾兮滔滔？」便可體現他不願爲世所屈卻又含有深沈無奈的悲哀。同時，柳宗元遊記當中呈現的騷體精神與屈原不同的是，屈原所作文中主要反應他對於國家危急、政治腐敗的焦慮與擔憂，而柳宗元的遊記則有一明顯的特質便是他在遊記中隱含了對於自我處境的憂心，以及對於未來命運的不安，這種對於自我的焦慮情緒不同於屈原的。所以他在〈愚溪詩序〉中極盡自嘲之事，從環環相扣的的文章當中嘲解自己所遭遇到朝廷賢愚不分、忠奸不辨而用非其用、罪非其罪之事，藉著愚溪自比顯出他無奈而哀怨的心情。

蘇軾和柳宗元不同，在他的遊記中，從早期杭密徐湖時期因年華尚在而渴望建功立業的渴望，到黃州時期「不離於世但求超越於世」的在仕隱中逐漸調和，最後到惠州時期心安自適情懷的展現，文中除展現理性思維的思考特質之外，其他作品也展現不少悠閒自適的情懷，並未如同柳宗元般在遊記中呈現以山水自比或是抒發鬱悶之情，其中緣故除與第二章所論述，兩人貶謫心境大有不同之外，自然是因爲蘇軾所採取的生命態度與柳宗元不同。蘇軾心靈上的活水乃是來自於莊子思想，在困頓之際、無力可施的無奈環境底下，蘇軾在逆中順天，在逆中處順，因他了解絕路乃是外者，唯有堅定的內心才是持久不變，這是莊子式安時處順的人生態度。因著莊子安時處順、萬物齊一的情懷，蘇軾在〈超然臺記〉提出的超然物外便能無往而不樂；〈凌虛臺記〉寫事物成敗不在於外在的形體，因那都是短暫而有限的存在，能否於時空中永恆存在而歷久不衰才是應當思考的人生命題；〈赤壁賦〉裡超然又執著於現實的人生，是他不離於世而超越於世的心態表現，這是因爲從安時處順、萬物齊一的觀點出發所得到的人生。

柳宗元、蘇軾雖有以騷體精神入文、以莊子思想入文的差異，但兩人內心所秉持儒家式積極進取且經世濟民的精神，卻是一致。柳、蘇二人俱是對自我所應堅持的處世方式和生命堅持，有著應當爲之即爲之、堅守之的使命感，雖然面對顛沛流離的仕途，仍然選擇在困厄環境中堅持自我品格以及道德，不因窮通有所改易，兩人確實同出一轍，並無二致。

（三）柳重幽寂孤高；蘇重超然和合

面對化解不開的悲恨與執著，柳宗元將這些情感融入於自然山水時，便把這樣悲傷、孤憤、幽寂的情緒帶入文中，又加上他透過騷怨精神於遊記中寫山模水、抒發自我，故而將與屈原孤高情懷表現於遊記、寄託於自然奇特秀異山水之中，將自我孤高之情曲折寄託在自然山水的奇特秀異之中，於是山水景象到了柳宗元筆下全都充滿孤峭的風貌，與一般平淡曠遠的山容水意大不相同，柳宗元的遊記寫山是「是山之特立，不與培塿爲類」（〈始得西山宴游記〉）的特出，寫水是「斗折蛇行，明滅可見，其岸勢犬牙差互，不可知其源」（〈至小丘西小石潭記〉）的深邃，寫石是「大石林立，渙若奔雲，錯若置碁，怒者虎鬥，企者鳥厲」（〈永州崔中丞萬石亭記〉）的奇峭怪麗。如此精心剪裁，藉由抑筆而曲折透過孤峭之山水來映現自我孤高之品格，文章自然而然就瀰漫著孤峭的風格。

同時藉由被遺棄的奇山異水來凸顯自己的被棄與鬱悶，永州遊記中清楚可見被棄之地甚多、不為世所知者甚多，「今棄是州也」、「其始龕之外棄地」、「永之人未嘗游焉」、「未始有傳焉者」、「有棄地在道南」，一如他取名的愚溪，「愚」一字乃因其無利於世，但是又豈是眞的無利於世，乃因為是所棄而無法有利於世，所以他說：

今余遭有道，而違於理，悖於事，故凡爲愚者莫我若也。（〈愚溪詩序〉）

這種自嘲的心理不僅是一種同病相憐的感受，更是在書寫山水的過程中隱約宣洩內心的焦慮與不平。於是他除了有意識的挑選奇山異水來做為自我情感的表徵以外，這些奇山異水還有的共同特色之一，便是大都奧狹深僻、幽寂淒冷，東丘、鈷鉧潭西小丘、小石潭、石渠皆是如此，而這種幽深狹僻的地理環境使人觀賞時自然的受到視野的壓迫，進而加深柳宗元的孤寂與冷清之感，甚而發出「淒神寒骨，悄愴幽邃。以其境過清，不可久居，乃記之而去」的情況，從而形成隱含於細緻寫景中孤高而幽深寂寞的情感。

因此，柳宗元遊記融合了他謫居的苦悶焦慮與不安，又與屈原不願與世俗同流合污的精神有所交流，便是在遊記中揀選與自我心境呼應的地理環境，並且透過這些景物的挑選呈現自我以及表達幽寂、深邃的情感，也因著騷怨精神的融入使遊記呈現一種孤高的氣息。

融攝莊子思想的蘇軾在遊記中則呈現「超然和合」的氣息。莊子精神中的安時處順讓蘇軾在貶謫中，能以超然世外的心態面對人生轉折與困頓。蘇軾云：「大千起滅一塵裡」，事物的差別乃來自於互相比較，然而若從莊子萬物齊一的觀點出發觀看世界，那麼事物的差別便可消弭，即可從萬物齊一進一步的推進至物我相忘的精神境界。因而在文中多表現的是與自然萬物相契合的自適心境，或者是經過理性思考後轉為豁然的胸懷，其中雖有貌似曠達然實存苦悶的作品，卻也呈現蘇軾心境轉化的過程乃是一步一步將自我推向超然之境。所以在遊記中表現的是與自然為一且在自然中悠遊自在的心靈，故而發出「放杖而笑，孰為得失」、「如掛鉤之魚，忽得解脫」、「有落月之相隨，無一人與我同」之聲。

（四）柳重憂患之排解；蘇重憂患之超拔

因著柳宗元與蘇軾生命抉擇的不同，看待貶謫以及未來的心境也不相同，表現在文章裡自然呈現不同的生命情調。柳宗元在積極儒家精神裡有所堅持與理想卻未能實現，雖然與佛教接觸甚繁，但是佛教只是他審視生命的對象之一，並未消除他的執著或是內心的苦痛。所以柳宗元透過筆下奇山異水的描繪來凸顯自己心中的憂患與焦灼，他感嘆美景不爲世所知的同時，其實也是排解內心的憂慮與抒發不平之鳴，因而他的遊記中主要的書寫態度是透過文字以及景物的描繪來抒發心中愁緒，也就是文字書寫乃在於憂患的排解與宣洩。在細細描繪景物的過程中，他將個人的憂怨和孤高風格融入其中，並透過這樣的描寫疏導內心愁思。

蘇軾則是在抉擇生命走向時，選取了道家式超脫而灑然的心靈。所以他並未在文章中投入如柳宗元般大量的悲憤或是借由遭棄之景物自喻，反而是在文章裡淡化山水景物，並將景物融入哲理思維，超越自然山水並且掌握自然山水，與柳宗元相較之下，蘇軾在這樣的過程中便較容易的超越了政治生涯上的怨恨。所以在蘇軾遊記中更多部分是對於如何超越人事、超拔於宇宙萬物之上的探討。因而，蘇軾並未以遊記寫作作爲排解憂患的方式，反而是將遊記視爲已然超拔於憂患之上的表現方式。

二、言與意：柳側重言意兼至，蘇偏向得意忘言

「漱滌萬物，牢籠百態」，柳宗元對於山水的描寫確實是形容盡致。他的山水遊記運用逼真而細膩的描寫手法，將眼前山水作細部描繪與刻畫。柳宗元對永州一帶山水有細膩的描寫，他筆下多層次的山水是這樣呈現的，刻畫石頭形態，如〈永州崔中丞萬石亭記〉詳寫怪石之狀態：

> 大石林立，渙若奔雲，錯若置碁，怒者虎鬥，企者鳥厲。抉其穴則鼻口相呀，搜其根則蹄股交峙。環行卒愕，疑若搏噬。

〈游黃溪記〉：

> 石皆巍然，臨峻流，若頦頷齗齶。其下大石雜列，可坐飲食。

〈鈷鉧潭西小丘記〉：

> 其石之突怒偃蹇，負土而出，爭爲奇狀者，殆不可數。其嶔然相累而下者，若牛馬之飲於溪；其衝然角列而上者，若熊羆登於山。

柳宗元筆下的石頭多帶有強烈的硬峭之感，這些奇峭怪麗的石頭無不帶有他主觀而隱約的情緒在其中，是種不容於世俗的情感也呈現他心中幽獨寂寞的感受。再如描寫水的樣態，〈鈷鉧潭記〉：

> 鈷鉧潭在西山西其始蓋冉水自南奔注，抵山石，屈折東流。其顚委勢峻，蕩擊益暴，齧其涯，故旁廣而中深，畢至石乃止。流沫成輪，

然後徐行。其清而平者且十畝餘，有樹環焉，有泉懸焉。

〈袁家渴記〉：

其中重洲小溪，澄潭淺渚，間廁曲折，平者深黑，峻者沸白。舟行若窮，忽又無際。

同樣的，這些水的樣態如石頭一樣寄寓著柳宗元心中清冷而幽獨的氣息。〈鈷鉧潭記〉中「顛委勢峻，蕩擊益暴」的激流含有急切的趨勢，〈袁家渴記〉中的水勢則有清冷而淒寒的感受，無一不是透過景物隱約的凸顯作者情感。

在「言」與「意」的掌握中，細部的景物描繪凸顯柳宗元重視「言」的部分，「意」的部分雖然較爲隱約不顯但情緒仍能得見，柳宗元說「善鑒萬物」、「漱滌萬物，牢籠百態」便是說他能夠將事物細微的部分表現出來，事實上也在表達事物的同時「言」「意」並重的表現了自我心境，如〈至小丘西小石潭記〉，這篇文章字詞簡鍊，卻在簡鍊之筆中精準的抓住景物特色並加以書寫，善加描繪的構出一幅山水畫並完整傳達言意之間的關聯。文中寫石頭：「泉石以爲底，近岸，卷石底以出，爲坻，爲嶼，爲嵁，爲岩」，用「坻、嶼、嵁、岩」四字多種層次形容石頭；寫魚空游：「潭中魚可百許頭，皆若空游無所依。日光下澈，影布石上，佁然不動；俶爾遠逝，往來翕忽，似與遊者相樂」透過魚的自在活動襯托出潭水的清澈，既寫魚也寫景；寫小溪的斗折：「斗折蛇行，明滅可見。其岸勢犬牙差互，不可知其源。」這諸多細部的描寫都顯現他善鑒萬物、牢籠百態的書寫方式，然而在這樣細膩的寫景之內卻含有令他「寂寥無人，淒神寒骨，悄愴幽邃」之情而使他「以其境過清，不可久居，乃記之而去」這裡的「淒神寒骨」正是柳宗元精神與環境上的接觸，幽邃的環境引起自我遭遇的感慨，因而在自然景物中看見的便不僅至於自然之景，也看見淒冷寂寥之情，這是柳宗元心裡上與自然環境上的相契合，也是他透過「言」傳達心中之「意」的表現。

柳宗元以細膩字詞的描寫山水，使遊記成爲山水的鏡子反映出自然的樣貌，同時在文字中隱約傳達情感、宣洩情緒，因此他的遊記可說是以「言意兼至」的方式呈現。

蘇軾的遊記則恰恰相反。〈雪堂記〉中云：

意適於游，情寓於望，則意暢情出，而忘其本矣。……雖然，意不久留，情不再至，必復其出而已矣，是又驚其遺而索之也。〔註2〕

〔註2〕收錄《蘇軾文集》（北京：中華書局，2004年11月）卷十二，頁412。

這段話除明確表達出他重視「神」超過「形」的態度。從他的遊記中看見曠達與苦悶、超脫與執著、理性與豁達並存其中，而這些情感表達便是建立在「意暢情出，而忘其本」，淡化「言」而強調「意」的基礎之上。如黃州時期的〈記赤壁〉、〈記游定惠院〉景物描寫的部分比重不高，重視的分別是證據的考究以及親友之間來往的快意之情，又如〈記游白水巖〉，文中一一陳列所見之景，將沿途遊賞之景逐項敘述，「懸水百仞，山八九折，折處輒爲潭」、「深者縋石五丈，不得其所止」對於景物乃是簡略之筆帶過，並未對景物細部加以描繪。蘇軾淡化山水景物的篇章不少，如〈游桓山記〉、〈記游松江〉、〈記游松風亭〉等文，景物描寫淡化程度非常明顯，如〈記游松江〉：

> 吾昔自杭移高密，與楊元素同舟，而陳令舉、張子野皆從余過李公擇於湖，遂與劉孝叔俱至松江。夜半月出，置酒垂虹亭上。子野年八十五，以歌詞聞於天下，作〈定風波令〉，其略云：「見説賢人聚吳分，試問，也應傍有老人星。」坐客懽甚，有醉倒者，此樂未嘗忘也。今七年耳，子野、孝叔、令舉皆爲異物，而松江橋亭，今歲七月九日海風架潮，平地丈餘，蕩盡無複孑遺矣。追思曩時，眞一夢耳。元豐四年十二月十二日，黃州臨皐亭夜坐書。

文中的景物甚至已淡化至不見的程度，凸顯的反而是與友人間的回憶與「此樂未嘗忘也」的懷念和「追思曩時，眞一夢耳」的感慨，松江之景在此已不重要了。再如〈書合浦舟行〉：

> 予自海康適合浦，遭連日大雨，橋梁盡壞，水無津涯。自興廉村淨行院下，乘小舟至官寨。聞自此以西皆漲水，無復橋船。或勸乘蜒舟並海即白石。是日，六月晦，無月。碇宿大海中，天水相接，疏星滿天。起坐四顧太息，吾何數乘此險也！已濟徐聞，復厄於此乎？過子在傍鼾睡，呼不應。所撰《易》、《書》、《論語》皆以自隨，世未有別本。撫之而嘆曰：「天未喪斯文，吾輩必濟！」已而果然。七月四日合浦記。時元符三年也。〔註3〕

文中的景物只以「是日，六月晦，無月。碇宿大海中，天水相接，疏星滿天。」一筆簡單帶過，更精準的說只以「天水相接，疏星滿天」八字描寫海上所見之景。蘇軾欲表達的心意相當明顯的是「所撰《易》、《書》、《論語》皆以自隨，世未有別本。撫之而嘆曰：『天未喪斯文，吾輩必濟！』」一段話。而這

〔註3〕收錄《蘇軾文集》（北京：中華書局，2004年11月）卷七十一，頁2277。

段話乃是比景物描寫更重要的在歷經人生風雨後的心境呈現。

因此蘇軾的遊記可說是重視欲表達之「意」，對於言語上的呈現一如莊子得魚忘筌般的略過了，事物的外在形體一如他所言「至於山石竹木，水波煙雲，雖無常形，而有常理」、「常形之失，人皆知之」眞正重要的乃是常理、乃是欲表達的想法，對於人人皆能得見的常形反倒不是最重要的部分，所以略其形而求其神才是蘇軾遊記的重點，而所謂「神」除了是常理之外便是他欲呈現的心緒。所以可以說他的遊記乃是基於得魚忘筌的精神，而偏重於得意忘言了。

第二節　記遊模式

一、語言特色

前述柳宗元遊記的特色乃是著重在「情」以及「言意兼至」的表達、蘇軾則是偏向於「理」以及「得意忘言」的呈現，所以兩人的遊記便有了不同取向的描繪手法。柳宗元的文章偏重於細膩的描繪、重視局部特徵的書寫、蘇軾偏重整體氣氛的掌握，以及全面性的概括場景，是其重要特徵。

兩人透過何種「言」來表達其「意」以呈現「情」「理」之間的差異，這是本章節要論述的重點。

柳宗元所謂「挾海泝江，獨行山水間。翛翛然模狀物態，搜伺隱隟，登高遠望，淒愴超忽，游其心以求勝語」。〔註 4〕證諸他在遊記中的細部描寫，確實展現語言上的細膩，試舉永州八記〈鈷鉧潭記〉與〈至小丘西小石潭記〉爲例，兩篇俱以寫「潭」爲主，但兩篇遊記卻展現不同的寫作手法，之所以如此，一方面是配合景物的特徵有所不同，一方面也藉由景物的不同隱約透露自我心境的轉換。

〈鈷鉧潭記〉和〈至小丘西小石潭記〉本身景物各具特色，鈷鉧潭的面積較小石潭爲大，柳宗元用「其清而平者且十畝餘」寫之；小石潭則採用「潭中魚可百許頭」而不寫潭之小大。爲凸顯鈷鉧潭之大，採用西山與鈷鉧潭作爲陪襯，並用「其顚委勢峻，蕩擊益暴，齧其涯，故旁廣而中深，畢至石乃止」描寫激流之景，「齧其涯」形容急流拍打河岸的力量、「流沫成輪」四個

〔註 4〕〈送文郁師序〉，收錄《柳宗元集》（北京：中華書局，2001 年 1 月）頁 681。

字，寫河水沖擊山石形成的漩渦景象，呈現的是動態畫面；寫到潭水輪廓則是「旁廣中深」、潭水水色是「清而平」，周圍景物則是「有樹環焉，有泉懸焉」從潭水源頭寫起一路寫至潭水本身特徵都給予局部特徵的書寫。文章除掌握住潭水的「大」並與西山作陪襯並且一一書寫周遭景物以外，文中提及潭上居民的一段話，「不勝官租、私券之委積，既芟山而更居，願以潭上田，貿財以緩禍。」則透露出民生疾苦，從而加深本文社會意義。末段一句話頗最耐人尋味「孰使予樂居夷而忘故土者，非茲潭也歟？」從潭水寫至自我心境，表面上說鈷鉧潭使他樂於此而忘憂、忘懷故鄉，但從另一面觀看便是因爲無時不忘故土，故而所幸有鈷鉧潭可以使他稍微寬慰暫時忘卻現實，這與前文所述柳宗元憂樂相因的出遊心境是一致的。

描寫小石潭的方式著重在特定景物的細緻描寫，即「水、石、魚」三者。柳宗元在此採用較多字詞形容小石潭周圍之景，小石潭比鈷鉧潭面積較小，所以與他作爲陪襯的不是西山而是「丘之小不能一畝，可以籠而有之」的小丘，柳宗元在此還給予小石潭精準的空間概念「從小丘西行百二十步」便是小石潭，潭中水聲清脆「如鳴珮環」柳宗元也是因爲這悅耳之聲從而發現小石潭。文章首段先寫發現小石潭的經過，以「水尤清洌，全石爲底」字句形容水潭，至於石頭的形狀，則用「坻、嶼、嵁、岩」四字形容；寫魚的身影便以潭水清澈作爲相襯，用魚「空游無所依」襯托池水彷彿透明一般，因而有「日光下澈，影布石上，佁然不動；俶爾遠逝，往來翕忽」之景，潭上景物則用十二個字做重點式的呈現「青樹翠蔓，蒙絡搖綴，參差披拂」；寫小溪身影，用「斗折蛇行」四字形容彎曲狀態，一連串敘述過程中將幽靜澄潭之景表露無遺。

同樣寫潭，一大一小之間柳宗元採用不同的筆法描繪之。〈鈷鉧潭記〉是以西山作陪襯，以顯其廣大；〈至小丘西小石潭記〉則以小丘作爲陪襯，以顯現其面積之小；在景物的掌握上，鈷鉧潭以概括式的語言籠罩潭邊自然風物，小石潭則是以重點式的水、石、魚三者書寫之。同時，兩篇文章中的用字遣詞也透露柳宗元情緒上的差異。〈鈷鉧潭記〉中的柳宗元屢次前往遊賞，還買下田地並加以整理改造使鈷鉧潭成爲他放鬆身心的去處，而「忘故土者，非茲潭也歟？」一方面表達鈷鉧潭爲他帶來心境上的愜意與悠閒，卻也從另一面得出柳宗元無時不忘故土的情懷；〈至小丘西小石潭記〉寫明景物乃是竹子和樹木環抱著小潭，不見來往之人，加上潭水形勢乃是「斗折蛇行，明滅可見」忽明忽暗的曲折溪水營造出不安定的氣氛，寂靜氣息於是產生，而這樣的寂靜之感滲入心裡，於是在柳宗元說出因「其境過清」的環境影響心境使得「淒神寒骨」之情油然而生，遂有「不可久居」之感。

永州八記中同樣寫「潭」的兩篇文章，因著一大一小的潭水面積以及周圍環境的不同，柳宗元一方面以襯托者的相異（西山和小丘），一方面以概括式形容整體環境（鈷鉧潭）與重點式形容水、石、魚（小石潭），顯現出他對於景物描寫上的精心設計以及字詞掌握上的精準，因而在文章背後可以看見的是柳宗完爲文的細膩以及細膩刻畫局部的用心。

蘇軾遊記則側重在於整體氣氛的掌握，對於景物並未加以細緻描繪。如〈放鶴亭記〉中描寫景物的句子僅「岡嶺四合，隱然如大環」、「春夏之交，草木際天。秋冬雪月，千里一色。風雨晦明之間，俯仰百變」兩句，寫景筆墨雖不多但形象仍然鮮明，而文中著重書寫的部分，是歌詠隱士之樂乃是「雖南面之君，未可與易也」；〈書劉夢得詩記羅浮半夜見日事〉：

> 山不甚高，而夜見日，此可異也。山有二樓，今延祥寺在南樓下，朱明洞在沖虛觀後，云是蓬萊第七洞天。唐永樂道士侯道華以食鄧天師棗，仙去。永樂有無核棗，人不可得，道華得之。余在岐下，亦得食一枚云。唐僧契虛，遇人導游稚川仙府。眞人問曰：「汝絕三彭之仇乎？」虛不能答。沖虛觀後有米眞人朝斗壇。近於壇上獲銅龍六，銅魚一。唐有《夢銘》，云紫陽眞人山玄卿撰。又有蔡少霞者，夢遣眞牌，題云五雲閣吏蔡少霞書。〔註5〕

蘇軾寫從羅浮山而山中二樓，從一樓來到沖虛觀以及朱明洞，再延伸寫至道士成仙的洞穴，蘇軾因此回憶起自己曾食過核棗，幽默暗示自己也許亦能成仙。文中寫景僅「山不甚高，而夜見日」一句，概括式的描繪「此可異也」的奇異景觀，藉此營造夜半時分在觀中的神秘氣息；〈赤壁賦〉中的自然景物更成爲議論寫景或觸動情感的媒介，透過景物的描寫營造刻畫出超脫世俗並自得解脫的氣氛。因此「少焉，月出於東山之上，徘徊於斗牛之間。白露橫江，水光接天。」所帶出的乃是蘇軾在這樣澄淨、遼闊的夜空下思考仕途、人生的意義，而在這樣的思考中得到精神上的釋放與解脫，體會生命短暫後將生命中的沈重負荷化爲超然物外的哲思。故而文中有感嘆生命的悲哀也有獲得解脫後的坦然。蘇軾透過江水、明月抒發樂、悲之間的心境轉換，以及

〔註5〕收錄《蘇軾文集》（北京：中華書局，2004年11月）卷七十一，頁2256。

透露貶謫黃州時在憂樂之間徘徊的情緒，文末再次藉由江水奔流與明月盈虛表達人生、自然界中變與不變的道理，自然風物的書寫成爲蘇軾營造文章氣氛，以及表達齊物觀點的方式，因此景物的刻畫在此便不再是最重要的部分了；再看〈臨皋閒題〉：

> 臨皋亭下八十數步，便是大江，其半是峨眉雪水，吾飲食沐浴皆取焉，何必歸鄉哉。江山風月，本無常主，閑者便是主人。聞范子豐新第園池，與此孰勝？所不如者，上無兩稅及助役錢耳。

本文寫景僅「臨皋亭下八十數步，便是大江，其半是峨眉雪水」，而文中重點乃是在「歸鄉」的心境刻畫，言不歸鄉者其實是思鄉心切，但卻未必思念峨眉故里，當是思念「望美人兮天一方」的美人。然而仕途上的不順遂使得蘇軾以「閑者」自慰，此中情懷和〈記承天寺夜遊〉中的「何處無月，何處無竹柏，但少閑人如吾兩人耳」是一致的。不得簽書公事的蘇軾在拂去名利的枷鎖，敏銳地感應江上的清風和山間的明月，便能「耳得之而爲聲，目遇之而成色」體會擁有大自然的雲淡風輕，眞正是勝過官場上的紛紛擾擾，也因著「閒者便是主人」的感悟而觸動「何必歸鄉」的心情，呈現蘇軾在遊賞中獲得的嶄新體會；〈游沙湖〉中呈現的是與友人相處甚歡之樂；〈游桓山記〉旨在藉古抒懷；〈喜雨亭記〉將亭與降雨聯繫，並說「一雨三日，緊誰之力。民曰太守，太守不有。歸之天子，天子曰不然。歸之造物，造物不自以爲功。歸之太空，太空冥冥。」將太守、天子、造物、太空又作了聯繫；〈眉州遠景樓記〉提出民以樓爲樂說到原因乃是「豈非上有易事之長，而下有易治之俗也哉！」而「易治之俗」是因「賢守令撫循教誨不倦之力」並說自己去鄉久矣並有「若夫登臨覽觀之樂，山川風物之美，軾將歸老於故丘，布衣幅巾」之心，文章對於遠景樓及其周圍景物描述可說是淡化至極，將重點放置在與遠景樓相關的人文特色之上。上述這些篇章均能看出蘇軾並未對於景物作細部的刻畫或描繪，而是看見他透過簡略之筆帶過的景物描寫以襯托出整體的氣氛以及欲表達的哲理思考。

蘇軾之所以重視整體氛圍營造而非重視細部刻畫，乃是因爲受莊子得魚忘筌觀點所影響，而將重點置於略其形而求其神的焦點上，故而捨景存情，一方面淡化景物，一方面藉由景物的簡筆書寫帶出遊記的整體氣氛，這種重視整體氣氛而非細部言語的記遊方式恰可與前文所言蘇軾乃是採「得意忘言」的寫作方式互相印證。

蘇軾塑造遊記氣氛時，乃以得意忘言以及重視整體的方式呈現，所以他的遊記無不是在淡化景物的情境底下，以豐富的情感或哲思代替山川風物而成爲遊記中重要的呈現，也因此和柳宗元重視細部以及刻畫細膩的手法大不相同。

因著柳宗元重視局部與細膩、蘇軾重視整體與氣氛掌握的寫作手法緣故，兩人的遊記面貌便有了不同樣態。柳宗元重視細膩的描繪使得他的遊記在描繪山水時呈現凝練而刻意的氣息，每一座山每一條溪流都有各自的樣貌，他採用簡潔的筆觸細緻而凝練的描繪風景，使得清幽之境如在目前，不僅呈現當地山水也將自我心境作了剖白與投射；蘇軾則在略景存情的寫作方式底下透過自我情感與體悟強化遊記的理性思維，亦即他並非用景物來維繫遊記面貌，而是用自我感受來凸顯遊記特色，故而他的審美心靈並不止於眼前景物之上，而是更加廣泛的投射於宇宙人生思考中，這樣的書寫方式便他的遊記呈現自然而疏曠的面貌，和柳宗元遊記凝練而細膩刻畫的風格大異其趣。

二、「遊」的經營

柳宗元和蘇軾兩人對於「遊」的經營有所不同，意即他們將所見景物轉化爲文字的創作意識是不相同的，因而也營造出不同的遊記氣息。柳宗元重視的是遊歷的「時空」感；蘇軾則是重視遊歷所引伸的歷史感與精神體會。

柳、蘇二人所依循的遊記書寫方式不同，柳宗元乃是依據六朝以來詳細刻畫的描景方法，因此他對於遊蹤的交代、景物描寫大多仔細確實、蘇軾則並未依循六朝或柳宗元的創作道路，而是開創以表現「精神狀態」爲主要的遊記。所以，柳、蘇在遊記中表現對於「遊」的過程與現場感的營造便有了不同的情調。

柳宗元的遊記重視的是「現場感」以及「遊歷的過程」，亦即遊記中的「時空」線索明確，亦即清楚交代遊歷時間和經過。所以可看見他在遊記中精心刻畫每一處場景的地理位置和周圍景物，大至山水、小至一石一草，柳宗元都給予仔細的描摹與細緻書寫，這當然得因於他所揀選的景物能象徵他的內心，也因爲他在描繪這些景物的心情，有一部分來自於他對於貶謫處的景色有所嶄新的認識，因而發之爲文以記錄當地美景；另外便是他多次直言寫作遊記的目的乃是要使該地景物「傳之於世人」因此有所必要將該地之景一一細寫。

柳宗元遊記「時空」線索明確，先從「時間」上的變換來看他遊歷的先後次序。在某些篇章中他直接道出遊賞時間，如〈始得西山宴游記〉的遊歷時間是在元和四年九月二十八號；或不直接說明而採用他篇遊記補充說明時間，如〈鈷鉧潭西小丘記〉中說他「得西山後八日，尋山口西北道二百步，又得鈷鉧潭。」從而將兩篇文章和〈鈷鉧潭記〉依共三篇遊記作了時間上的連接。此外，從遊記中的遊蹤交代還可以看出柳宗元對於「空間」，即遊歷場景的轉換與經營的用心，而且不僅是固定場景的經營體現用心，在不同場景之間的遊歷也可見柳宗元的刻意經營。固定描寫遊歷〈鈷鉧潭記〉的遊蹤交代：

> 鈷鉧潭在西山西→潭西二十五步，當湍而浚者爲石梁。梁之上有丘焉→從小丘西行百二十步→伐竹取道，下見小潭。

又如〈小石城山記〉：

> 自西山道口徑北，踰黃茅嶺而下，有二道：其一西出，尋之無所得。其一少北而東，不過四十丈，土斷而川分，有積石橫當其垠。

再如〈袁家渴記〉轉換至〈石渠記〉再轉換至〈石澗記〉的過程，可以看見的是遊歷於不同場景間的遊蹤變化甚而是時間上的連接都有詳細的交代：

> 由冉溪西南，水行十里，山水之可取者五，莫若鈷鉧潭；由溪口而西，陸行，可取者八、九，莫若西山；由朝陽岩東南，水行至蕪江，可取者三，莫若袁家渴；皆永中幽麗奇處也。(〈袁家渴記〉)→自渴西南行不能百步，得石渠。(〈石渠記〉)→石渠之事既窮，上由橋西北，下土山之陰，民又橋焉。(〈石澗記〉)

由此可見的是柳宗元不僅兼顧山水美景的審美對象，同時也顧及景物間轉換的時空線索，這樣的細膩寫作手法是遊記成爲立體的呈現，並也也讓讀者在遊記中追隨柳宗元腳步一探山水勝景。

相對於柳宗元重視現場感的營造以及時空線索的掌握，蘇軾的遊記便顯得隨性而瀟灑許多。他的遊記有更大的部分是在體現景物所觸發的歷史感以及他對人生的體悟與感受，因此重視的是歷史感或主體意識的抒發，所以景物的變換或者遊蹤的明確與否便不是蘇軾遊記中顯著的部分了。

歷史感部分如〈赤壁賦〉，面對流轉的歷史、倏忽的人事，更加顯現生命的短暫與渺小，當年的曹操、周瑜俱已飄忽，只剩遺跡依舊，如斯般英雄人物皆在時空輪轉下消逝無蹤，更何況是自己呢？從歷史中，蘇軾尋覓出龐大的歷史感，無可奈何之際，未若抱明月而長終、托遺響於悲風，藉此抒發無限沈思。又如〈淩虛臺記〉，直指「臺」的存在與否不在乎外在形體，而在於歷史長河中所存有的價值，蘇軾在文中列舉漢唐典故以烘托人事的永恆著實不易，並說「夫臺猶不足恃以長久，而況於人事之得喪，忽往而忽來者歟？」藉由漢唐歷史和淩虛臺作聯繫，形成歷史感氣息深厚的文章。

體現蘇軾個人精神體會部分，則如〈超然臺記〉。全篇以「樂」字貫穿，寫超然物外便能無往而不樂，續寫悲樂之間相互呼應之處。記遊部分則從「錢塘移守膠西」寫起，寫至治園修臺語登覽之樂，眞正寫景的部分爲「南望馬耳、常山，出沒隱見，若近若遠」周圍相對應的景物乃是「東則盧山」、「西望穆陵」，使得〈超然臺記〉不僅只是寫臺之景更重要的部分乃是「超然」精神的表現，因此文中之「樂」乃是超然之樂，對於景物的遊賞反倒是其次；又如〈游桓山記〉最明顯的焦點乃是在藉古抒懷，文中沒有明確的遊蹤交代，只點出出遊時間在元豐二年正月，景物的描繪也並非文章重心，反而是蘇軾以「理性」精神貫穿全文所展現的歷史知識才是特色鮮明的所在；〈放鶴亭記〉中也未對該亭之景多作描繪，只簡單一筆以「彭城之山，岡嶺四合，隱然如大環」、「春夏之交，草木際天。秋冬雪月，千里一色。風雨晦明之間，俯仰百變。」蘇軾用簡潔筆觸帶過該地之景，因文章重點乃是在於他對隱士與君王間的差異，以及表達他對隱士精神所持的態度，所以蘇軾欲表現之理性思考的精神才是重點，而非景物；〈記游定惠院〉則以簡筆書寫定惠院的自然風光和遊歷時間與同行友人，寫景只抓住焦點「院東小山上，有海棠一株，特繁茂。」以「海棠」之美爲聚焦部分加以書寫，接續則是轉換書寫對象，改以「友情」爲主要線索的鋪展文章，與友人相從之樂、充滿生活情趣的一幅愜意圖畫便由此呈現；較爲特殊的一篇作品是〈靈壁張氏園亭記〉，這篇文章蘇軾明白寫出爲此文之因乃是張碩「求余文以記之」，既適應人之邀請而爲文，故而他對當地景物有較多詳細的描寫，無論是地理位置或是聚焦在特定景物上，都可見蘇軾多所用心：

> 道京師而東，水浮濁流，陸走黃塵，陂田蒼莽，行者倦厭。凡八百里，始得靈壁張氏之園於汴之陽。

此乃地理位置的詳細交代，相較於蘇軾其他遊記而言，本篇的遊蹤敘述可謂相當明確，此外則是聚焦於園內之景：

> 其外修竹森然以高，喬木蓊然以深。其中因汴之餘浸，以爲陂池，取山之怪石，以爲巖阜。蒲葦蓮芡，有江湖之思。椅桐檜柏，有山林之氣。奇花美草，有京洛之態。華堂廈屋，有吳蜀之巧。其深可以隱，其富可以養。果蔬可以鄰里，魚鱉筍茹可以餽四方之賓客。

即使本文中有較其他遊記更多的景物書寫，但卻依然可在其中發現蘇軾更欲闡揚的想法，即是「古之君子，不必仕，不必不仕。必仕則忘其身，不必仕則忘其君」之心情。而這樣的想法反而使讀者多有觸發，而成爲本文中更重要的價値所在。另一篇同樣特殊，含有較多寫景字句的乃是〈石鐘山記〉，因蘇軾在此文中乃是要以實證精神追求石鐘山得名由來，所以在遊歷石鐘山的過程中便對該地景物多有描摹，藉由仔細的景物描寫來佐證自己親自造訪所見不假，並且強調透過「景物」佐以實驗精神判斷得名由來的確定性。

蘇軾重視精神上的表現並融通於遊記中，這樣的寫作心態越到晚年則越是明顯。起因於他得力於莊子思想愈發深刻，同時得意忘言的體悟也在他的思想中成熟而完整，所以也在不知不覺中影響著他審視人生乃至於自然景物的觀點，蘇軾早期的遊記便已經呈現略景存情、得意忘言的趨勢，而在晚年時期這樣的寫作心情便更加顯著，因此對於遊記中細膩部分的書寫更加不會成爲遊記中的重點，他所想要表達呈現的精神與內涵，才眞正是蘇軾遊記的特色所在。

因此，柳宗元遊記對於「遊」的交代明確而有條理，因爲這是他向世人表達自我心緒以及呈現該地景物的方式之一，詳細的遊蹤、明確的景物掌握便成爲柳宗元遊記中清晰可見的重點；蘇軾遊記中的「遊」多半並非文章重心所在，他的遊幾乎都只是襯托著哲理思考與精神層面的過程，意即在蘇軾略景存情的背後實有其用心，所以蘇軾遊記中不會見到像柳宗元那樣清楚而確切的遊蹤交代，乃是因爲兩人遊記重心不同的緣故。

柳宗元重視言意兼得、蘇軾重視得意忘言；柳宗元重視細部與凝練刻畫、蘇軾重視整體氣氛掌握；對於「遊」的經營有所不同，反映出兩人所處不同時代的遊記特色。

三、典範建立

柳宗元所建立的遊記典範地位，在於他在遊記中再現自然景物之美，並且通過自我精神狀態的呈現使景物成爲文人情感的載體，因而使情感具體而眞實。柳宗元採以騷體精神融入遊記作品，表現幽寂孤高的情懷、排解強烈懷才不遇之情，遊記中著重局部景物刻劃、重視遊之現場感及遊之過程，強調言意兼至而歸於情，展現物我兩執、凝重刻意的風格。

然而蘇軾在遊記寫作中並未遵循柳宗元的路數，蘇軾曾評論柳宗元〈袁家渴記〉中的文字云：

「每風自四山而下，振動大木，掩苒叢草，紛紅駭綠，蓊葧香氣。」

柳子厚、劉夢得皆善造語，若此句殆入妙矣。〔註6〕

可見蘇軾對柳宗元細緻寫景之妙處是有深刻體會的，但蘇軾的蘇軾的遊記作品，卻在莊子思想影響下，轉向重視憂患之超拔，偏向得意而忘言，注入尙理、尙實且睿智的理性思考，復從生活與自然景觀中把握宇宙、人生內涵，將自然景觀與人生哲理合爲一體，呈現物我超然兩忘的精神狀態，表現出散澹自然的遊記風格。此乃蘇軾與柳宗元不同之處，及其遊記之所以成爲典範的核心意義所在。

〔註6〕〈書子厚夢得造語〉，收錄《蘇軾文集》（北京：中華書局，2004年11月）卷六十七，頁2109。

第六章　結　論

本論文所作之研究，乃通過柳宗元與蘇軾山水遊記及其相關文學作品等資料，深入分析兩人遊記的特色與價值，經各章節論述之後，約可獲致以下數點結論：

一、

柳、蘇遭貶謫後的心境大不相同，進而對遊記產生影響。柳宗元在死亡的威脅下一直處在鬱悶且孤獨的心理狀態中。雖然他的許多作品確實表現出在「憂樂」中徘徊，但是追根究底，長達十四年的謫居生涯中仍以「憂」為情緒主體。所以無論永州八記或其他記遊文章，皆可發現柳宗元一次一次隱約表露沈痛至極的心聲以及渴望還朝的期盼，在諸多文章的書寫裡頭也一再提及自己對於朝廷的期待、對自我品格的堅持，在在顯示出柳宗元面對貶謫中從不曾釋懷、不曾獲得解脫。

蘇軾則不然，面對大難不死後的歡欣，他心中洋溢對未來的期待與對生命的喜悅。雖然如此，他還是對「文字」產生不小的畏懼，所以一再的在書信中提醒友人勿將其文字示人、也多次表達自己因文字惹禍後而多難畏人的心聲。但即使如此，蘇軾的生命基調依然是積極而正面，他並未沈溺於謫居的苦難中，而是多以融合謫居地的心態處世，因此多了生命中坦然自適的體會，也多了曠達而開脫的胸懷。

柳宗元與蘇軾在遭遇貶謫時的心境確實有所不同，但亦有相同之處，那便是堅持自我品格以及直道而行的執著。儒家式積極進取的精神從未曾在他們的心中消滅，只是化作不同的形式呈現在兩人的生命當中。柳宗元一生均對還朝抱持渴望與期待，儒家經世致用的思想向來都是他所不變的堅持，即使隨著貶謫時間長久而有所失落與低潮，但是他所堅持的信念是始終一致。而蘇軾致君堯舜的思想確實曾是他生命中的主題，但隨著宦遊生涯的流轉，這樣的想法不再令他一心嚮往，反而是在佛老思想的浸潤之下、對生命體悟有所不同領略的心境底下，蘇軾的謫居心情便偏向超然而坦然、開闊而自適。

因著貶謫心境的差異，兩人看待謫居地的心態也就不同。柳宗元也能在永、柳二州中尋得心靈安適的所在，但是他在永州多半的心情是「悶即出游，游復多恐」，乃因謫居地環境實屬不佳「虺虺之所蟠，狸鼠之所游，茂樹惡木，嘉葩毒卉，雜亂而爭植，號爲穢墟」；柳州環境更差「炎荒萬里，毒瘴充塞」在惡劣的環境底下，復加上柳宗元始終未能自我開脫的性格，十四年的謫居生涯中他的確苦悶萬分以及鬱悶不已。蘇軾謫居地的環境對於他的心境當然有所影響，但是因著性格使然，蘇軾多能發現謫居地的可愛之處並且漸漸發自內心的喜愛當地，因此他在杭密徐湖時期、黃州、惠州時期都能與當地父老相親，並且喜愛當地風土，故而說「一如本是黃州人」、「我本海南民」等語。

二、

柳、蘇在儒釋道三者之間的調和與融通有所不同。柳、蘇二人都以儒爲主並在其他家思想中獲得體悟。儒家式的積極進取、即命顯義始終是柳宗元生命中的主題，於此之外他也對佛教思想有所吸收與體會。柳宗元和積極排佛的韓愈不同，他並未對佛教思想加以排斥，並且認爲佛教與儒家思想之間可以互相匯通，然他並未因貶謫而在佛教中尋求庇佑，謫居只是激盪了他對於佛教思想的認識與理解，因此他是以理智入佛，以佛教作爲審視的對象，故而佛教並未消除他心中的苦悶與執著，意即他雖然對佛教採取認同的態度，有時難免有自相矛盾之處，但實際上仍是以儒家思想爲本。

蘇軾雖然也是秉持儒家信仰，但在貶謫期間佛、老的思想卻產生愈發深刻的影響，成爲蘇軾面對貶謫生活的主要精神力量。莊子式的安時處順在貶謫期間確實對蘇軾產生不小的影響。另外，蘇軾採佛教、道兩家息心靜慮靜坐工夫，化解謫居的挫折與苦悶，見諸文章，自然就展現出曠達自適的坦然態度。

三、

柳、蘇遊記呈現情與理、言與意上的差異。柳宗元在遊記中以自我情意爲主的將情感投射於景物之中，又因貶謫之故，其遊記大可見到他隱約表露出既苦悶也悲戚的心意，所以他將怨憤之情的宣洩寄寓於山水之中，因而挑選不受世人重視的奇石、深潭、急流，並將自我遭遇與這些景物等同，藉此創造出淒清的氣氛。所以在他的山水遊記中便能得見他不爲世用的苦悶與怨憤，自然山水在此成爲呈現柳宗元悲憤之「情」的媒介。

蘇軾和柳宗元一樣遭受謫居之苦，但他並未沈溺於其中，雖然他的遊記也曾表現出無法駕馭生命的空虛之感，如〈赤壁賦〉，但是更多的部分是在遊記中體現他重理與精神領悟的面向，也就是「理性」思維的部分。他的山水遊記有大部分是在訴說他對人生的感觸、與友人相從之樂、哲理思考的領略，或者在遊記中議論事理。蘇軾超越生死、齊一萬物的觀點讓他能夠超越世俗的從理性觀點出發觀看山水，從而寫出思辯性強烈的遊記。

此外，兩人在「言」、「意」上的表達也不相同。因著柳宗元挑選大量與自我遭遇相似的景物並加以書寫，有心將這些不受重視的景物傳之於世人，他對於景物的刻畫均相當細膩而刻意，因而在語言風格上便呈現凝練的氣息，針對每一處山水均作不同面向和特色的書寫，對遊蹤的轉換、遊歷時間也交代詳細，因此柳宗元的遊記乃是言意兼至地將所經歷的自然景物細緻書寫。蘇軾則在莊子影響之下，表現出得意忘言的寫作趨勢。因此他的遊記重視的是整體氣氛的掌握以及遊歷後獲致的體悟，對於景物的書寫、遊蹤的轉換並未加以詳細描繪，只有在應友人邀請或是爲了強調實證精神的時候，才對遊歷過程及所見之景加以刻畫，觀看蘇軾遊記，最爲顯著而引人注目的特質確實是他在其中表現出的超然精神與生命領悟，山川景物的書寫著實並非蘇軾遊記中的重點。

所以，柳宗元遊記乃是重情、重語言表達；蘇軾則重理、重氣氛營造。

四、

柳、蘇看待物我關係間的不同。柳宗元面對自然之物，乃是從「以我形物」、「物我兩合」至「以物形我」，最終走入「物我兩執」當中。「以我形物」的過程，充滿我對物的發現、創造及張揚的內涵，實則也是對人的重新發現、創造及張揚的意義；「以物形我」，是透過外物來彰顯自我品格與才能，其實正是極爲婉曲表達心志的最佳途徑與方法；「物我兩執」乃指山水只能使他忘卻塵世苦痛，暫時獲得精神的自由與安頓，卻依然在貶謫苦痛中「憂樂相因」，而這種矛盾心態，其實正是物我兩執無法避免的心境表現，然「物我兩執」並無貶意，而是柳宗元畢生執著於去禍免患之外，還有治平功業的遠大理想上。

蘇軾的物我關係受到莊子影響極爲深刻，是從「萬物齊一」到「物我相忘」的歷程。蘇軾對待外物的方法是「遊於物外」同時在遊於物外的同時把握整體，不爲物滯的對人生與自然進行審美，超越物外之後便能以「齊物」的觀點觀看生命，因此無論顛沛流離或居於廟堂，都能夠以不變之心審視人生，善處憂患、隨遇而安，所以無論變動與否的人生均不能對蘇軾造成影響；「萬物齊一」的自然審美觀乃是將人生事物之間的具體差異加以消除，而發展至「物我相忘」則是從情感的層面上消去我與萬物之間的區別，忘卻物我，遂能無物無我，因此萬物之間不僅齊一甚而是沒有物與我之間的分別。

五、

柳、蘇遊記精神風格的不同。柳宗元遊記中蘊含屈原〈離騷〉的精神內涵，在面對憂患時將自我與山川作對比，發揚了屈原的哀刺精神。〈離騷〉孤憤之外，屈原還展現出不同流俗的「孤高」，也是柳宗元所吸取的內涵，因而將自我孤高之情曲折寄託在自然山水的奇特秀異之中，於是山水景象到了柳宗元筆下全都充滿孤峭的風貌，與一般平淡曠遠的山容水意大不相同。這與本論文中所謂的「物我兩執」是相承的脈絡，也因爲孤高而幽憤的心情，整體孤憤的憂愁成爲柳宗元山水遊記的基調，遊記中時而表現的「樂」事實上並非他眞正的心情。

蘇軾則是承繼莊子的齊物思想，遊記中表現的便是超然物外的胸懷，雖然蘇軾也曾有貌似曠達實而苦悶的心情，也的確感嘆自己「罪人」、「逐臣」的身分並有多難畏人的心境，但是就整體而言他確實較能寬慰自我，能超然物外、以順處逆的自我開脫並且在過程中獲得苦悶之抒解，這樣的超然精神在黃州時期以後表現得更爲明顯，可以見到的是蘇軾經過生命困頓之後煥發出更加逍遙而自適的精神，因此蘇軾得以解脫於苦悶，不離於世而超越於世的看待謫居以及政治生涯的困厄。

六、

柳、蘇對遊記局部或整體的掌握不同。柳宗元重視局部的細緻刻畫與細節處理，所以讀者能對遊記之景有如在目前之感，乃因柳宗元是眞實的再現了該地山水。蘇軾則重視整體精神上的掌握，所以未對景物細膩描寫，因此遊記呈現的是以哲思、人生體悟爲主要基調的氣息。

七、

柳宗元重視山水所引伸的時空感；蘇軾重視山水所引伸的歷史感與精神體悟。柳宗元遊記中的「時空」線索十分明確，各篇遊記的時間、遊蹤、景物、同行者等記錄均詳實，除此之外，遊記與遊記之間的時間聯繫也清晰交代，使遊記中的時空線索一覽無遺。

蘇軾則重視山水所引伸出的歷史感，如〈赤壁賦〉或〈凌虛臺記〉，他都在文中透過景物，將遊記置於歷史長河中並觸發對人事的體悟；除歷史感之外，寄託在遊記中的精神體悟也是蘇軾遊記的重點特徵，他淡化山水景物後發揚在遊記中的哲思或感悟，乃是較景物描寫更爲人所注重的部分。

八、

從文學史發展來看，柳宗元所建立的遊記典範地位，在於遊記中再現自然景物之美，並且通過自我精神狀態的呈現使景物成爲文人情感的載體，因而使情感具體而眞實。柳宗元採以騷體精神融入遊記作品，表現幽寂孤高的情懷、排解強烈懷才不遇之情，遊記中著重局部景物刻劃、重視遊之現場感及遊之過程，強調言意兼至而歸於情，展現物我兩執、凝重刻意的風格。

而蘇軾的遊記作品，卻在莊子思想影響下，轉向重視憂患之超拔，偏向得意而忘言，注入尙理、尙實且睿智的理性思考，復從生活與自然景觀中把握宇宙、人生內涵，將自然景觀與人生哲理合爲一體，呈現物我超然兩忘的精神狀態，表現出散澹自然的遊記風格。

附　錄

（本論文主要論述遊記篇名）

一、柳宗元山水遊記創作年代及篇名

年　代	篇　　名
元和四年（永州時期）	始得西山宴游記
元和四年	鈷鉧潭記
元和四年	鈷鉧潭西小丘記
元和四年	至小丘西小石潭記
元和七年	袁家渴記
元和七年	石渠記
元和七年	石澗記
元和七年	小石城山記
元和八年	游黃溪記
元和十年以後（柳州時期）	柳州山水近治可游者記

二、柳宗元亭、堂記創作年代及篇名

年　代	篇　　名
元和元年（永州時期）	永州龍興寺西軒記
元和元年	永州龍興寺息壤記
元和元年	永州龍興寺東丘記
元和四年	永州法華寺西亭記
元和六年	永州龍興寺修淨土院記
元和七年	永州韋使君新堂記
元和九年	道州毀鼻亭神記

元和十年	零陵三亭記
元和十年	永州崔中丞萬石亭記
元和十二年（柳州時期）	柳州復大雲寺記
元和十二年	柳州東亭記
元和十三年	桂州裴中丞作訾家洲亭記

三、蘇軾遊記、亭台樓閣記創作年代及篇名〔註1〕

年　代	篇　　名
嘉祐七年	喜雨亭記
嘉祐八年	淩虛台記
熙寧五年（杭密徐湖時期）	墨妙堂記
熙寧八年	超然臺記
熙寧九年	醉白堂記
元豐元年	眉州遠景樓記
元豐元年	放鶴亭記
元豐元年	游桓山記
元豐二年	靈壁張氏園亭記
元豐四年（黃州時期）	書遊垂虹亭
元豐四年	記游松江
元豐五年	前赤壁賦
元豐五年	後赤壁賦
元豐六年	記承天寺夜游
元豐七年	記游定惠院
元豐七年	石鐘山記
紹聖元年（惠儋時期）	題嘉祐寺壁
紹聖元年	記游白水巖
紹聖元年	記游松風亭
元符二年	書上元夜游
元符三年	書合浦舟行

〔註1〕蘇軾所創作的遊記、賦、亭台樓閣記誠如本論文第一章第三節所述，他有不少文章均含有「記遊」成分，其性質較難明確劃分，故而附錄部分乃是將蘇軾文章中含有「記遊」歷程的篇章一併列出，未若柳宗元分成兩表敘述。

參考文獻

一、專著——柳、蘇詩文集類（依出版年代排序）

（一）柳 集

1. 吳文治等點校《柳宗元集》，臺北：漢京文化事業公司，1982 年。
2. 蔣之翹輯注《柳河東全集》，臺北：台灣中華書局，1992 年。
3. 王國安箋釋《柳宗元詩箋釋》，上海：上海古籍出版社，1993 年。
4. 柳宗元撰、劉禹錫纂、楊家駱主編《柳河東全集》，台北：世界書局，1999 年。

（二）蘇 集

1. 蘇軾著，郎曄注《經進東坡文集事略》，台北：世界書局，1975 年。
2. 王松齡點校《東坡志林》，北京：中華書局，1997 年 12 月。
3. 孔凡禮點校《蘇軾文集》，北京：中華書局，1999 年 7 月。
4. 蘇軾著，王文誥輯注，孔凡禮點校《蘇軾詩集》，北京：中華書局，1999 年 10 月。
5. 鄒同慶 王宗堂著《蘇軾詞編年校注》，北京：中華書局，2002 年 9 月。

二、相關研究專著（依出版年月排序）

（一）柳宗元

1. 施子愉《柳宗元年譜》，湖北：湖北人民出版社，1958 年。
2. 吳文治《柳宗元評傳》，北京：中華書局，1962 年。
3. 林紓《韓柳文研究法》，香港：龍門書店，1969 年。

4. 章士釗《柳文指要》，北京：中華書局，1971 年 9 月。
5. 吳文治編《柳宗元詩文彙評》，臺北：明倫出版社，1971 年。
6. 文安禮《柳先生年譜》，臺北：台灣商務印書館，1978 年 7 月。
7. 孫同峰評點《唐柳柳州全集》，臺北：新文豐出版公司，1979 年。
8. 黃雲眉《韓愈柳宗元之文學評價》，香港：龍門書店，1980 年。
9. 羅聯添《柳宗元事蹟繫年暨資料類編》，臺北：國立編譯館，1981 年。
10. 孫昌武《柳宗元傳論》，北京：人民文學出版社，1982 年。
11. 胡楚生《柳文選析》，臺北：華正書局，1983 年。
12. 林子鈞《山水知己柳宗元》，台北：莊嚴出版社，1983 年。
13. 金鑄主編《柳宗元詩賞析集》，成都：巴蜀書社 1989 年 3 月。
14. 戴義開《柳宗元•柳州》，桂林：廣西教育出版社，1989 年。
15. 吳小林《柳宗元散文藝術》，太原：山西人民出版社，1989 年 10 月。
16. 劉光裕、楊慧文《柳宗元新傳》，上海：上海人民出版社，1989 年。
17. 馬炳旺《柳宗元永州八記之研究》，嘉義：南北出版社，1997 年。
18. 孫昌武《柳宗元評傳》，南京：南京大學出版社，1998 年。
19. 陳瓊光主編《柳州柳學研究文集》，合肥：黃山書社，2004 年 10 月。

（二）蘇　軾

1. 游信利《蘇東坡的文學理論》，台北：台灣學生書局，1981 年。
2. 朱靖華《蘇軾新論》，山東：齊魯書社，1983 年 11 月。
3. 游信利《蘇東坡的立身與論文之道》，台北：台灣學生書局，1985 年。
4. 蘇軾研究學會編《東坡研究論叢》，成都：四川文藝出版社出版，1986 年。
5. 黃鳴奮《論蘇軾的文藝心理觀》，福州：海峽文藝出版社，1987 年。
6. 徐中玉《蘇東坡文集選讀》，成都：巴蜀書社 1987 年。
7. 王水照選注《蘇軾選集》，台北：萬卷樓 1993 年 3 月。
8. 朱靖華《蘇軾新評》，北京：中國文學出版社，1993 年 12 月。
9. 王洪《蘇軾詩歌研究》，北京：朝華出版社，1993 年。
10. 唐玲玲《東坡樂府研究》，成都：巴蜀書社，1993 年 2 月版。
11. 繆鉞、葉嘉瑩合著《靈谿詞說》，台北：正中書局，1993 年 8 月。
12. 王水照《蘇軾論稿》，台北：萬卷樓，1994 年。
13. 王水照《蘇軾研究》，石家莊：河北教育出版社，1995 年 5 月。
14. 孔凡禮《蘇軾年譜》，北京：中華書局，1998 年。

15. 曾棗莊、曾濤編《蘇詞彙評》，台北：文史哲出版社，1998 年 5 月。
16. 曾棗莊、曾濤編《蘇文彙評》，台北：文史哲出版社，1998 年 5 月。
17. 木齋：《蘇東坡研究》，桂林：廣西師範大學出版社，1998 年。
18. 曾棗莊編《蘇詩彙評》，四川：四川文藝出版社，2000 年 1 月。
19. 王靜芝、王初慶等編《千古風流：東坡逝世九百年學術研討會》，台北：洪葉文化有限公司，2001 年。
20. 王水照等編《首屆宋代文學國際研討會論文集》，上海：復旦大學出版社，2001 年 6 月。
21. 冷成金《蘇軾的哲學觀與文藝觀》，北京：學苑出版社，2004 年 4 月。

（三）文學理論、美學、思想專著

1. 唐君毅《中國文化之精神價值》，台北：正中書局，1979 年。
2. 余英時《中國知識階層史論古代篇》，台北：聯經出版社，1980 年。
3. 蔣星煜《中國隱士與中國文化》，台北：龍田出版社，1982 年。
4. 蔡英俊主編《抒情的境界》，台北：聯經出版社，1982 年。
5. 蔡英俊主編《意象的流變》，台北：聯經出版社，1982 年。
6. 劉操南 平慧善選注《古代游記選注》，上海：上海古籍出版社，1984 年。
7. 王國瓔《中國山水詩研究》，台北：聯經出版社，1986 年。
8. 余英時《士與中國文化》，上海：人民文學出版社，1987 年。
9. 宗白華《美從何處尋》，台北：駱駝出版社，1987 年。
10. 徐復觀《知識份子與中國》，台北：時報文化，1987 年。
11. 伍蠡甫編《山水與美學》，台北：丹青，1987 年。
12. 朱崇智《文氣與文章創作關係研究》，台北：師大書苑，1988 年。
13. 李自修譯注《宋代游記選粹》，天津教育出版社，1989 年 11 月。
14. 呂正惠《抒情傳統與政治現實》，台北：大安出版社，1989 年。
15. 劉界民編《比較文學方法論》台北：時報文化，1990 年。
16. 何寄澎《唐宋古文新探》，台北：大安出版社，1990 年。
17. 何沛雄《永州八記導讀》，香港：中華書局，1990 年 10 月。
18. 謝凝高《山水審美——人與自然的交響曲》，北京：北京大學，1991 年。
19. 淡江大學中文系主編《文學與美學》第二集，台北：文史哲出版社，1991 年。
20. 羅宗陽《古代山水游記探幽》，江西：高校出版社，1991 年 8 月。
21. 何寄澎《北宋的古文運動》，台北：幼獅文化，1992 年。
22. 成復旺《神與物游——論中國傳統審美方式》，台北：商鼎文化，1992

年。
23. 李建中《漢魏六朝文藝心理學》，山西：北岳文藝，1992年。
24. 錢穆《唐代研究論集》，台北：新文豐出版社，1992年。
25. 劉文剛《宋代的隱士與文學》，成都：四川大學出版社，1992年。
26. 夏鑄九、王志弘等編《空間的文化形式與社會理論讀本》，台北：明文書局，1993年。
27. 孟亞男《中國園林史》，台北：文津出社，1993年。
28. 葛曉音《山水田園詩派研究》，瀋陽：遼寧大學，1993年。
29. 趙克堯《漢唐史論集》，上海：復旦大學，1993年。
30. 羅時進《唐宋文學論札》，陝西：人民出版社，1993年3月。
31. 龔鵬程《詩史本色與妙悟》，台北：台灣學生，1993年。
32. 鄧小軍《唐代文學的文化精神》，台北：文津出版社，1993年9月。
33. 尚永亮《元和五大詩人與貶謫文學考論》，台北：文津出版社，1993年12月。
34. 周冠群《游記美學》，重慶：重慶出版社，1994年3月。
35. 王立《中國古代十大文學主題——原型與流變》，台北：文史哲出版社，1994年。
36. 臧維熙主編《中國山水的藝術精神》，上海：學林，1994年。
37. 林繼中《文化建構文學史綱 中唐——北宋》，陝西：三秦出版社，1994年8月。
38. 吳庚舜、董乃斌主編，《唐代文學史》，北京：人民文學出社，1995年。
39. 蔡英俊《比興物色與情景交融》，台北：大安，1995年。
40. 李浩《唐代園林別業考論》，西安：西北大學出版社，1996年4月。
41. 王立群《中國古代山水游記研究》，河南大學出版社，1996年9月。
42. 吳相洲《中唐詩文新變》，台北：商鼎文化，1996年。
43. 王基倫《韓柳古文新論》，台北：里仁書局，1996年。
44. 冷成金《隱士與解脫》，北京：作家出版社，1997年。
45. 侯迺慧《唐宋時期的公園文化》，台北：東大出版社，1997年。
46. 章尚正《中國山水文學研究》，上海：學林，1997年9月。
47. 余英時《中國知識份子論》，河南：人民出版社，1997年。
48. 謝佩芬《北宋詩學中「寫意」課題研究》，臺北：臺大文學院發行，1998年。
49. 沈松勤《北宋文人與黨爭》，北京：人民出版社，1998年12月。

50. 葉太平《中國文學之美學精神》，台北：水牛，1998年。
51. 賀葵編注《歷代游記精華》，武漢：河北人民，1998年。
52. 王隆昇《宋詞的登望意識與境界》，台北：文津出版社，1998年。
53. 王文進《仕隱與中國文學——六朝篇》，台北：台灣書店，1999年。
54. 李澤厚《美學四講》，北京：三聯書局，1999年。
55. 卞孝萱主編，中國古典文學精華叢書《游記精華》，成都：巴蜀書社，1999年。
56. 冷成金《中國文學的歷史與審美》，中國人民大學出版社，1999年12月。
57. 李浩《詩史之際》，北京：商務印書館，2000年11月。
58. 王立堅《魏晉詩歌的審美觀照》，台北：文津出社，2000年。
59. 吳承學《中國古代文體型態研究》，廣州：中山大學，2000年。
60. 柯慶明《中國文學的美感》，台北：麥田，2000年。
61. 柯慶明《文學美綜論》，台北：大安出社，2000年。
62. 查屏球《唐學與唐詩——中晚唐詩風的一種文化考察》，北京：商務印書館，2000年。
63. 東海大學中文系編《旅游文學論文集》，台北：文津出版社，2000年。
64. 張清華《唐宋散文：建構範型》桂林：廣西師範大學出版社，2000年4月。
65. 李浩《唐詩的美學詮釋》，台北：文津出版社，2000年5月。
66. 胡可先《中唐政治與文學：以永貞革新爲研究中心》，合肥市：安徽大學出版社,，2000年。
67. 唐曉敏《中唐文學思想研究》，北京市：北京師範大學出版社，2000年。
68. 尚永亮《科舉之路與宦海浮沉——唐代文人的仕宦生涯》，台北：文津出版社，2000年。
69. 王基倫《唐宋古文論集》，台北：里仁書局，2001年10月。
70. 陳水雲《中國山水文化》，武漢：武漢大學出版社，2001年10月。
71. 木齋《中國古代詩人的仕隱情節》，北京：京華出版社，2001年。
72. 包弼德著、劉寧譯《斯文：唐宋思想的轉型》，江蘇：江蘇人民出版社，2001年。
73. 羅中峰《中國傳統文人審美生活方式之研究》，台北：洪葉文化，2001年。
74. 龔鵬程《唐代思潮》，宜蘭：佛光人文社會學院，2001年。
75. 龔鵬程《游的精神文化史論》，石家莊：河北教育，2001年。
76. 沈新林選注《中國歷代游記精華》，天津：天津人民，2001年。

77. 何寄澎《典範的遞承》，台北：文史哲出版社，2002 年 3 月。
78. 龔鵬程《中國文人階層史論》，蘭州：蘭州大學，2004 年。
79. 梅新林、俞樟華主編《中國游記文學史》，上海：學林，2004 年。
80. 東華大學中文系編《文學研究的新進路——傳播與接受》，台北：洪葉文化，2004 年。
81. 劉方《宋型文化與宋代美學精神》，成都：巴蜀書社，2004 年。
82. 查屏球《從游士到儒士——漢唐士風與文風論稿》，上海：復旦大學出版社，2005 年 5 月。
83. 陳平原《中國散文小說史》，北京：中華書局，2005 年 7 月。
84. 侯迺慧《唐詩主題與心靈療養》，台北：東大出版社，2005 年。
85. 鄭毓瑜《文本風景——自我與空間的相互定義》，台北：麥田出版社，2005 年 12 月。
86. 龔延明《中國古代職官科舉研究》，北京：中華書局，2006 年 4 月。
87. 王凱《自然的神韻——道家精神與山水田園詩》，北京：人民出版社，2006 年 9 月。

三、博碩士論文

（一）柳宗元

1. 羅清能《柳宗元研究》 輔大中文研究所碩士論文，1971 年。
2. 丁秀慧《柳河東繫年集釋》 師範大學國文研究所碩士論文，1974 年。
3. 袁本秀《柳宗元寓言研究》 東海中文研究所碩士論文，1984 年。
4. 蔡振璋《柳宗元山水文學研究》 東海中文研究所碩士論文，1984 年。
5. 金容杓《柳宗元散文研究》 臺灣大學中文研究碩士論文，1985 年。
6. 方介《韓柳比較研究》臺灣大學中文所博士論文，1990 年。
7. 藍百川《柳宗元及其詩研究》中興大學中國文學研究所碩士論文，1999 年。
8. 程麗娜《柳宗元議論散文研究》高雄師範大學國文所碩士論文，2003 年。
9. 鄭朝通《王維、柳宗元生命情調研究》南華大學文學研究所碩士論文，2005 年。
10. 曾宿娟《柳宗元永州詩研究》師範大學國文所碩士論文，2005 年。

（二）蘇 軾

1. 陳英姬《中國士人仕與隱的研究——以陶淵明詩文與蘇東坡之「和陶詩」爲主》。

2. 臺灣師範大學文國所碩士論文，1982 年。
3. 劉智濬《蘇軾與莊子——東坡文學作品中的莊子思想》輔仁大學中文所碩士論文，1985 年。
4. 羅鳳珠《蘇軾黃州詩研究》臺灣師範大學國文所碩士論文，1987 年。
5. 高顯瑩《蘇軾記遊散文研究》東吳大學中文學所碩士論文，1987 年。
6. 黃美娥《蘇軾文論及其散文藝術研究》臺灣師範大學國文所碩士論文，1988 年。
7. 陳英姬《蘇軾政治生涯與文學的關係》臺灣師範大學國文所博士論文，1988 年。
8. 蔡秀玲《東坡黃州經驗之探討》輔仁大學中文所碩士論文，1990 年。
9. 吳淑華《東坡謫黃研究》中國文化大學中文所碩士論文，1992 年。
10. 吳雅婷《北宋士大夫的宦游生活——蘇軾個案研究》清華歷史所碩士論文，1998 年。。
11. 李慕如《東坡詩文思想之研究》臺灣師範大學國文所博士論文，1998 年。
12. 楊珮琪《蘇軾杭州詩研究》臺灣師範大學國文所碩士論文，1998 年。
13. 紀懿民《蘇軾記游文研究》輔仁大學中文所碩士論文，1999 年。
14. 洪麗玫《蘇東坡人格與風格的美學研究》中央大學中文所碩士論文，1999 年。
15. 王秀珊《論東坡詞中的仕隱情懷》中興大學中文所碩士論文，2001 年。
16. 張鳳蘭《蘇東坡的貶謫生涯》玄奘人文社會學院中文所碩士論文，2001 年。
17. 許慈娟《困境與超越——以東坡黃州詞爲例》彰化師範大學中文所碩士論文，2002 年。
18. 鄭芳祥《蘇軾貶謫嶺南時期文學作品主題研究——以出處、死生爲主的討論》中正大學中文所碩士論文，2002 年。
19. 蕭長志《蘇軾及其文學作品中之道家風格》中國文化大學中文所碩士論文，2003 年。
20. 周鳳珠《東坡黃州詞研究》中興大學中文所碩士論文，2003 年。
21. 徐浩祥《蘇軾記游作品研究》中興大學中文所碩士論文，2003 年。
22. 洪鳴谷《蘇軾對唐代詩人的接受行爲研究》政治大學中文所碩士論文，2005 年。

（三）其他相關

1. 陳啓祐《唐代山水小品文研究》中國文化大學中文所博士論文，1984 年。
2. 陳素眞《宋代山水游記研究》臺灣師範大學國文所碩士論文，1985 年。

3. 王瑞蓮《游心騁目・養志怡情——北宋詩歌中園林意趣探究》臺灣師範大學國文所碩士論文，1993 年。
4. 張秋麗《漢魏六朝紀行賦研究》政治大學中文所碩士論文，1995 年。

四、期刊論文（依出版年月排序）

（一）柳宗元

1. 王泳〈柳子厚黨事之剖析〉《大陸雜誌》1964 年 9 月 29：5、6。
2. 于徵〈柳宗元貶謫與西南的開發〉《古今談》1972 年 8 月第 88 卷。
3. 羅葆善〈柳宗元生平及其思想研究〉《台南師專學報》1973 年 12 月第 6 期。
4. 段醒民〈柳子厚交游舉要〉《台北市立商專學報》1981 年 7 月 第 16 期。
5. 歐陽炯〈韓文中之柳子厚〉《中華文化復興月刊》1981 年 12 月第 14 卷第 12 期。
6. 王秋鈴〈由五絕詩「江雪」的語言文字結構看柳宗元的情感世界〉《孔孟月刊》1983 年 9 月第 22 卷第 1 期。
7. 戴偉華〈柳宗元貶謫期創作的「騷怨」精神——兼論南貶作家的創作傾向及其特點〉《文化遺產》1994 年第 4 期。
8. 丁光清、孟修祥〈柳宗元作品的悲劇意識及其有限消極〉《晉陽學刊》1994 年第 1 期。
9. 李衛中〈柳宗元山水詩淺議〉《平頂山師專學報》1994 年第 9 卷第 2 期。
10. 成松柳〈自憐幽獨——柳宗元山水游記新論〉《長沙電力學院學報》1994 年第 1 期。
11. 孟凱〈柳宗元及其山水詩文〉《濮陽教育學院學報》1995 年第 1 期。
12. 包佩源〈柳宗元游記散文簡論〉《固原師專學報》1995 年第 1 期。
13. 党藝峰〈關於風景：「永州八記」散論〉《渭南師專學報》1995 年第 3 期。
14. 楊鐵星〈柳宗元「永州八記」的美感〉河北學刊 1995 年第 2 期。
15. 王立群、姬忠林〈再現、表現、文化認同：唐宋山水游記的三種模式〉《天中學刊》1995 年 2 月第 10 卷第 1 期。
16. 李浩〈山水之變——論先秦至唐代自然美觀念的嬗變〉《西北大學學報》1995 年第 25 卷第 4 期。
17. 陳騫〈試論柳宗元《永州八記》中的身世之感〉《玉溪師範高等專科學校學報》1995 年第 15 卷第 5 期。
18. 陳騫〈試論柳宗元《永州八記》的詩化意境〉《玉溪師範高等專科學校學報》1995 年第 15 卷第 6 期。

19. 柯素莉〈論柳宗元作品的諷諭特色〉《江漢大學學報》1996 年 10 月第 13 卷第 5 期。
20. 高林廣〈柳宗元詩歌理論及其詩學精神〉《內蒙古師大學報》1996 年第 2 期。
21. 馬曉坤〈從柳詩看柳宗元貶後的內心世界〉《寶雞文理學院學報》1996 年第 2 期。
22. 牟瑞平〈繪畫藝術在柳宗元山水游記的表現〉《湖南大學學報》1996 年第 2 期。
23. 任暉〈永貞革新與劉禹錫、柳宗元的文學創作〉《寧夏大學學報》1997 年第 3 期第 19 卷。
24. 何書置〈漱滌萬物詠離騷——柳宗元在永州的詩歌〉《零陵師範高等專科學校學報》1998 年第 1 期。
25. 李芳民〈論柳宗元山水詩的個性特徵〉《西北大學學報》1998 年第 4 期第 28 卷。
26. 陳瓊光〈論柳宗元散文的藝術特色〉《廣西社會科學》1998 年第 2 期。
27. 劉柯〈淡逸清深、哀婉眞摯——略談柳宗元的詩歌〉《浙江師大學報》1998 年第 5 期。
28. 羅國輝〈試論柳宗元山水游記的美學價值〉《東南民族師範高等專科學校學報》1999 年第 2 期。
29. 趙國斌〈柳宗元「永州八記」的現實主義特色〉《洛陽師範學院學報》1999 年第 2 期。
30. 段吉方〈試論柳宗元晚期詩創作心態〉《柳州師專學報》2000 年 6 月第 15 卷第 2 期。
31. 莫山洪〈柳宗元柳州寄贈詩與居柳心態〉《柳州師專學報》2000 年 9 月第 15 卷第 3 期。
32. 李川明〈論柳宗元的山水游記散文〉《涪陵師專學報》2000 年 10 月第 16 卷第 4 期。
33. 向志柱〈生命與文學的突圍——論貶謫情節對文學創作的影響〉《江漢論壇》2001 年第七期。
34. 謝漢強〈柳宗元在柳州時期的詩文創作〉《柳州師專學報》2001 年 3 月第 16 卷第 1。
35. 李劍波〈貶謫文學：一個值得重視的課題——評《貶謫文學論集》〉《長沙電力學院學報》2001 年 8 月第 16 卷第 3 期。
36. 孫適民〈從屈原、賈誼、柳宗元看中國古代的貶謫文化〉《劭陽師範高等專科學校學報》2001 年第 4 期。

37. 吳在慶〈略論貶謫對唐代文士創作的影響〉《廈門大學學報》2002 年第 2 期。
38. 劉鐵峰〈投跡山水地，放情詠《離騷》——略論柳宗元詩歌在山水風物描寫中的貶謫心態〉《松遼學刊》2002 年 4 月第 2 期。
39. 區克莎〈柳宗元柳州時期的詩歌探析〉《廣西社會科學》2002 年第 6 期。
40. 程朗〈柳宗元與柳州文化〉《柳州師專學報》 2003 年 3 月第 18 卷第 1 期。
41. 劉紹衛〈柳宗元柳州山水詩的語言審美特徵〉《柳州師專學報》2003 年 3 月第 18 卷第 1 期。
42. 劉紹衛、羅傳恩〈柳宗元山水文學審美意識的心路歷程〉《柳州師專學報》2003 年 12 月第 18 卷第 4 期。

（二）蘇　軾

1. 蔡英俊〈東坡謫居黃州後的心境〉《鵝湖》1976 年 10 月第 2 卷第 4 期。
2. 陳宗敏〈蘇東坡的謫居生活〉《書和人》1979 年 7 月第 369 期。
3. 王保珍〈東坡日月長——蘇軾在黃州〉《故宮文物月刊》1990 年 4 月第 8 卷第 1 期。
4. 黃寬重〈蘇東坡貶謫黃州的生活與心境〉《故宮文物月刊》1990 年 4 月第 8 卷第 1 期。
5. 張德文〈蘇軾論藝術的「自然」美〉《中國文化月刊》1991 年 7 月第 141 期。
6. 王世德〈蘇軾的文藝美學思想〉《國文天地》1992 年 11 月第 8 卷第 6 期。
7. 韓介光〈蘇軾嶺南謫居時之心態蠡討——兼論唐、宋名家處於逆境時之心態與風格〉《丘海季刊》1993 年 4 月第 35 期。
8. 韓介光〈蘇軾嶺南謫居時之心態探討《丘海季刊》1993 年 8 月第 36 期。
9. 劉少雄〈東坡黃州文散論〉《中國文哲研究通訊》1995 年 9 月第 5 卷第 3 期。
10. 程林輝〈蘇軾的人生哲學〉《中國文化月刊》1995 年 10 月第 192 期。
11. 鄭向恆〈直舒胸臆、純任自然——從東坡的詩詞文看東坡的人格〉《崇右學報》1995 年 12 月第 5 期。
12. 王立群〈蘇軾之游記文〉《河南大學學報社會科學版》1986 年第 2 期。
13. 何梅琴〈蘇軾游記散文藝術特色論〉《平頂山師專學報》1996 年 9 月第 11 卷第 3 期。
14. 饒學剛〈東坡謫居黃州考〉《黃岡師專學報》1994 年 4 月第 14 卷。
15. 唐玲玲〈寄我無窮境——蘇軾貶儋期間的生命體驗〉《文學遺產》1996

年第 4 期。
16. 黃杰〈論蘇軾在黃州的思想及創作〉《寧波大學學報（人文科學版）》1998 年 12 月第 11 卷第 4 期。
17. 楊海明〈蘇軾：睿智文人的人生感悟與處世態度〉，《宋代文學研究叢刊》1998 年 12 月第 4 期。
18. 劉岸〈試論北宋的議論性游記〉《雲夢學刊》1999 年第 1 期。
19. 邱俊鵬〈蘇軾密州詩作的特點〉《樂山師範高等專科學校學報》1999 年第 1 期。
20. 胡立新〈蘇軾「赤壁二賦」意象化藝術探微〉《黃崗師範學院學報》1999 年 10 月第 15 卷第 5 期。
21. 杜松柏〈試論蘇軾的散文風格理論〉《四川師範學院學報（哲學社會科學版）》2000 年 1 月第 1 期。
22. 李高君〈蘇軾對自然美的情感寄托〉《益陽師專學報》2000 年 3 月第 21 卷第 2 期。
23. 王曉冬、魏芳〈蘇軾記游散文風格淺論〉《大同職專技術學院學報》2001 年 3 月第 15 卷第 1 期。
24. 張進、張惠民〈蘇軾貶逐心態研究〉《蘇州大學學報（哲學社會科學版）》2001 年 4 月第 2 期。
25. 張元〈蘇軾的宦游生涯與詩詞創作〉《北京教育學院學報》2001 年 6 月第 15 卷第 2 期。
26. 魯保中〈淺談游記及其特徵〉《廣播電視大學學報（哲學社會科學版）》2001 年第 3 期。
27. 喻世華〈執著與曠達——蘇軾詩詞的還鄉情結〉《鎮江師專學報（社會科學版）》2001 年第 4 期。
28. 陳麗〈從蘇軾在海南的詩文究其晚年的人生觀〉《瓊州大學學報》2001 年 9 月第 8 卷第 3 期。
29. 韓國強〈蘇軾筆下的儋州風情〉《瓊州大學學報》2001 年 9 月第 8 卷第 3 期。

柳宗元山水文學研究

蔡振璋　著

作者簡介

蔡振璋，1959年生於嘉義縣布袋鎮。東海大學中國文學研究所碩士。其論文：柳宗元山水文學研究，曾獲得教育部舉辦74年度青年研究發明獎研究著作類競賽佳作。自軍中輔導長預官役退伍。現今為臺中市僑光科技大學通識教育中心專任講師。教學期間，曾擔任僑光科技大學課外活動指導組組長6年、學生輔導中心主任2年、實習就業及校友服務組組長5年、導師20餘年。民國96、97兩年向行政院勞委會申請通過「兒童作文師資就業學程」，同時96年之就業學程亦獲得教育部評選為績優獎助。

提　要

本論文基本上使用心理學的批評方法。主要有兩個理由：(1) 作家與環境的關係：作家週遭的現實即環境，因此有永州、柳州這樣的山水環境，和子厚本身的天性、現實的遭際，方有柳子厚這樣的山水作品的產生。(2) 作家與作品的關係：巴爾札克：「文學是人類心靈的歷史」。古人已遠，留下的典型是作品，作品即是作家的投射與反應。子厚是一位用自己不幸的遭遇，用自己生命的力量，來實證自己存在的作家。

但究竟怎樣才是山水文學作品呢？下山水文學的義界，從藝術特徵著手，概括性強。山水文學本歸屬於「遊記文學」的大範圍裡。因此，它要求作家親歷山水之境，站在「真人」、「實事」和「現景」的基礎上從事寫作。

山水文學作家，在進行寫作時，經常雙軌並行：一軌是作家把大自然「物以情觀」的景象（情境），以文字為工具描繪下來，此是「點景」；另一軌，則由「情以物興」而生發「主題」來，此是緣景「生情」。必須強調的是：「情境」經常對準「主題」來表現。「情境」+「主題」即是山水文學最大的力量和作用。而「點景生情」是判別山水文學一條有效而可行的途徑。山水文學就在這種「物以情觀」和「情以物興」兩者相互鼓盪下產生。

山水文學的分類：(1) 定點記遊類 (2) 有過程記遊類 (3) 致用記遊類。

柳宗元山水文學特色：(1) 牢籠百態 (2) 古麗奇峭 (3) 興寄遙深 (4) 清勁紆餘 (5) 溫麗靖深 (6) 曠如奧如。

柳宗元山水作品，發揮文學創作活動的三項功能——保留作用、補償作用和淨化作用。

柳子厚壯志未酬，可是回長安權力中心的念頭，並沒有消減。不幸的是，現實政治將他愈帶愈偏遠，後半生的境遇，一貶再貶，窮愁潦倒，可謂是「極一生無可如何之遇」的悲哀。可是這種不堪的生活環境，盡是造就他文學藝術造詣，長爍寰宇的契機。特別是他的山水文學，光茫耀目，古往今來，無出其右者。千載之下，令人引吭微誦間，立覺當時之人與地宛在，導引讀者神遊其境，使與相會，古今人物彼己，遂匯而為一，真是高妙。終古埋沒之山巒，何幸之有，得斯人一言，名傳後世，山水有知，當驚知己於千古。

目次

引　言
第一章　山水文學的義界與溯源……1
　第一節　山水文學的義界……1
　第二節　山水文學的溯源……6
第二章　柳宗元山水文學形成背景……9
第三章　柳宗元山水文學淵源……21
第四章　柳宗元山水文學分類及其評析……29
　第一節　山水文學分類……29
　第二節　定點記遊類及其評析……31
　第三節　有過程記遊類及其評析……35
　第四節　致用記遊類……41
　第五節　永州與柳州山水文學比較……43
第五章　柳宗元山水文學特色……47
　第一節　牢籠百態……47
　第二節　古麗奇峭……54
　第三節　興寄遙深……59
　第四節　清勁紆餘……65
　第五節　溫麗靖深……67
　第六節　曠如奧如……70
第六章　柳宗元山水文學評價……73
第七章　結　論……77
參考書目……83

引　言

本論文基本上是使用心理學的批評方法。主要有兩個理由，作爲本論文觀點的註腳。

（1）作家與環境的關係

文學是一種藝術，這種藝術跟人的存在密切相關，簡單的說，作家是他自己加上他的環境。作家周遭的現實即是環境；基於環境的影響，俾使作家的智慧隨著年齡的增長，遂對人生的態度與反應有所轉變；能在外在的世界中，獲得觀念；在內心的世界中，產生信念。緣此得知如果沒有環境，作家不僅不能成爲完整的人，就是創作也無從產生，畢竟作家的創作不能在眞空中進行。作家之所以能積聚過去的經驗，發動內在的潛能，除了天性，主要還憑藉著他天性之外的另一半——環境。故作家與環境，不可切割；作家的培養，亦不能抽離環境而獲得。因此，我們說有永州、柳州這樣的山水環境，和子厚本身的天性、現實的遭際，方有柳子厚這樣的山水文學的產生。

（2）作家與作品的關係

文學是人的藝術，其終極的意義，可以說是用有限度的語文，抒情地表達無限度的整體人生。巴爾札克《人間喜劇》序云：「文學是人類心靈的歷史」。是故，人的文學活動，照明了宇宙、人生、社會。心理學批評，即在這基礎上立足，把作品當作作家心靈的歷史，故批評時，把作家的傳記加進去，尤其是對準古典作品而作的分析，因爲古人已遠，留下的典型是他的作品，因此把傳記和作品相連，把作品當作創作該作品的作家的投射與反應。

這一種心理分析的方法，不僅用之於研究創作過程的本身，以及研究隱藏在創作背後的作者。而且也用之於說明作者的經驗和個性（經驗包括創作者此時此地的活動、生活的環境，作者在生存裏邊的位分。）不僅如此，我們還企圖解釋作者受到某種刺激之後，如何以及爲何會創造出某種特殊的作品。譬如柳子厚山水遊記很耀目同時照明了一個心理學上的事實，山水遊記裏邊，刻畫精微之處，經常與託意深遠相對應。永州、柳州的山水遊記，可以說婉轉而委隱地刻畫了柳子厚悲鬱的心路歷程。由此看出，他寄情山水，曠放自達之道，無非是他嚴重挫折感之後一種心理的補償，也可以用韓文公的話，說是他「材不爲世用，道不行於時」苦悶心理的發洩。

其次，談一談研究柳文的現況。近代對於韓柳文研究用力最深的，莫過於林紓，他著有《韓柳文研究法》，分韓文研究法，柳文研究法。高文鉅作，享譽士林；林紓致力於闡揚韓柳文學，功不可沒。除此之外，目前國內研究柳文的學術論著，寥寥可數，並不多見。

而在期刊方面的論文，大抵偏向於「永州八記」或「永州遊記」爲主的研究，同時側重在景物描寫的技巧、結構章法和用字上的探討。

以柳完元「山水文學」作爲研究對象，打破詩和文的形式界限，作全面性觀照柳宗元山水作品的研究，至今並未出現，目前我是第一個嘗試研究。因此，我想本論文雖然至此告一段落，但並不表示本論文的研究終結，而是未來展望的開端。

又永、柳山水何幸之有，特能遭遇柳子厚；恨永、柳之外，其他勝概猶多，卻無片語隻字道及，致使佳山勝水終古無聞，同是大自然精心雕琢的藝術品，卻有不一樣的遭遇。本文即欲從柳子厚身世的遭遇探討其山水文學的獨特風格。併藉此勗勉世人，方軌前秀，垂範後昆，將人間其他的山山水水，無言之美，呈顯自身於世間，名傳於後世，庶幾無愧大地自然天工之美意。山的崇高之美，恢拓我們的心胸；水的幽邃之美，洗滌我們的心靈。山水有清音，猶待知音來。

中華民國七十四年四月四日

蔡振璋識於大度山

第一章　山水文學的義界與溯源

第一節　山水文學的義界

南北朝是中國山水文學盛行的時代。其間作家輩出，產生不少山水佳作。謝靈運（公元385～433年）堪稱當中一位佼佼者。固然，靈運非山水文學始創人；但一論起中國第一位醉心山水，全力發揚山水文學，開一代風氣者，則非他莫屬。由是古來大凡模山範水之作，率以靈運爲宗師。

然而究竟怎樣才算是山水文學作品？歷來學者却很少賦予它明確的義界。這也許是因爲「山水」二字過於熟悉，便疏於解說，認爲可不待言而喻。殊不知世間上最熟悉的事物，經常是最不易下界說的。無怪乎學者們對於山水文學的義界，往往用「望文生義」「顧名思義」來說明。例如今代宮菊芳先生謂：

> 何謂山水詩？顧名思義，乃是以大自然爲素材的詩歌。〔註1〕

又今代林文月先生亦云：

> 顧名思義，所謂「山水詩」，應是指「模山範水」（《文心雕龍》〈物色篇〉）類的詩而言，爲取材於大自然的山山水水，乃至草木花卉鳥獸者。換言之，它的內容宜包括大自然的一切現象。〔註2〕

今代學者看法如此，再回顧前人其在綜論文學發展遷流衍變之跡亦未有特別的敘述。降及清初王漁洋《帶經堂詩話》〈序論〉裏才略微提到：

〔註1〕《南北朝山水詩研究》。輔仁大學中文研究所碩士論文民國65年，頁1。
〔註2〕《山水與古典》引自中國山水詩特質。頁23～24。

> 詩三百五篇於興、觀、群、怨之旨，下逮鳥獸草木之名，無弗備矣。獨無刻畫山水者，間亦有之，亦不過數篇，篇不過數句，如漢之廣矣，終南何有之類而止。漢魏間詩人之作，亦與山水了不相及。迨元嘉間，謝康樂出，始創爲刻畫山水之詞，務窮幽極渺，抉山谷水泉之情狀，昔人所云:「莊老告退，而山水方滋」者也。宋齊以下率以康樂爲宗。

今代洪順隆先生頗贊同此說，其所作《山水詩起源與發展新論》一文說：

> 正如王漁洋所說的，山水詩是「刻畫山水者。」「窮幽極渺，抉山谷水泉之情狀」的。所以山水詩當是以描寫爲目的，詩人的意識是集中在山水上的，創作是以山水景物爲主題，且全詩醞釀的氣氛是純山水味道的。

綜觀上述，可發現一種值得可喜的現象，即過去對於山水文學未特別說明及下界說的情形，而今已引發學者的注意與討論。不過，他們對於山水文學的見解，總不外遶著「山水」二字在表層上進行鑽研，同時在謝靈運的影子的籠罩下尋求答案。這種以一代山水大師謝靈運爲本位來看問題的結果，往往容易造成偏見。當然，以偏蓋全的現象，勢所難免。

文學的本身要求「推陳出新」這是千古不變的法則。因此一種文學，一代自有一代的風格，就是同屬一支流派或同一類型的作品亦然。所以山水文學，南朝自有南朝初創的風格，唐代自有唐代轉變的作風。我們實在沒有理由要求唐代作家陳陳相因，停留在前人的腳步底下。因爲一種文學如果不再有創新的手法，我們可以宣告這種文學已經死亡。

明乎此，當我們要下某種文學的定義時，就應具備有整體觀察的心理習慣，能夠充分掌握歷代同一類型不同風格的作品中，找出其共同的藝術特徵，這才是研究的「新方向」，或許可以獲致「新答案」。

山水文學本歸屬在遊記文學的大範圍裏。是故，作家寫作之頃，必須有親身遊歷其境的經驗。今代方祖燊先生云：

> 其實，所謂「遊記」乃是一個人在目觀心賞一個地方的風光之後，而將這地方的「自然美景，人文實況，以及個人的感想」記述描寫了下來，使他自己的遊蹤留下一點紀念的痕跡，正是「在雪泥上留下一爪兒雁影」，使沒有到過這地方的人，讀了你的遊記也能分享你

的樂趣，可以從你的文章中，彷彿親歷了你的見聞。〔註3〕

因此，作家如果未曾親歷其境，縱然案前構出一幅山水，宛如仙景佳境，依然僅是一片空靈虛幻之境，而這種作品是被摒棄於山水文學的門檻外。故親歷「現景」的空間條件，乃成爲山水文學的先決條件。正如王漁洋所云：「窮幽極渺」。以謝康樂而言，《宋書》本傳謂：「尋山陟嶺，必造幽境，巖嶂千重，莫不備盡」。而柳子厚的山水詩文，也是「竄身楚南極，山水窮險艱」〔註4〕之後才寫成的。

由於山水文學的寫成，都是作家身歷其境，於瀏覽山水之際有所發現；故作家必須具備有慧敏的觀察力，抓住「現景」裏邊所提供的材料，在意識的呈顯中描繪出一地景物的特色。方祖燊謂：

寫作遊記切重於實地觀察。不但觀察力要敏銳，而且還要像寫人物一樣的深入，沈醉在景物中，這樣才能發現一地景物的特性，才能夠把眞景實物的印象描寫下來，決不可以臥遊虛構。〔註5〕

由於必須把「眞景實物」的印象描寫下來，所以在刻雕眾形上，要求「貌其形而得其似」〔註6〕《文心雕龍》〈物色篇〉云：

文貴形似，窺情風景之上，鑽貌草木之中。……體物爲妙，功在密附，故巧言切狀，如印之印泥，不加雕削，而曲寫毫芥，故能瞻言而見貌，即字而知時也。

又《涵芬樓文談》寫景第三十亦云：「設喻當求其似，不似則爲虛語」。

至於山水文學詞語的表現上，胡適之在《老殘遊記》的文學技術一文說：

這就是說，不但人有個性的差別，景物也有個性的差別。我們若不能實地觀察這種種個性的分別，只能有籠統浮泛的描寫，決不能有深刻的描寫。不但如此，知道了景物各有個性的差別，我們就應該明白：因襲的詞章套語決不夠用來描寫景物；因爲套語總是浮泛的，籠統的，不能表現某地某景的個別性質。〔註7〕

胡適這一番話，其意旨正可以「情必極貌以寫物，辭必窮力而追新」〔註8〕一

〔註3〕《散文結構》遊記文學。頁45～46。
〔註4〕《柳宗元集》卷四十三〈構法華寺西亭〉。
〔註5〕同註3。頁51～52。
〔註6〕文鏡秘府論。
〔註7〕《胡適文存》第三冊卷六。
〔註8〕《文心雕龍》明詩第六。

語來概括。

由此看來，山水文學要求的是刻畫的眞實，作家必須身歷其境，故作家筆底下所拈出的人、事、景物莫不具體實在，斷非子虛烏有。換言之，山水文學即是立於「眞人」「實事」和「現景」的基礎上所從事的寫作活動。今代王次澄先生在其論文《南朝詩研究》下山水詩之範疇爲：

> 南朝之際，詩人「尋山陟嶺」、「險徑遊歷」觀覽所得之模山範水作品，且合乎「情必極貌以寫物，辭必窮力而追新」之寫實創作方式者。

案此義界已搔著癢處，唯缺一明晰而客觀的評判標準。

緣於山水文學的創作是植根於「眞人」「實事」和「現景」的基石上，故作家筆底下的情感不宜太過奔放；想像力亦應壓縮到最低限度。不過，山水文學雖在這種條件的限制底下，其所以還能成爲文學作品，即在作家的筆鋒裏依然享有兩種自由：其一是有限度的筆鋒感情；其二是有限度的筆鋒自由。這種情形恰和太史公寫項羽本紀中的鴻門宴、垓下之戰具有同樣的性質。亦即山水文學一方面既屬於文學作品，乃含有作者眞摯的感情和適度的想像在內。故能讓我們吟詠起來不啻爲一篇雋永有味的作品。另一方面，山水文學又以「眞人」「實事」「現景」爲基礎所寫出的作品；亦即在從事想像的中間，有一部分是實錄，這使得它還有充作歷史材料的參考價值。由是我們說山水文學是介乎於文學與歷史之間的作品。

其次，必須說明：「登山則情滿於山，觀海則意溢於海」，〔註9〕作家往往隨著登山觀海，因而覩物興情，轉變心境，此乃人之常情。《文心雕龍》〈物色篇〉云：

> 詩人感物，聯類不窮。流連萬象之際，沈吟視聽之區。寫氣圖貌，既隨物以宛轉，屬采附聲，亦與心而徘徊。

因此，作家在從事山水文學創作時，經常兩線並行。一線將「物以情觀，故詞必巧麗」〔註10〕的「情境」，以文字爲工具進行描繪。此是「點景」，作家筆墨有限，難括盡萬千景象，故衹能擷取其中幾樣進入描摹。而這其中幾樣景物，一定是能喚起作家的美感作用，呈顯自身於作家的意識裏邊。

另一線則作家往往假飛泉峭壁之勢，寄情於山水之上，送懷於千載之下，

〔註 9〕同上神思第廿六。

〔註10〕同上詮賦第八。

從而托出「情以物興，故義必明雅」〔註 11〕的「主題」來。此是「生情」，緣景生情；作家感「物色之動，心亦搖焉」〔註 12〕的結果。白居易（西元 772～846 年）讀謝靈運詩云：

　　豈惟翫景物，亦欲攄心素；

　　往往即事中，未能忘興諭；

　　因知康樂作，不獨在章句。〔註 13〕

又王船山《古詩評選》稱謝云：

　　情不虛情，情皆可景；景非滯景，景總含情。神理流乎兩間，天地供其一目，大無外而細無垠。落筆之先，匠意之始，有不可知者存焉。

山水文學遂在「物以情觀」「情以物興」二者互相浸潤下，構成更有蘊涵的山水佳篇。而「點景生情」是判別山水文學的試金石。故前述王次澄先生所界定的山水詩範疇，只能算是答對了一半。

其次，山水文學以散文出之爲正格，變體才用詩寫。固然，一地的萬千景象，不論以散文寫或以詩寫，都無法道盡，亦無此必要，乃有多中選一的「點景」產生。不過，詩本身受文體的限制，不如散文來得自由。例如將柳宗元之〈遊黃溪記〉（散文）和〈入黃溪聞猿〉（詩），一比照即可得知，詩困於文體，每每以「點景生情」法發之。入黃溪聞猿：

　　溪路千里曲，哀猿何處鳴？

　　孤臣淚已盡，虛作斷腸聲。〔註 14〕

這是「點景生情」的作法。詩人在黃溪千萬的景象中，僅選擇「溪路千里曲」與「哀猿何處鳴」兩種景象；其後生發「孤臣淚已盡，虛作斷腸聲」的情感。此即「物以情觀」「情以物興」互相鼓盪的結果。而溪路千里曲，猿鳴其間，盡是作者進入黃溪所見所聞。

因此，我們說山水文學的義界，是作者親歷山水之境，同時基於「眞人」「實事」和「現景」爲基礎所創作出來的文學作品。而「點景生情」是判別山水文學一條可行而有效的途徑。

〔註 11〕同上。

〔註 12〕同上物色第四十六。

〔註 13〕白氏長慶集。

〔註 14〕同註四。

第二節　山水文學的溯源

山水文學本隸屬遊記文學，其藝術特徵要求作家眞正身歷山水之境，作過現景觀察，從而在「眞人」「實事」和「現景」的基礎上從事文學寫作。而「點景生情」爲山水文學的判別式。現以此爲尺度，沿波溯源。

《詩經》是我國最早的一部詩歌總集；雖然描寫景物之處，「不過數篇，篇不過數句」。如〈周南・桃夭〉「桃之夭夭，灼灼其華」僅作起興之用，與山水文學了不相及。可是我們發現一種現象：即詩經時代有人已知藉出遊山水，以抒發胸中憂悶之情況。〈衞風・竹竿〉末章：

> 淇水滺滺，檜楫松舟；
>
> 駕言出遊，以寫我憂。

淇水楫舟，出遊以寫我憂。想見詩經時代的人對大自然已萌生親切感。當人在現實環境裏遭遇挫折和打擊時，出遊回到大自然的懷抱，以暫得安息和撫慰，抒發個人內心的悒鬱。

其次，就《楚辭》而言，儘管在寫山水景物上遠較詩經爲多；不過與其說詩人對山水景物有更多的認識；倒不如說攸關其地理環境。劉勰謂：

> 若乃山林皐壤，實文思之奧府，……然屈平所以能洞監風騷之情者，抑亦江山之助乎？〔註15〕

詩人以逐臣之身浪跡山水，利用大自然景物江離、芳芷、蘭茝、杜衡、杜若等香草作爲品德高潔的比喻。鸞鳥燕鵲爲君子小人的代表。最初詩人起用時，僅是比喻而已，其後俟次數增多，即由比喻轉化爲象徵。然而不論是比喻或象徵，這些自然景物亦隨之失去本來面目。可是並無礙於詩人對自然山水一分賞愛意識。

漢朝文學，以賦爲主流。而漢代一般賦家寫賦時，一面希望在形式上達到美學的藝術境界；另一面則要求內容上達到道德的勸戒功能。〔註16〕

由於賦的篇幅沒有長短的限制，所以比詩更適合寫景。郭紹虞云：

> 若以「賦」的「鋪采摛文，體物寫志」的性質，與「詩」的「在心爲志，發言爲詩」（詩大序）相較，「賦」可以說是比較偏於寫景的

〔註15〕同註12。

〔註16〕〈漢賦中的山水景物——中國山水詩探源之三〉王國瓔，九：五，民國69年10月。

文體。〔註 17〕

因此，描寫自然景物雖非漢賦的重點；不過，賦家每每爲逞其辭章才華，反而佔有相當多的份量。當作家在描摹自然景物上追求形式之美時，是切近山水文學所要求的「情必極貌以寫物，辭必窮力而追新」。然而由於過分誇張堆砌，鋪采雕鏤，不僅斲喪其原始動機——勸戒的功能；而且缺乏眞實性；雕繪的山川景物是匯合天下之山川溶爲一爐，作廣泛性、普遍性的描摹，已非一山一水的特殊景觀。不過，我們從而可以窺見賦家對於山川景物已步向有意識的描寫階段。漢賦可以說奠立山水文學的先驅。

漢朝對於自然山川既然已進入刻意的描寫階段，則山水文學的雛型出現於漢代就不足爲怪。以詩而言，如漢武帝〈秋風辭〉：

> 秋風起兮白雲飛，草木黃落兮雁南歸。蘭有秀兮菊有芳。懷佳人兮不能忘，汎樓船兮濟汾河。橫中流兮揚素波，簫鼓鳴兮發棹歌。歡樂極兮哀情多，少壯幾時兮奈老何。〔註 18〕

漢昭帝〈淋池歌〉：

> 秋素景兮泛洪波，揮纖手兮折芰荷。涼風淒淒揚棹歌，雲光開曙月低河，萬歲爲樂豈云多。〔註 19〕

從這二首詩可以看出山水文學「點景生情」的手法已初露曙光。

另外，就文而言，東漢出現馬第伯《封禪儀記》。陳衍《石遺室文集》云：

> 東漢馬第伯封禪儀記，記光武封泰山事，爲古今雜記中奇偉之作。原書已亡，後人據續漢志、水經注、北堂書鈔、藝文類聚、初學記、白孔六帖、太平御覽諸書所引，采緝成編，但以意爲先後，中必有殘闕失次處，未遑細考，故往往難於句讀；然無礙於其文之佳也。中一大段云：至中觀，去平地二十里，南向極望無不覩。仰望天關，如從谷底仰觀抗峯；其爲高也如視浮雲；其峻也石壁窅窱，如無道徑；遙其人，端端如杆升，或以爲小白石，或以爲冰雪，夕之白者移過樹，乃知是人；……行到天關，自以已至也；問道中人，言尚十餘里；其道旁山脅，大者廣八九尺，狹者五六尺；仰視巖石松樹，

〔註 17〕郭紹虞《賦在中國文學史上的位置》。於《中國文學研究》（小說月報第十七卷號外，上海商務印書館西元 1927 年）上，頁 1。

〔註 18〕《古詩源》卷二。

〔註 19〕同上。

鬱鬱蒼蒼；若在雲中；俯視谿谷，碌碌不可見丈尺；……。

漢代已開山水文學的先聲。接著魏晉南北朝由於世局紊亂，社會黑暗，文士生命朝夕不保，於是逃避現實的遊仙文學，以及嚮往大自然的山水文學乃蓬勃的發展。洎至宋初之際，莊老告退，山水文學乃臻於鼎盛。不論是以詩、賦或散文為表現媒體，都有佳作的產生。寫景文筆清雋，描繪細膩而生動。至此，山水文學流派正式確立。

不可否認，南朝對於山水文學開拓之功厥偉，但值得改進的地方並不是沒有。以一代山水大師謝靈運的山水詩而言，其最令人詬病的是，結構公式化（記遊—寫景—興情—悟理）；喜用經、子成句入詩；以及過分雕琢，偶句駢植，經常破壞整體畫面，同時也喪失韻律感。而這些缺點則有待唐人的努力，取陶之長補謝之短，臻於高妙圓融的境界。

（本文曾以〈點景生情——試論山水文學義界〉刊載於中央日報文藝評論第 56 期，民國 74 年 4 月 25 日）

第二章　柳宗元山水文學形成背景

永貞元年（西元 805 年），柳子厚因參與王韋政治集團而敗貶永州。自此而後，他沒有再復朝職，終於病死窮裔。職是之故，永貞元年我們可以說是子厚一生的分水嶺，時年三十三。

子厚，二十一歲取進士，二十六歲中博學宏辭科，授集賢殷正字。韓愈〈柳子厚墓誌銘〉云：

> 子厚……雖少年已自成人，能取進士第，嶄然見頭角，眾謂柳氏有子矣。其後以博學宏辭，授集賢殿正字，儁傑廉悍，議論證據今古，出入經史百子，踔厲風發，率常屈其座人，名聲大振，一時皆慕與之交，諸公要人爭欲令出我門下，交口薦譽之。〔註 1〕

子厚三十歲前，頭角嶄然、議論風發，博得要人的薦譽。

其後，再由監察御史轉禮部員外郎；宦途正是一片錦繡前程。然而宦海浮沈，誰也無法逆料。子厚後期的政治生涯，卻是一挫再挫，一貶再貶。使得這位天才橫溢，自負甚高的青年，雄心壯志幾乎消磨殆盡。柳子厚〈冉溪〉詩云：

> 少年陳力希公侯，許國不復爲身謀；
> 風波一跌逝萬里，壯心瓦解空縲囚。
> 縲囚終老無餘事，願卜湘西冉溪地；
> 却學壽張樊敬侯，種漆南園待成器。〔註 2〕

綜觀柳子厚仕宦生涯，前期的閃耀與後期的黯淡歲月；兩相形成強烈對

〔註 1〕《韓昌黎全集》卷三十二。
〔註 2〕《柳宗元集》卷四十三。

比的最主要轉捩點，在於子厚參與了王韋事件。這個烙印對他整個一生而言，影響極大。

蓋唐歷經八年的安史之亂，元氣大傷；盛唐時代已經一去不返，政綱日壞，經濟日頹。各地藩鎮漠視朝命，據地稱雄。「大者連州十餘，小者猶兼三四」「既有其土地，又有其人民，又有其甲兵，又有其財賦」，〔註3〕儼然與中央形成分庭抗禮的對峙局面。

另外，朝廷內部宦官典掌中央禁軍，權傾海內，威懾皇帝；德宗晚年尤縱容寵宦官奸臣，猜忌正士，使得朝政益壞，有志之士咸感痛心。

李誦於德宗建中元年（西元 780 年）立為皇太子。「於父子間，慈孝交洽無嫌」。〔註 4〕由於太子居東宮二十餘年，對貞元以來的弊政，知之甚詳，頗思興革，重振國風。

時因德宗在位年久，稍不假宰相權；左右得因緣用事，姦佞相次進用，其中尤以裴延齡為狡險，「務刻剝聚歛，以自為功，天下皆怨怒」（《實錄》），太子每進見，候顏色則勸其不可。又陸贄遭讒時，諫議大夫陽城等伏閤極論，德宗怒甚，欲加陽城等罪，朝廷內外無人敢救，獨太子開解，乃使爾等倖免於罪。又《實錄》謂太子：「慈孝寬大，仁而善斷」。由此看來，李誦顯是一位深具崇高理想和偉大抱負的人物。

李誦立為儲君時，極留心藝學，特禮重師傅，每引見則先拜。於書法擅長隸書，而學於王伾。王伾遂因而見寵。

另外，王叔文也以善棋入東宮，得以親近太子；與王伾二人俱待詔翰林。而叔文「頗自言讀書知理道，乘閒常言人間疾苦」，〔註 5〕更博得太子的賞識與愛寵。《實錄》卷一云：

> 上在東宮，嘗與諸侍讀并叔文論政，至宮市事，上曰：寡人方欲極言之，眾皆稱贊，獨叔文無言，既退，上獨留叔文，謂曰：向者君奚獨無言，豈有意耶？叔文曰：叔文蒙幸太子，有所見敢不以聞。太子職當侍膳問安，不宜言外事，陛下在位久，如疑太子收人心，何以自解。上大驚，因泣曰：非先生，寡人無以知此。遂大愛幸。與王伾兩人相依附。俱出入東宮。

〔註 3〕《新唐書》兵志。
〔註 4〕《韓昌黎全集》〈順宗實錄〉卷一，底下簡稱〈實錄〉。
〔註 5〕仝上卷五。

由此可見叔文城府頗深。逮及叔文獲寵，乃向太子進言「某可為將，某可為相，幸異日用之」。〔註6〕《實錄》卷五又云：

叔文……密結韋執誼并有當時名欲僥倖而速進者，陸質、呂溫、李景儉、韓曄、韓泰、陳諫、劉禹錫、柳宗元等十數人，定為死交。而凌準程异等又因其黨而進。交遊蹤跡詭秘，莫有知其端者。

此即日後形成以太子李誦為核心的王韋集團，冀望他日共同輔弼太子實行維新。而柳子厚亦在羈縻之內。

貞元二十一年（西元 805 年）正月，德宗駕崩，李誦登基，王韋集團正式上台，義無反顧地展開一連串政治革新。

首罷黜惡吏京兆尹李實為通州長吏。《實錄》卷一：

實素以宗屬，累更任使，驟升班列，遂極寵榮，而政乖惠和，務在苛厲。比年旱歉，先聖憂人，特詔逋租，悉皆蠲免，而實敢肆誣罔，復令徵剝，頗紊朝廷之法，實惟聚斂之臣。

無怪「至讉，市里歡呼，皆袖瓦礫遮道伺之」（《實錄》卷一），眞是大快人心。

其二，禁宮市。據《實錄》卷二云：

舊事宮中有要市外物，令官吏主之，與人為市，隨給其直。貞元末，以宦者為使，抑買人物，稍不如本估；末年不復行文書，置白望數百人於兩市，并要鬧坊閱人所賣物，但稱宮市，即斂手付與，眞僞不復可辨，無敢問所從來；其論價之高下者，率用百錢物，買人直數千錢物，仍索進奉門户并腳價錢。將物詣市，至有空手而歸者，名為宮市，而實奪之。

其三，罷徵乳母。《實錄》卷二云：

貞元中，要乳母，皆令選寺觀婢以充之，而給與其直。例多不中選。寺觀次當出者，賣產業割與地買之，貴有姿貌者以進，其徒苦之，至是亦禁焉。

同時，遣放後宮三百人，教坊女妓六百人，「聽其親戚迎於九仙門，百姓相聚歡呼大喜」（《實錄》卷二）。

其四，廢五坊小兒。據《通鑑》順宗永貞元年胡三省注云：「五坊：一曰雕坊，二曰鶻坊，三曰鷂坊，四曰鷹坊，五曰狗坊；小兒者，給役五坊者也」。《實錄》卷二云：

〔註 6〕仝上。

貞元末，五坊小兒，張捕鳥雀於閭里，皆爲暴橫以取錢物。

此事，太子居春宮時已知其弊，常欲奏禁之，洎至即位，遂推而行之，人情大悅。

其五，停塩鐵使進獻。據《實錄》卷二云：

舊塩鐵錢物，悉入正庫，一助經費。其後主此務者，稍以時市珍翫時新物充進獻，以求恩澤。其後益甚，歲進錢物，謂之羨餘，而經入益少。至貞元末，遂月有獻焉，謂之月進，至是乃罷。

其六，詔追逐臣。《實錄》卷二云：「德宗自貞元十年已後，不復有赦令。左降官雖有名德才望，以微過忤旨譴逐者，一去皆不復敘用。」自是詔追陸贄、鄭慶餘、韓皋、陽城等人赴京師。惜陸贄、陽城未聞追詔，身先卒於遷所。

王韋集團只顧著眼前的理想，「一心直遂」，〔註 7〕針對時弊徹底地給予一番整飭。不錯，永貞維新在打擊宦官的勢力，壓制藩鎮的氣燄，改善民生的凋敝，禁絕政風的腐敗等方面著實有相當的貢獻。然而從事政治變革，洵非一蹴可幾。王韋集團雖然事先有週詳的計畫；不過，以強硬的手段雷厲風行的結果，不僅無法斬斷宦官與藩鎮的勾結，收回軍經大權，鞏固中央領導權；反因鋒芒太露，而樹立新敵。王韋集團就在舊勢力的反撲和新怨的排斥下而傾倒。

尤其不幸的是，王韋集團最重要的力量支持和依傍人物－順宗，早於德宗未崩之前一年患失語症，不能親自聽政，乃致敗主因之一。《實錄》卷五云：「上疾久不瘳，內外皆欲上早定太子」。最後竟在宦官與藩鎮聯合下，逼迫順宗遜位，由太子李純即位，是爲憲宗。王韋集團由是一一遭斥逐，「十四旬有六日」〔註 8〕的政治維新，即告落幕。此乃歷史上所謂「二王八司馬」事件的緣起。〔註 9〕

子厚受王韋事件的牽連，而被責逐。不過，子厚始終認爲自己的罪，不至於大到罪無可赦的地步，這也是他一再地期待要回京的原因。〈與裴塤書〉云：

僕之罪，在年少好事，進而不能止。儔輩恨怒，以先得官。又不幸

〔註 7〕《柳宗元集》卷三十〈寄許京兆孟容書〉云：「年少氣鋭，不識幾微，不知當否，但欲一心直遂，果陷刑法，皆自所求取得之，又何怪也？」

〔註 8〕《柳宗元集》卷十三。

〔註 9〕王韋集團功過如何？張肖梅《劉禹錫與王韋集團》一文（國立編譯館館刊第十一卷第二期，民國七十一年十二月）論之甚詳，請參看，此不贅。

> 早嘗與游者，居權衡之地，十薦賢幸乃一售，不得者譸張排根，僕可出而辨之哉！性又倨野，不能摧折，以故名益惡，勢益險，有喙有耳者，相郵傳作醜語耳，不知其卒云何。中心之愆尤，若此而已。既受禁錮而不能即死者，以爲久當自明。（本集三十卷）

又〈寄許京兆孟容書〉云：

> 宗元早歲，與負罪者親善，始奇其能，謂可以共立仁義，裨教化。過不自料，懃懃勉勵，唯以中正信義爲志，以興堯、舜、孔子之道，利安元元爲務，不知愚陋，不可力彊，其素意如此也。末路孤危，阨塞𩉊臲，凡事壅隔，很忤貴近，狂疏繆戾，蹈不測之辜，群言沸騰，鬼神交怒。加以素卑賤，暴起領事，人所不信。射利求進者，填門排户，百不一得，一旦快意，更造怨讟。以此大罪之外，詆訶萬端，旁午構扇，盡爲敵讎，協心同攻，外連強暴失職以致其事。此皆丈人所聞見，不敢爲他人道說。懷不能已，復載簡牘。……今已無古人之實，而有其詬，欲望世人之明己，不可得也。（本集三十卷）

嚴格說來，子厚參與王韋事件的動機，完全是出自一個年輕人對國家民族的一片熱情，想爲國家盡一份心意，投注一份力量而已。所以當他事後自我反省時，總覺得自己並無大罪可言，應可獲得宥恕才是，然而朝廷却不曾寬容於他。

子厚的政治理想是「以中正信義爲志，以興堯、舜、孔子之道，利安元元爲務」〈寄許京兆孟容書〉，正有杜甫「致君堯舜上，再使風俗淳」之意。除却子厚自己遠大的抱負外，於時他又逢家道中落，且身爲獨子；故在家人的寄望與自己的抱負下，亟盼能在政治場上有一番作爲，興利除弊，榮宗耀祖。可惜事與願違。王韋事敗，先貶爲邵州刺史；不半道，再貶爲永州司馬。遭貶後，子厚總以爲等王韋事件平息之後，可以再重返京師長安。然而他的現實遭遇又如何？永州〈愚溪對〉云：

> 夫明王之時，智者用，愚者伏；用者宜邇，伏者宜遠。今汝之託也，遠王都三千餘里。

永州距長安權力中心達三千里之遙，再至「一身去國六千里，萬死投荒十二年」的柳州，使他與政治中心愈離愈開；他形容自己爲待罪之身的「萬里孤囚」，〔註10〕以表明其回國的希望愈來愈渺茫與理想的實現，更是遙遙無期。

〔註10〕「萬里孤囚」語出本集卷四十三「放鷓鴣詞」。又《舊唐書》卷四十地理志三云：

不過，雖然現實的政治環境早已告訴他，難以改變或挽回的餘地，可是他的雄心壯志猶未消失，一心一意，自始自終不放棄要回長安，「見放南夷，不忘欲返」〔註 11〕且與朋友共勉：「仕雖未達，無忘生人之患」〈答周君巢餌藥久壽書〉。人落難至此，猶不忘生民之患，距聖人之心不遠矣。子厚對理想的執著，身在荒陬，神馳魏闕，乃一切痛苦的淵藪。宋葛立方《韻語陽秋》卷十一云：

柳子厚可謂一世窮人矣。永貞之初得一禮部郎，席不暖，即斥去為永州司馬，在貶所歷十一年。至憲宗元和十年，例召至京師，喜而成詠，所謂「投荒垂一紀，新詔下荊扉」；又云「十一年前南渡客，四千里外北歸人」是也。既至都，乃復不得用。以柳州云，由永至京，已四千里；自京徂柳，又復六千，往返殆萬里矣。故贈劉夢得詩云：「十年顦顇到秦京，誰料翻為嶺外行。」贈宗一詩云：「一身去國六千里，萬死投荒十二年」是也。嗚呼！子厚之窮極矣！

子厚自貶永州，往後的歲月，生活於窮厄與悲愁、無奈與孤獨的煎熬中。此其山水文學形成背景之一。

子厚雖然在功名場上這邊落空；可是在另外一邊，他愛好大自然的天性，卻由於無政治包袱的羈絆下，獲得充分的發展。子厚〈遊南亭夜還敘志七十韻〉詩云：

夙抱丘壑尚，率性恣遊遨；
中為吏役牽，十祀空悁勞。

依據羅師聯添著〈柳宗元事蹟繫年〉〔註 12〕來看，子厚未冠，足跡已達於湖北（武昌）、江西（九江）、湖南（長沙）省境。及冠後，好遊邊上，如陝西、河北、甘肅均在其遊歷之內。子厚〈段太尉逸事狀〉云：

宗元嘗出入岐周（今陝西鳳翔縣）、邠（今陝西邠縣）、斄（即邰，后稷所封，在今陝西武功境）間，過眞定（屬鎮州，今河北正定縣），北上馬嶺（在今甘肅環縣東南）。

此外，子厚也喜愛花卉林木。由他種仙靈毗、植海石榴，種朮、植靈壽

「天寶元年改為零陵郡，乾元元年復復為永州。……在京師南三千二百七十四里，至東都三千六百六十五里」。《通典》：柳州龍城郡去西京五千四百七十里。

〔註 11〕徐善同《柳宗元永州游記校評》鈷鉧潭西小丘記。

〔註 12〕參看羅師聯添編著《柳宗元事蹟繫年暨資料類編》，事蹟繫年部分。

木，移木芙蓉、種白蘘荷等等可以看出。子厚〈始見白髮題所植海石榴樹〉：

　　幾年封植愛芳叢，韶艷朱顏竟不同；

　　從此休論上春事，看成古木對衰翁。

從子厚種植花木，以及未仕宦前的遊歷，具體可知他愛好大自然的天性。此乃子厚山水文學形成背景之二。

頻年不調，長期的貶謫，加深他對故鄉的懷念，所表現出來的情感，不是旅人的心聲，而是囚犯背後的絕望。〈春懷故園〉詩云：

　　九扈鳴已晚，楚鄉農事春；

　　悠悠故池水，空待灌園人。

又〈銅魚使赴都寄親友〉詩云：

　　行盡關山萬里餘，到時閭井是荒墟；

　　附庸唯有銅魚使，此後無因寄遠書。

又〈聞黃鸝〉詩云：

　　倦聞子規朝暮聲，不意忽有黃鸝鳴。

　　一聲夢斷楚江曲，滿眼故園春意生。

　　目極千里無山河，麥芒際天搖青波。

　　王畿優本少賦役，務閑酒熟饒經過。

　　此時晴煙最深處，舍南巷北遙相語。

　　翻日迴度昆明飛，凌風邪看細柳翥。

　　我今誤落千萬山，身同傖人不思還。

　　鄉禽何事亦來此，令我生心憶桑梓。

　　閉聲迴翅歸務速，西林紫椹行當熟。

又〈零陵早春〉詩云：

　　問春從此去，幾日到秦原？

　　憑寄還鄉夢，慇懃入故園。

舉目四望，千巒疊嶂；鎖囚之鄉，千山阻隔。子厚殆鄉思已深，故周遭一山一水、一花一鳥時常喚醒子厚的鄉愁；反過來說，山水也成爲他鄉思所寄。〈鈷鉧潭記〉文云：

　　尤與中秋觀月爲宜，於以見天之高，氣之迴。孰使予樂居夷而忘故土者，非茲潭也歟？

故寄鄉思於山水之上，乃子厚山水文學形成背景之三。

其次，子厚敗貶之後，又遭逢永州幽麗奇峭的山水。

王夫之《楚辭通釋序例》云：

> 楚，澤國也。其南沅湘之交，抑山國也。疊波曠宇，以蕩遙情，而迫之以崟嶔戌削之幽苑，故推宕無涯，而天采矗發，江山光怪之氣莫能掩抑。

因此之故，所以宋趙善愖《柳文後跋》云：

> 此殆子厚天資素高，學力超詣；又有佳山水爲之助，相與感發而至然耶！

又明茅坤《唐宋八大家文鈔》卷七云：

> 愚竊謂：公與山川兩相遭。非子厚之困且久，不能以搜巖穴之奇，非巖穴之怪且幽，亦無以發子厚之文。

又《茅鹿門先生文集》卷五〈復王暘谷乞文書〉云：

> 子厚材固雋，然亦以朝夕鈷鉧、愚溪間，故得以恣其盤豁邃谷飛泉峭壁之好，而肆焉爲文。

「古人文章，有雲屬波委、官止神行之象，實從熟處生出，所謂文入妙來無過熟也。」〔註 13〕「公與山川兩相遭」「又得佳山水之助，相與感發而至然耶」，皆探驪得珠之語。山川之被遺棄，正如自己也是被遺棄者；山川之美的存在，也證明自己之美的存在；山川今日之遭，更期待來日自己有遭。〔註 14〕清盧元昌云：「天欲洗出永州諸名勝，故謫公于此地。」。〔註 15〕故永州幽峭的地理環境，乃子厚山水文學形成背景之四。

子厚的山水作品，大致可分爲三個時期：元和四年、元和七年和元和十年抵柳州以後。三時期的風格有別，可以從子厚的心境轉變上窺知。

長年流放的生活，子厚遊魂黯然，餘魄神傷。他自我形容爲「零落殘魂」、〔註 16〕「殘骸餘魂」，〔註 17〕自是未至老年，却有老年人的心境－即孤寂感與無力感，這是他的憂鬱，也是他的焦慮。不過，此憂此慮是逐步加深的。第一個時期，從孤寂感開始。初初來到永州，子厚帶著失望與悲悽而來，故忿

〔註 13〕引見章行嚴《柳文探微》體要之部，〈始得西山宴游記〉。

〔註 14〕參清水茂〈柳宗元的生活體驗及其山水記〉。見羅師聯添編《中國文學史》論文選集（三）。

〔註 15〕《山曉閣選唐大家柳柳州全集》卷三。

〔註 16〕本集卷四十二〈別舍弟宗一〉。

〔註 17〕本集卷三十〈寄許京兆孟容書〉。

懣不平之氣，刻露於字裏行間。現實生活的缺陷，子厚選擇什麼作爲生活模式，以破除孤寂感？〈讀書〉詩云：

幽沈謝世事，俛默窺唐愚。
上下觀古今，起伏千萬途。
遇欣或自笑，感戚亦以吁。
縹帙各舒散，前後互相逾。
瘴痾擾靈府，日與往昔殊。
臨文乍了了，徹卷兀若無。
竟夕誰與言？但與竹素俱。
倦極更倒臥，熟寐乃一蘇。
欠伸展肢體，吟咏心自愉。
得意適其適，非願爲世儒。
道盡即閉口，蕭散捐囚拘。
巧者爲我拙，智者爲我愚。
書史足自悅，安用勤與劬。
貴爾六尺軀，勿爲名所驅！

又〈與許京兆孟容書〉文云：

賢者不得志於今，必取貴於後，古之著書者皆是也。宗元近欲務此。

又〈與楊京兆憑書〉云：

自貶官來無事，讀百家書，上下馳騁，乃少得知文章利病。

又〈始得西山宴游記〉文云：

自余爲僇人，居是州，恒惴慄。其隟也，則施施而行，漫漫而遊，日與其徒上高山，入深林，窮迴谿，幽泉怪石，無遠不到。

又〈陪永州崔使君遊宴南池序〉云：

余既委廢於世，恒得與是山水爲伍。

又〈與李翰林建書〉云：

僕近求得經史諸子數百卷，常候戰悸稍定，時即伏讀頗見聖人用心、賢士君子立志之分。著書亦數十篇。

又韓愈〈柳子厚墓誌銘〉亦云：

居閒，益自刻苦，務記覽，爲詞章，汎濫停蓄，爲深博無涯涘，而自肆於山水間。

歸納得知，他的生活與所謫之地發生密切關連。他以讀書爲詞章和自肆於山水間作爲生活方式，不斷奮鬥，力求發展自己的完整人格，即出現了政治挫折和鄉思之情的補償與寄託。同時也決定他將來在社會上的作爲和對後世的影響。

進入第二個時期，孤寂感加深之外，偶而加進無力感。這段時期，子厚的心情大致平穩、落實一些。他一面亟想以愚自牧，大智若愚，却很難辦到，畢竟年齡不到；一面寫遊山玩水之樂，是爲了證明自己已無早年改革之志。「漁翁」詩云：「漁翁夜傍西巖宿，曉汲清湘燃楚竹。煙銷日出不見人，欸乃一聲山水綠。迴看天際下中流，巖上無心雲相逐。」。他以溫麗靖深之情，包容字裏行間的不平之氣。必須說明的是，遊山玩水固然使子厚心靈的傷痛獲得撫慰；但是經常短暫的釋然之後，悲愁又籠罩過來。〈與李翰林書〉云：

> 永州於楚爲最南，狀與越相類。僕悶即出游，游復多恐，涉野有蝮虺大蜂；仰空視地，寸步勞倦。近水即畏射工沙蝨，含怒竊發，中人形影，動成瘡痏。時到幽樹好石，蹔得一笑，已復不樂，何者？譬如囚拘圜土，一遇和景，負牆搔摩，伸展支體，當此之時，亦以爲適，然顧地窺天，不過尋丈，終不得出，豈復能久爲舒暢哉？（本集卷三十）

又〈囚山賦〉云：

> 楚越之郊環萬山兮，勢騰踊夫波濤。紛對迴合仰伏以離迾兮，若重墉之相褒。爭生角逐上軼旁出兮，其下坼裂而爲壕欣下頹以就順兮，曾不畝平而又高沓雲雨而漬厚土兮，蒸鬱勃其腥臊。陽不舒以擁隔兮，群陰沍而爲曹。側耕危穫苟以食兮，哀斯民之增勞。攢林麓以爲叢棘兮，虎豹咆㘚代狴牢之吠嗥。胡井智以管視兮，窮坎險其焉逃。顧幽昧之罪加兮，雖聖猶病夫嗷嗷。匪兕吾爲柙兮，匪豕吾爲牢。積十年莫吾省者兮，增蔽吾以蓬蒿。聖日以理兮，賢日以進，誰使吾山之囚吾兮滔滔？（本集卷二）

子厚瀏覽山水之餘，往往興盡生悲。他對於自己的不堪之境，始終無法釋懷。

到了第三時期，子厚深深的感受到孤寂感和無力感。二者的結合，致使子厚覺得自己的日子已經不多，但要做的事情却很多，而無法了結。這是子厚最後的憂鬱與焦慮－有成熟的智慧，却沒有足夠的活力。同情的了解子厚的境遇，將有助於我們清晰的掌握子厚山水文學的形成背景。

綜觀上述，子厚由於政治場上的不得意，遂把生活方式轉向遨遊山水，滙合永州幽峭山水的地理環境和濃厚的鄉思之情相與感發，寫下獨步千古，可歌可泣的山水文學。而這些山水作品，可以說是子厚「材不爲世用，道不行於時」〈柳子厚墓誌銘〉苦悶心理的發洩。

第三章　柳宗元山水文學淵源

柳子厚山水文學淵源，歷代學者論述極多，可是看法不一。因此，當我們在探討其淵源時，經常呈現出利弊相循的現象；利的是，在眾多的意見中，足以供給我們參考；弊的是，在紛歧的意見中，易於左右我們的判斷力。

作文之始，通常須先經過模仿，正如學書法一樣，必須通過臨帖的階段。起始於貌似，進而神似，厥後追求變化，突破藩籬，會萃眾家之長，脫胎換骨，呈現新貌，自成一家，獨樹一幟。所以說，讀前人書不僅要能「入乎其中」，汲取古人豐富的智慧與經驗（包括語言的表現、內容、布局……等），更重要的是，要能「出乎其外」，提煉成菁華溶入於自己的文章裏邊。而「入乎其中」與「出乎其外」二者之間的關係，正是「變中有不變，不變中有變；創中有因，因中有創」〔註1〕的關係。姚鼎〈劉海峯先生八十壽序〉云：

為文章者，有所法而後能，有所變而後大。

是故，我們鑒賞文章，裁決兩者間的淵源關係時，應從大處著眼，全盤觀照；不可單憑一、二句法適巧和某書某文相似，即直指二者間的淵源關係，不僅有欠客觀，亦易造成差之毫釐，謬以千里之失。

如柳子厚〈遊黃溪記〉：「……有鳥赤首烏翼，大如鵠，方東嚮立」和《山海經》〈海內西經〉：「昆崙南淵深三百仞，開明獸身大類虎，而九首皆人面，東嚮立昆崙上」。粗看略有相似，於是姚鼎據此批評云：「朱子謂山海經所記異物，有云東西嚮者，蓋以有圖畫在前故也。此言最當，子厚不悟，作山水記效之，蓋無謂也。後人又以此等為工而效法者，益失之矣」。陳衍則認為不

〔註1〕出自柳師作梅授「杜詩研究」，引劉熙載《藝概》：「大雅之變具憂世之懷，小雅之變多憂生之意」後云：「變中有不變，不變中有變；創中有因，因中有創」。

然，其在《石遺室文集》大肆批駁云：

> 固特仿山海經，然山海經係載此處行產之物，柳文乃記此時此處所見之物，故於「東嚮立」上加一「方」字移步換形矣。——非呆仿山海經，致成笑柄也。

又章行嚴《柳文探微》卷二十九云：

> 〈遊黃溪記〉云：「有魚數百尾，方來會石下……有鳥赤首烏翼，如大鵠，方東嚮立」此一絲不溢之寫實文字也。曰數百尾，當時所見之魚群如是；曰東嚮立，當時目中之方向如是，倘於此而異議焉，惟作記有寫實之例禁則可。

子厚若未見鳥，純因山海經有而記，理不通。像「東嚮立」「方東嚮立」，僅以一字之別，便賦以新意；這正是「變中有不變，不變中有變；創中有因，因中有創」的道理。倘若有人據此以斷，柳子厚山水記受山海經的影響，則有言之過當，以小喻大的偏失。又吳子良《荊溪林下偶談》云：

> 子厚遊黃溪記云：「北之晉，西適豳，東極吳，南極楚、越之交，其間名山水而州者以百數，永最善。環永之治百里，北至於浯溪，西至於湘之源，南至於瀧泉，東至於黃溪東屯，其間名山水而村者以百數，黃溪最善。」句法亦祖史記西南夷傳：「西南夷君長以什數，夜郎最大。自滇以北君長以什數，邛都最大。」

僅憑某些句法雷同，逕云二者之間的淵源關係，洵非允當。又清平步青謂柳子厚永州八記亦取法於漢書地理志注。《霞外攟屑》卷七云：

> 《漢書地理志》五原郡稒陽下注云：「北出石門障，得光祿城；又西北得支就城；又西北得頭曼城；又西得宿虜城」疊句文法，爲本志各注所無。柳州「八記」，人云上仿禹益，下法酈亭，不知亦取此。

此說殆已鑽入牛角尖。茲爲便於解說起見，姑且分山水詩、文兩方面探究。先從詩談起。

宋蘇東坡流放嶺南時，偏嗜柳子厚詩文，浸淫日久，領悟遂深。嘗以子厚與淵明並論云：

> 柳子厚詩，在陶淵明下，韋蘇州上。〔註2〕

自此而後，柳詩繼陶之說，異代有聲。如明吳訥云：

> 唐興，沈、宋變爲近體，至陳伯玉始力復古作。迨李、杜復出，時

〔註2〕見《東坡題跋》卷二。

道大興，而作者日盛矣。然於其間求夫音節雅暢，辭意渾融，足以繼絕響而闖淵明之閫域者，唯韋應物、柳子厚爲然爾。自時厥後，日以律法相高，議論相尚，而詩道日晦焉。(《皇明文衡》卷四三)

又清洪亮吉亦云：

陶淵明以後，學陶者，韋應物、柳宗元以迄蘇軾、陳無己等若干人，而皆不及陶，亦以絕調難學也。(《北江詩話》卷五)

但金元遺山的《論詩絕句》又標出謝靈運與柳子厚的淵源，詩云：

謝客風容映古今，發源誰似柳州深；

朱弦一拂遺音在，卻是當年寂寞心。

清翁方綱《石洲詩話》嘗引之說：

柳州繼謝之說，至此發之。

又陳衍《石遺室詩話》云：

大謝終唐之世，只柳州一人問焉，他無聞焉。

晉宋間，陶淵明獨得田園之趣，謝靈運獨得山水之美。後世雖以「陶謝」並稱，但二人風格殊異。何以子厚詩之風格既近陶，又類謝？今代方瑜先生在其〈柳宗元詩中的寫景與抒情〉一文說：

陶謝二家雖常並稱，但詩風實有很大差異。淵明抗懷千古、淳樸任眞，妙合天工；大謝則慘澹經營，華妙精深，窮極人巧。前人之論，既以柳宗元「斟酌陶、謝之間」，則子厚詩應有值得探究之內涵，柳詩究具何種特色，怎可既近陶、又類謝？〔註3〕

方氏最後的結論是，偏向大謝者多，「有陶詩風味者，其實並不多」。但他沒有注意到柳子厚融合陶謝之長來寫詩的特性。如〈界圍巖水簾〉詩云：

界圍匯湘曲，青壁環澄流。懸泉粲成簾，羅注無時休。韻磬叩凝碧，鏘鏘徹巖幽。丹霞冠其顚，想像凌虛游。靈境不可狀，鬼工諒難求。忽如朝玉皇，天冕垂前旒。楚臣昔南逐，有意仍丹丘。我今始北旋，新詔釋縲囚。采眞誠眷戀，許國無淹留。再來寄幽夢，遺貯催行舟。（本集四十二）

這首詩從「界圍匯湘曲」至「天冕垂前旒」，匠心獨運的寫景，酷似大謝「記遊、寫景」的部分；後半從「楚臣昔南逐」至「遺貯催行舟」，則是子厚緣景抒懷。整首詩看來，文字較大謝明朗而不滯悶；用事比大謝自然而不隔。蘇

〔註3〕見臺靜農先生八十壽慶論文集。頁244。

東坡說：「用事當以故爲新，以俗爲雅，好奇務新，乃詩之病，柳子厚晚年詩極似淵明，知詩病者也」〔註4〕

故錢基博《韓愈志》云：

宗元……詩工五言，往往融情入景，而託之禪悅，發揮理趣、鋪張排比，其原出謝靈運；而袪其滯悶，出以秀朗，則得力於陶淵明者多。

又陳衍《石遺室文集》卷六云：

柳州五言刻意陶、謝，兼學康樂製題。

又明周履靖《騷壇秘語》卷中體第十五古體云：

柳子厚斟酌陶、謝之中，用意極工，造語極深。

皆獨具隻眼而語中鵠的。

再舉子厚〈湘口館瀟湘二水所會〉詩云：

九疑濬傾奔，臨源委縈迴。會合屬空曠，泓澄停風雷。高館軒霞表，危樓臨山隈。茲辰始澂霽，纖雲盡褰開。天秋日正中，水碧無塵埃。杳杳漁父吟，叫叫羈鴻哀。境勝豈不豫，慮分固難裁，升高欲自舒，彌使遠念來。歸流駛且廣，汎舟絕沿洄。（本集四三卷）

前半部從「九疑濬傾奔」至「叫叫羈鴻哀」是寫景的部分，風容古麗而秀朗，無謝詩之富艷。後半部「境勝豈不豫」至「汎舟絕沿洄」，則與陶詩之寫意語言相埒。

必須注意的是，子厚與淵明二人遭遇、性格不同，淵明躬耕歸隱，恬退不仕，安於現實；而子厚是政治變局中的受害者，因此，常懷鬱憤，無法如淵明之豁達，安於現狀。所以子厚學淵明所表現出來的格調，僅能「語近」而「氣不近」。宋陳善《捫蝨新話》卷七云：

山谷常謂曰：白樂天、柳子厚俱効陶淵明作詩，而唯子厚詩近。然以予觀之，子厚語近而氣不近，樂天學近而語不近。子厚氣悽愴，樂天語散緩，各得其一。要於淵明詩未能盡似也。

陳善所謂「語近」淵明詩，子厚詩作可例舉者甚多，如〈溪居〉詩云：

久爲簪組累，幸此南夷謫。閑依農圃鄰，偶似山林客。曉耕翻露草，夜榜響溪石。來往不逢人，長歌楚天碧。（本集四十三卷）

又〈旦攜謝山人至愚池〉詩云：

〔註4〕同註2。

新沐換輕幘，曉池風露清。自諧塵外意，況與幽人行。霞散眾山迥，天高數雁鳴。機心付當路，聊適羲皇情。（本集四十三卷）

又〈夏初雨後尋愚溪〉詩云：

悠悠雨初霽，獨繞清溪曲。引杖試荒泉，解帶圍新竹。沈吟亦何事？寂寞固所欲。幸此息營營，嘯歌靜炎燠。（本集四十三卷）

故蘇東坡云：

所貴乎枯澹者，謂其外枯而中膏，似澹而實美，淵明、子厚之流也。（《東坡題跋》卷二）

又沈德潛評〈溪居〉一詩云：

愚溪諸詠，處連蹇困厄之境，發清夷淡泊之音，不怨而怨，怨而不怨，行間言外，時或遇之。（《唐詩別裁》卷四）

「發清夷淡泊之音」即陳善所謂「語近」之意；而「不怨而怨，怨而不怨」，即所謂「氣不近」之音。雖第二首詩末云：「機心付當路，聊適羲皇情」可見子厚亦想效法「羲皇（指淵明）情」；然而子厚自子厚，也僅止於「聊適」而已。畢竟二人遭際、情性有別；子厚胸中堙厄感鬱，始終無法化解，故其詩乃律中騷體。

總而言之，柳子厚目光如炬，寫山水詩「斟酌陶、謝之中」，取陶詩之所長，補謝詩之所短。使二者相輔相成，相得益彰。

其次，從文的部分來看。魏晉六朝是我國山水文學大放異彩的時期，模山範水的名篇佳句迭出不窮。除了詩體爲表現外，即使在賦、文（含無韻的筆在內）方面的表現，也毫無遜色。如陶淵明〈桃花源記〉：

晉太元中，武陵人捕魚爲業。緣溪行，忘路之遠近，忽逢桃花林，夾岸數百步，中無雜樹，芳草鮮美，落英繽紛。漁人甚異之，復前行，欲窮其林；林盡水源，便得一山，山有小口，髣髴若有光，便捨船從口入，初極狹，纔通人，復行數十步，豁然開朗，土地平曠，屋舍儼然，有良田美池桑竹之屬……。

又宋鮑照〈登大雷岸與妹書〉：

……南則積山萬狀，爭氣負高，含霞飲景，參差代雄，淩跨長隴，前後相屬，帶天有匝，橫地無窮。東則砥原遠隰，亡端靡際，寒蓬夕卷，古樹雲平，旋風四起，思鳥群歸，靜聽無聞，極視不見。北則陂池潛演，湖脈通連，苧蒿攸積，菰波之鳥，水化之蟲，智吞愚，彊捕小，虢噪驚聒，紛牣其中。西則迴江永指，長波天合，滔滔何窮，漫漫安竭，創古迄今，舳艫相接，思盡波濤，悲滿潭壑，煙歸八表，終爲野塵……。

又齊陶宏景〈答謝中書書〉：

山川之美，古來共談，高峯入雲，清流見底，兩岸石壁，五色交輝，青林翠竹，四時俱備，曉霧將歇，猿鳥亂鳴，夕日欲頹，沈鱗競躍，實是欲界之仙都，自康樂以來，未復有能與其奇者。

又梁吳均〈與宋元思書〉：

風煙俱淨，天山共色，從流飄蕩，任意東西，自富陽至桐廬，一百許里，奇山異水，天下獨絕，水皆縹碧，千丈見底，游魚細石，直視無礙，急湍甚箭猛浪若奔，夾岸高山，皆生寒樹，負勢競上，互相軒邈，爭高直指，千百成峯，泉水激石，泠泠作響，好鳥相鳴，嚶嚶成韻，蟬則千轉不窮，猿則百叫無絕，鳶飛戾天者，望峯息心，經綸世務者，窺谷忘返，橫柯上蔽，在晝猶昏，疎條交映，有時見日。

四文除桃花源記外，盡是駢文，字句清麗，氣韻曼妙，這是將當時詩歌盛行的對偶、聲律應用於散文的成果。

唐代韓柳二人雖同倡導古文，化駢爲散，以振興六朝以來頹靡的文風。然無可諱言，二人皆精於六朝文學。

清林紓《韓柳文研究法》〈柳文研究法〉云：

不佞恒謂柳州精於小學，熟於《文選》。

又清凌揚藻《蠡勺編》卷二十八云：

蓋韓、柳皆嘗從事於東京六朝。韓有六朝之學，一埽而空之，融其液而遺其滓，遂以夐絕千餘年。柳有其學而不能空，然亦與韓爲輔。

六朝既是我國山水文學風行的時期，而子厚又精熟於六朝文學，故其山水受六朝寫景賦、文的影響，殆無疑議。凌揚藻說子厚「有其學而不能空」，這句話是可採信的。如子厚運用六朝文學駢句的優點，寫作山水文，以增益其風容之美和韻律之美，這是不難發現的。是故，清惲敬在其〈遊通天巖記〉云：

柳子厚諸遊記，敬以爲體近六朝未爲至。〔註5〕

子厚諸遊記「體近六朝未爲至」正是子厚欲破六朝過於整齊的駢句。由此可知，子厚的山水文有受於六朝寫景賦、文的影響。

〔註5〕見《大雲山房文稿》二集卷上。

另外，和六朝同一時期的北魏酈道元《水經注》，堪稱是一部寫景文的鉅著。蓋山水之作，未有柳子厚之前，《水經注》一直獨享盛名。

《水經注》雖是一部地理志書，然而對於景物的描繪，筆筆精工，刻畫入妙，使山川躍然紙上。如〈江水注〉：

> 今灘上有石，或圓或箄，或方似屋，若此者甚眾，皆崩崖所隕，至怒湍流，故謂之「新崩灘」。……自三峽七百里中，兩岸連山，略無闕處；重巖疊嶂，隱天蔽日：自非亭午夜分，不見曦月。至於夏水襄陵，沿泝阻絕，或王命急宣，有時朝發白帝，暮到江陵，其間千二百里，雖乘奔御風，不以疾也。春冬之時，則素湍綠潭，迴清倒影。絕巘多生檉柏。懸泉瀑布，飛漱其間，清榮峻茂，良多趣味。每至晴初霜旦，林寒澗肅，常有高猿長嘯，屬引淒異，空谷傳響，哀轉久絕。故漁者歌曰：「巴東三峽巫峽長；猿鳴三聲淚沾裳！」……江水又東，逕黃牛山，下有灘名曰「黃牛灘」。南岸重嶺疊起，最外高崖間有石，色如人負刀牽牛，人黑牛黃，成就分明。既人跡所絕，莫得究焉。此巖既高，加以江湍紆迴，雖途逕信宿，猶望見此物。故行者謠曰：「朝發黃牛，暮宿黃牛；三朝三暮，黃牛如故。」言水路紆深，迴望如一矣。江水又東，逕西陵峽，宜都記曰：「自黃牛灘東入西陵界，至峽口百許里，山水紆曲，而兩岸高山重障，非日中夜半，不見日月。絕壁或千許丈，其石采色形容，多所像類。林木高茂，略盡冬春。猿鳴至清，山谷傳響，泠泠不絕。」所謂三峽，此其一也。山松言：「常聞峽中水疾，書記及口傳，悉以臨懼相戒，曾無稱有山水之美也。及余來踐躋此境，既至欣然，始信耳聞之不如親見矣。其疊崿秀峯，奇構異形，固難以辭敘；林木蕭森，離離蔚蔚，乃在霞氣之表，仰矚俯映，彌習彌佳；流連信宿，不覺忘返；目所履歷，未嘗有也。既自欣得此奇觀，山水有靈，亦當驚知己於千古矣。

子厚的山水文，得力於《水經注》，這是古今學者們在出入的意見中，比較一致的看法。如明楊慎《丹鉛雜錄》卷七云：

> 柳子厚〈小石潭記〉：潭中魚可百許頭，皆若空遊無所依。此語本之酈道元《水經注》：「淥水平潭，清澄深，俯視遊魚，類若乘空。」

故清盧元昌《山曉閣選唐大家柳柳州全集》卷三云：

〈至小丘西小石潭記〉，山水奇致，非公不能畫出。公小記，大略得力于《水經注》。

又清劉熙載《藝概》卷一文概云：

鄽道元敍山水，峻潔層深，奄有楚辭「山鬼」「招隱士」勝境。柳柳州遊記，此其先導耶！

又清愛新覺羅弘曆《唐宋文醇》卷十六〈河東柳宗元文〉：

鄽道元《水經注》，史家地理志之流也。宗元「永州八記」，雖非一時所成，而若斷若續，令讀者如陸務觀詩所云，「山重水複疑無路，柳暗花明又一邨」也。絕似《水經注》文字，讀者宜合而觀之。

綜上得知，柳子厚山水文學，在詩方面主要淵源於「斟酌陶、謝之中」。在文的方面，則主要淵源於《水經注》和六朝寫景賦、文。必須說明：詩、文是爲解說方便而分。事實上，詩、文是不能截然劃分爲二；二者之間，彼此互通有無；並非影響詩，就不影響文，反之亦是。其次，上述這些合當算是柳子厚山水文學的淵源主流；其餘如《離騷》、《史記》、《山海經》等，則居於次要，僅能算是其淵源之支流。

第四章　柳宗元山水文學分類及其評析

第一節　山水文學分類

梁昭明太子蕭統的《文選》，將謝康樂的山水詩分為「遊覽」和「行旅」兩類。這應是對山水文學分類的肇端。而區別「遊覽」「行旅」二者間本質上的差異，簡而言之，「遊覽」蓋指專程到某一特定地點的遊覽。如謝康樂〈遊南亭〉。而「行旅」是指欲往某地，在途次中所遇的風景。如謝康樂〈過始寧墅〉。前者是定點的觀賞；定點即是遊者的目的地；後者則是移動當中的遊賞，經常可以構成有過程的遊賞。《文選》可以說粗具簡而不錯的分類，惜其對於作品的歸類縝密度不夠。

自茲以降，清末民初張相的《古今文綜》，細分山水文學為四類，並在其類下附有實例。（底下引文的例子，僅列出柳宗元的作品名稱）

第二章記物上……（甲）山水　此之為體，大抵誌遊踪，寫勝致，洞穿涬溟之思，雕鑱宇宙之筆，劉孟塗所謂林巒何幸，得斯人之一言；山水有靈，驚知己於千古者也。第其作法，約為四目。

（一）紀實　陳后山云：退之作記，記其事耳，今之記，乃論也。則知雜以議論，已乖體製，故如禹貢山經水經諸書，博大閎肆，如其分際，不著一語，斯為潔也。柳州頗知此恉，佳篇遂多。近世惜抱登泰山記，文境亦頗超卓，共錄文十首。唐柳宗元柳州山水近治可遊者記、遊黃溪記、袁家渴記、石渠記。

（二）寓情　曾點詠遊於沂水，莊子託想於濠間，覺天地之有情，合物我而胥化，斯亦紀實之亞也，錄十九首。唐柳宗元始得西山宴遊記、鈷鉧潭記、至小丘西小石潭記。

（三）議論　后山所譏，以論作記，然高山可仰，比諸景行，原泉不舍，取其有本，古人不爲病也。及蔽者爲之，泥其迹，遺其神，迂而寡趣，泛而無等，則爲文之累矣。錄十三首。唐柳宗元鈷鉧潭西小丘記、小石城山記。

（四）考據　實事求是，援古證今，屬地理之專門，亦紀實之別體。錄三首。

張相歸納山水文學的作品，區分爲「紀實」「寓情」「議論」「考據」四類，確有卓見；不過難以概括；且依作品的作法勉強分類，更非所宜。畢竟有些作品，往往難分難辨，糾纏不清。假若一文之中，既「寓情」又「議論」如何？如柳宗元〈鈷鉧潭西小丘記〉，張相歸於「議論」一類，是否妥當？其文中「由其中以望，則山之高，雲之浮，溪之流，鳥獸之遨遊，舉熙熙然迴巧獻技，以效茲丘之下。枕席而臥；則清泠之狀與目謀，瀯瀯之聲與耳謀，悠然而虛者與神謀，淵然而靜者與心謀。不匝旬而得異地者二，雖古好事之士，或未能至焉」不亦是「寓情」？

今代宮菊芳先生則以「題材」劃分，《南北朝山水詩研究》云：

今觀南北朝約六百首山水詩中，以全篇刻劃山水美景者，僅二十餘首，且多爲較晚的短篇之作。此外，絕大多數都「豈惟翫景物，亦欲攄心素」。詩中除以山水景物爲必然題材之外，尚有多種補充題材，茲分述於下：一、山水。……試將新題材按時代背景之不同，分爲三類：

（一）曲澗層巒、高巖飛瀑。宋齊的山水詩人，往往「尋山陟嶺，必造幽峻。巖嶂千重，莫不備盡」「渡泝無邊，險徑遊歷。棧石星飯，結荷水宿」不辭跋涉，尋幽探勝，以神秘奇異的原始奇觀爲題材。

（二）遠峯迴川、江浦洲渚。齊梁中，竟陵八友登臨唱和、山亭餞別，則所取題材，多爲明媚宜人的天然美景爲主。

（三）山池玄圃、郊野園林。梁陳的後期山水詩人，如簡文帝、庾肩吾、徐陵等，多爲宮體詩人兼之，所取之題材，往往限於宮廷附近的人工美景。……二、山水以外的題材，大致可分爲十類：（1）感懷。（2）哲理。（3）遊仙。（4）隱逸。（5）田園。（6）記遊。（7）記行。（8）節序。（9）酬贈。（10）應制。

宮氏這樣的分法，縝密不縝密姑且不論，但已犯下分類的禁忌，即過於繁瑣。

又今代王次澄先生《南朝詩研究》從「主題」分出四類：

> 綜觀南朝山水篇什，除敘述登山涉水經過，刻劃途次風景外，作者主觀之抒情說理，亦爲不可或缺之內容。蓋時人視山水爲老莊自然道體之象徵，寂寞心聲之知音，遊覽之餘，自不免由景入情，緣情悟理。今就詩之主題，分純寫景者、山水兼抒情悟理者、描摹佛寺山房景色者，送別懷人兼寫山水者四類。

固然，此分類法稍避繁瑣，但概括性依然不強。

遊記是描述性，而非解釋性。描述性指向「現象」，解釋性指向「本質」。遊記作家觀照周遭萬千景物，特對某些景物有得於心，生發美感作用，而自身呈顯於作家的意識裏邊，便構成「現象」〔註 1〕而進入作品中，因此之故，凡不在作家意識中呈顯自身的景物，對於遊記作家而言，毫無意義，可以「存而不論」。山水文學多中選一「點景生情」的判別式，亦可由此得知證。

鑑於此，山水文學的分類，就應從「現象」著手。可區分爲三類：其一是定點記遊類。外在世界呈靜止的狀態，作家在一定的空間上觀照所獲得的「現象」即是。其二是有過程的記遊類。外在世界是移動的，隨時間的變動，空間也在轉換，景物亦隨之不一樣，作家所獲得的「現象」，就有了極大的變化。由於定點記遊類是靜止的，故時間雖長，景物變化少；反之，有過程記遊類是移動的，故時間雖短，景物的變化却大。其三是致用記遊類，外在世界動靜參半。它具有同水經注地理志的功能，提供線索給後來之遊者以資憑藉。

定點記遊類，文如〈潭州楊中丞作東池戴氏堂記〉、〈桂州裴中丞作訾家洲亭記〉、〈零陵三亭記〉等等，詩如〈界圍巖水簾〉、〈法華寺石門精室三十韻〉、〈湘口館瀟湘二水所會〉、〈與崔策登西山〉等等皆是。現舉例評析。

第二節　定點記遊類及其評析

〈潭州楊中丞作東池戴氏堂記〉

弘農公刺潭三年。因東泉爲池。環之九里。丘陵林麓距其涯。坻島渚洲交其

〔註 1〕見於《二十世紀的哲學》:「現象是什麼？胡塞爾（Edmund Husserl 1859～1938）認爲：任何事物不論想像中的或確實存在的、理想的或眞實的，也不論以何種方式，只要能使它自身呈顯於人的意識者，就是現象。……他（胡塞爾）所關心的是現象，而現象只在意識中呈顯自身。」

中。其岸之突而出者。水縈之若玦焉。池之勝於是為最。公曰。是非離世樂道者不宜有此。卒授賓客之選者譙國戴氏曰簡。為堂而居之。堂成而勝益奇。望之若連艫縻艦。與波上下。就之顛倒萬物。遼廓眇忽。樹之松柏杉櫧。被之菱芡芙蕖。鬱然而陰。粲然而榮。凡觀望浮游之美。專於戴氏矣。戴氏嘗以文行。累為連率所賓禮。貢之澤宮。而志不願仕。與人交。取其退讓。受諸侯之寵不以自大。其離世歟。好孔氏書。旁及莊文。莫不總統。以至虛為極。得受益之道。其樂道歟。賢者之舉也必以類。當弘農公之選而專茲地之勝。豈易而得哉。地雖勝。得人焉而居之。則山若增而高。水若闢而廣。堂不待飾而已奐矣。戴氏以泉池為宅居。以雲物為朋徒。攄幽發粹。日與之娛。則行宜益高。文宜益峻。道宜益懋。交相贊者也。既碩其內。又揚于時。吾懼其離世之志不果矣。君子謂弘農公刺潭。得其政。為東池。得其勝。授之得其人。豈非動而時中者歟。於戴氏堂也。見公之德。不可以不記。

前論山水文學義界時，談及「情境」「主題」，知山水文學眞正的力量和作用，是由這兩樣加起來的，即「情境」加「主題」。而且作家所描繪的「情境」，經常是對準「主題」來表現。本文即是如此，且把重點放在山水與人的關係上。

作者一開始即說出東池之緣起及其梗概。弘農公刺潭已有三年，因東泉為東池，周圍環之有九里，丘陵林麓距其涯，坻島渚洲交其中，水岸突出，池水縈之，狀若半環形之玉珮。池之勝於是為最。子厚認為一邑中應有供民觀游之所，此為施政之一環。〈零陵三亭記〉云：

> 邑之有觀游，或者以為非政，是大不然。夫氣煩則慮亂，視壅則志滯。君子必有游息之物，高明之具，使之清寧平夷，恒若有餘，然後理達而事成。

弘農公見東池美景遂興讚歎：「是非離世樂道，不宜有此」，乃授予賓客之上選者－譙國戴簡。戴氏為堂居之，堂成勝益奇。望之，若連艫縻艦，與波上下，呈動態之美。就之，則萬物與天空顛倒波心，眇眇忽忽，乃靜態之美。且松柏杉櫧倒影水中，菱芡芙蕖若被其上。再朝前而看，葉密鬱然而陰，光照粲然而榮。凡觀望浮游之美，專於戴氏堂矣。描寫情境之勝概，蔣之翹云：「綴景若畫」，洵非過譽。

東池、戴氏堂景勝如此，試問居此間之人如何？「戴氏嘗以文行，累為連率所賓禮，貢之澤宮，而志不願仕。與人交，取其退讓。受諸侯之寵，不以自大。其離世歟！好孔氏書，旁及莊、文，莫不總統。以至虛爲極，得受益之道。其樂道歟！」戴氏乃離世樂道之人，正呼應弘農公之所言。「當弘農公之選，而專茲地之勝，豈易而得哉！」茲地之勝已不易求得，如今勝境又得佳人而居之，益增其色。「地雖勝，得人焉而居之，則山若增而高，水若闢而廣，堂不待飾而已奐矣」。此乃「山水得人而益增其勝」。〔註2〕而「戴氏以泉池爲宅居，以雲物爲朋徒，攄幽發粹，日與之娛。則行宜益高，文宜益峻，道宜益懋，交相贊者也」。此乃「賢人得山水而益增其清」。〔註3〕山水與人兩相得，僅有東池之勝境，無戴氏爲堂居間，空有東池之勝，辜負造物者之美意，總有遺憾；反之，有戴氏之人，無美景佳境日夕伴之，時久便俗。而東池之勝，除却戴氏居之，無人敢當。今戴氏既碩其內，又揚於時，無怪子厚讚嘆說：「吾懼其離世之志不果矣！」。

「君子謂弘農公刺潭得其政，爲東池得其勝，授之得其人」意謂著若無弘農公刺潭，必無得東池之勝，當然亦無授得其人。美不自美，因人而彰。千里馬再好，不得伯樂，誰能識之？此伯樂者，弘農公也。有弘農公治政，始有其勝，方有其人，眞可說是良辰、美景、賞心、樂事四美具；賢主、嘉賓二難并。故子厚讚美弘農公「動而時中」，從而點出本文主旨所在，「於戴氏堂也，見公之德，不可以不記」。林雲銘云：

> 東池之勝佳，戴氏之爲人又佳，故段段寫得如許出色。然看來東池、寫堂、寫戴氏處，總是借此寫弘農公也。開口說弘農公刺潭爲池，授戴氏爲堂，其意以爲若無公即無池，且無堂，併無戴氏矣。中寫戴氏得公之選，先言賢者之舉必以類，則戴氏之賢，正公之賢也。末段出「刺潭得其政」句，因以得勝人爲公之德，不可不記，是全本歸到公身上，則記耑爲公作，於此可見。(《古文析義》)

本文雖處處美戴氏，却句句見弘農公之德。「故曰：『於戴氏堂也，見公之德』，從而知此文重點，實在楊公，而以戴氏爲陪襯之資也」。〔註4〕知本文主旨，應是側重於弘農公。林紓認爲美楊公，兼美戴氏，語無偏重，值得商榷。〔註5〕

〔註 2〕 見胡師楚生《柳文選析》〈潭州東池戴氏堂記〉。

〔註 3〕 仝註2。

〔註 4〕 仝註2。

〔註 5〕 《韓柳文研究法》•〈柳文研究法〉：「潭州楊中丞作東池戴氏堂記，美楊公，兼美戴氏。語易偏重，頗難著筆。導泉而成池者，楊憑也；受池而爲堂者，戴簡也。稱戴簡之離世樂道，而語即出諸楊公之口，則楊、戴道合。戴之能其次，論本文的結構，有如常山之蛇，斬首則尾應，斬尾則首應，斬腹則首尾俱應。本文以東池戴氏堂爲經，離世樂道爲緯；先由東池引出戴氏堂；旋由戴氏堂道出戴氏；復由戴氏再引出弘農公。且以「離世樂道」穿梭其間，先是弘農公云：「是非離世樂道者，不宜有此」再導引出戴氏離世樂道之志，最宜居此。最後道出山水與人兩相宜，相得而益彰，且歸諸弘農公之德。其中以「賢者之舉也必以類」爲旋轉軸，承上啓下，舟行若窮，忽又無際，此見作者能縱能收；當戴氏爲堂居之，及其離世樂道之行，已放縱而出，再把文章返歸弘農公身上。胡師楚生云：「文勢一轉，乃以一『類』字，牽連楊公，方始折入正題」。〔註6〕

本文結構組織嚴密，無懈可擊。孫琮云：

> 前幅，一段記池，一段記堂。妙在記池處，寫得山陵林麓，坻島州渚，岸突水縈，宛然是一個天造地設大觀，不是人工穿鑿得就。記堂處，寫得波光上下，水天一望，林木參差，芰荷灼爍，宛然是一個水上亭臺，出沒萬狀。中幅，一段寫戴氏離世，一段寫戴氏樂道。後幅，一段贊美池堂，一段贊美戴氏，與前幅二段相照。一段再嘆戴氏樂道，一段再嘆戴氏離世，與中幅二段相應。末幅，一句結弘農公刺潭，一句結弘農公作池，一句結以池授戴，束盡通篇。(《山曉閣選唐大家柳柳州全集》)

一環緊扣一環，節節互通有無。林雲銘《古文析義》云：

> 其行文周到完密，段落井井，不可多得。

本文敘述井井有條而不紊，眞是一篇不可多得的佳構。

山川鍾靈毓秀，常孕育出傑出人才，故地靈則人傑。古之賢者，伏隱山川，滌盪胸襟；藉山川靈秀之氣，作爲行高、文峻、道懋之助。爾後，出而仕，貢獻己力，造福人群。另外，古之賢者，亦有不願仕者，爲保全其身，而伏隱山川，陶冶心境，開濶胸懷，藉以韜光養晦、獨善其身。二者盡在啓示後人，山川益人非淺。而山川亦因人而彰，名顯於後世。

離世樂道，獨楊知之，始有此池之賜，則雖盛戴簡，楊公到底終有知人之明，萬萬不至於偏重，此是文之慧黠處。

〔註6〕 仝註2。

第三節　有過程記遊類及其評析

子厚以連章詩的技巧，用之於文章裏。其山水遊記，不但能獨立存在，而且可以多篇遊記合讀，構成一有機體。宋韓醇《唐柳先生文集》云：

> 自游黃溪至小石城山，爲記凡九，皆記永州山水之勝，年月或記或不記，皆次第而作耳。

必須說明的是，子厚記永州山水之勝不止九篇，除本集第二十九卷「自游黃溪至小石城山，爲記凡九」外，還有如〈永州韋使君新堂記〉、〈永州崔中丞萬石亭記〉、〈零陵三亭記〉、〈永州龍興寺東丘記〉等亦記永州山水；自游黃溪至小石城山九篇記，衹不過「年月或記或不記，皆次第而作耳」而已。

另外，又有人稱「永州八記」，常安古文披金云：「最善刻畫，西山八記，脈絡相通，若斷若續，合讀之，更見其妙」。乃將本集二十九卷之九記，剔除遊黃溪一記，合爲八篇，而題曰：「永州八記」。其因爲何，早已不可得而知，若勉強言之，約可找出四點理由，如下：

1、黃溪本身不在永州境內，距州治七十里外。〈游黃溪記〉：「黃溪距州治七十里」。

2、八記的第一篇〈始得西山宴游記〉，柳子厚既言游「始」於此，遂從這篇算起的以下八篇。

3、子厚發現西山之怪特，昔所未見，故心境爲之爽然。「悠悠乎與灝氣俱，而莫得其涯；洋洋乎與造物者游，而不知其所窮」、「心凝形釋，與萬化冥合」；子厚頓悟「天地與我並生，萬物與我合一」的人生境界。換言之，他已經由逍遙遊而轉到齊物的人生境界，故讚歎曰：「然後知吾嚮之未始游，游於是乎始」。

4、「八」是中國很好的數目字，如我們常云：「阿里山八景」、「台中八景」等。〔註 7〕

由於本集第二十九卷之九篇山水遊記，皆次第而作，有構成有過程記遊類的可能性，經由歸納得知，子厚先後依循著四條路線來出游，厥後在幾個不同的時間裏寫成。現依據子厚的自述，找出九篇的秩序和關係：

第一條路線（元和 4 年）——

坐法華西亭，望西山，始指異之，遂過湘江遊西山，撰〈始得西山宴游

〔註 7〕四點語出胡師楚生的口頭提示。

記〉；得西山後八日，尋山口西北道二百步，得鈷鉧潭，撰〈鈷鉧潭記〉；循潭西而往，二十五步，有魚梁，梁之上有小丘，撰〈鈷鉧潭西小丘記〉；從小丘西行百二十步，見小石潭，撰〈至小丘西小石潭記〉。

第二條路線（元和 7 年）——

由朝陽巖東南，水行，至蕪江，得袁家渴，撰〈袁家渴記〉；自渴西南行，不能百步，得石渠，撰〈石渠記〉；由石渠過橋，往西北走，下土山之陰，有石澗，倍石渠三之一，撰〈石澗記〉。

第三條路線（元和 7 年）——

自西山道口，徑北而走，踰黃茅嶺而下，再稍北而東，不過四十丈之遠，即有小石城山，撰〈小石城山記〉。

第四條路線（元和 8 年）——

到永州之東，遊黃溪，撰〈游黃溪記〉。〔註 8〕

由此得知，第一條路線〈始得西山宴遊記〉、〈鈷鉧潭記〉、〈鈷鉧潭西小丘記〉、〈至小丘西小石潭記〉等四篇，不僅篇篇可以獨立而成定點記遊類，亦可四篇合併來看，而歸屬有過程的記遊類。

同理知第二條路線亦若是。〈袁家渴記〉、〈石渠記〉、〈石澗記〉三篇合之，則歸屬有過程記遊類；若分立，則〈袁家渴記〉、〈石澗記〉屬定點記遊類，而〈石渠記〉屬有過程記遊類；乃因〈石渠記〉是由石渠、石泓、小潭等幾景連綴而成。〈石渠記〉：

> 自渴西南行，不能百步，得石渠……其流，抵大石，伏出其下。踰石而往，有石泓……又折西行，旁陷巖石下。北墜小潭。又北，曲行紆餘，睨若無窮。然卒入于渴。

由〈石渠記〉得知，在一篇之中，不一定就是定點記遊類。如〈遊黃溪記〉亦是，其云：

> 黃溪距州治七十里。由東屯南行六百步，至黃神祠。……黃神之上，揭水八十步，至初潭……南去，又行百步，至第二潭……自是又南數里，地皆一狀……又南一里，至大冥之川。

是故，〈遊黃溪記〉應屬有過程記遊類。又〈愚溪詩序〉：

> 愚溪之上，買小丘，爲愚丘。自愚丘東北行六十步，得泉焉，又買

〔註 8〕據鄭良樹〈論柳宗元的永州遊記〉，中外文學，八卷十一期，民國 69 年 4 月。

居之，爲愚泉。愚泉凡六穴，皆出山下平地，蓋上出也。合流屈曲而南，爲愚溝。遂負土，累石，塞其隘爲愚池。愚池之東爲愚堂。其南爲愚亭。池之中爲愚島。

亦屬有過程之記遊類。又〈柳州山水近治可游者記〉：

北有雙山，夾道嶄然，曰背石山。……南絕水，有山，無麓……曰甑山。……又南且西，曰駕鶴山，……又西，曰仙弈之山，……石魚之山……雷山……。

子厚依次出游，殆有六次，累其所記，結匯成篇，故屬有過程記遊類〔註 9〕

詩如〈遊朝陽巖遂登西亭二十韻〉、〈秋曉行南谷經荒村〉。

〈秋曉行南谷經荒村〉

杪秋霜露重，晨起行幽谷。

黃葉覆溪橋，荒村唯古木。

寒花疏寂歷，幽泉微斷續。

機心久已忘，何事驚麋鹿。

現舉〈愚溪詩序〉評析。

〈愚溪詩序〉

灌水之陽。有溪焉。東流入于瀟水。或曰。冉氏嘗居也。故姓是溪爲冉溪。或曰。可以染也。名之以其能。故謂之染溪。余以愚觸罪。謫瀟水上。愛是溪。入二三里。得其尤絕者家焉。古有愚公谷。今予家是溪。而名莫能定。土之居者猶齗齗然。不可以不更也。故更之爲愚溪。愚溪之上。買小丘爲愚丘。自愚丘東北行六十步。得泉焉。又買居之爲愚泉。愚泉凡六穴。皆出山下平地。蓋上出也。合流屈曲而南爲愚溝。遂負土累石。塞其隘爲愚池。愚池之東爲愚堂。其南爲愚亭。池之中爲愚島。嘉木異石錯置。皆山水之奇者。以余故。咸以愚辱焉。夫水。智者樂也。今是溪獨見辱於愚何哉。蓋其流甚下。不可以溉灌。又峻急多坻石。大舟不可入也。幽邃淺狹。蛟龍不屑。不能興雲雨。無以利世。而適類於余。然則雖辱而愚之可也。甯武子邦無道則愚。智而爲愚者也。顏子終日不違如愚。睿而爲愚者也。皆不得爲眞愚。今余遭有道。而違於理。悖於事。故

〔註 9〕六次出游，語出羅師聯添的口頭提示。

> 凡爲愚者莫我若也。夫然則天下莫能爭是溪。余專得而名焉。溪雖莫利於世。而善鑒萬類。清瑩秀澈。鏘鳴金石。能使愚者喜笑眷慕。樂而不能去也。余雖不合於俗。亦頗以文墨自慰。漱滌萬物。牢籠百態。而無所避之。以愚辭歌愚溪。則茫然而不違。昏然而同歸。超鴻蒙混希夷寂寥而莫我知也。於是作八愚詩。紀于溪石上。

永州放逐式生活，對於子厚而言，是痛苦的，殘酷的。希望愈大，所承受失望的痛苦，相對的也愈強。

子厚懷抱理想，本身並沒有錯，錯在現實環境的冷酷與無情；雖然子厚並不甘於向現實低頭，嘗努力向上掙扎，但又能扳回什麼？漸漸地他發現再掙扎也是徒然，百般無奈之餘，頓覺自己是世間上最愚蠢的人，於是以「愚」自況自嘲，作爲反諷。我今淪落天涯，而山水不幸遭遇愚（余）人，遂「以余故，咸以愚辱焉」。「愚」字一詞兩用，一面是指愚蠢，一面是指自己，「愚」即「余」。文中經常出現「余愚」並舉，「余愚」合一。

又「今是溪獨見辱於愚（余），何哉？蓋其流甚下，不可以溉灌；又峻急，多坻石，大舟不可入也；幽邃淺狹，蛟龍不屑，不能興雲雨，無以利世；而適類於余（愚），然則雖辱而愚之，可也」。溪無以利世，愚也。而「適類於余（愚）」，溪正可類比與余（愚）之身境相彷彿，故「雖辱而愚之，可也」。溪即余（愚），余（愚）即溪，愚字一語雙關，一指愚蠢，一指余和溪。

其次是「或曰：可以染也，名之以其能，故謂之染溪」。「染」可以染也，亦是一語雙關，正有「近朱者赤，近墨者黑」之含義。染溪乃染「大智若愚（余）」，何以見得？「寧武子邦無道則愚（余），智而爲愚者也；顏子終日不違如愚（余），睿而爲愚者也，皆不得爲眞愚（余）」。前述「愚」指愚蠢的余，此處又指「大智若愚（余）」的賢者，正有將余比況賢人之意。子厚云：「今余遭有道，而違於理、悖於事，故凡爲愚者莫我若也」，無乃反諷之辭！

子厚中心蘊騷人之鬱悼，悲苦已極，又無人可吐訴，遂傾洩於溪，拖山水爲伴，盡數嘲殺，以抒發胸中噫氣。林雲銘《古文析義》云：

> 本是一篇詩序，正因胸中許多鬱抑，忽尋出一個愚字，自嘲不已，無故將所居山水盡數拖入渾水中，一齊嘲殺，而且以是溪當得是嘲，己所當嘲，人莫能與。

案「愚」字，應是子厚貶謫後有得，並非「忽尋出」。子厚以愚（余）自嘲嘲物，此乃第一層。

子厚以愚辱溪亦有其因。溪之愚，在於「無以利世」；猶如自己濟世宏願不遂，而今貶向南蠻之地，亦「無以利世」。林紓云：「極狀溪之不適於世用，用以自況」。〔註10〕同是無以利世，因而生發悽憐之感。子厚以愚（余）憐己憐物，此爲第二層。

「無以利世」是溪之愚。不過，愚溪雖莫利於世，但溪水純淨，善鑑萬類；澄潔見底，清瑩秀澈；溪聲清脆，鏘鳴金石，能使愚者如余喜笑眷慕，樂而不能去。章懋勳云：「正見得溪不失其爲溪，代溪解嘲」，〔註11〕此見出愚溪不失本色。林紓云：

顧愚者，拙名也，萬非含垢納汙之比。故又稱善鑒萬類，則識力高也；清瑩秀澈，則立身潔也；鏘鳴金石，則文章麗則也。〔註12〕

此無乃子厚自身的寫照。子厚云：「余（愚）雖不合於俗，亦頗以文墨自慰，漱滌萬物，牢籠百態，而無所避之」。章懋勳云：「又以己不失其爲己者，自爲解嘲」。〔註13〕「漱滌萬物」與「善鑒萬類」相互對應，正說明子厚與愚（余）溪相合處。子厚爲世所棄，然不可諱言，其識力高，立身潔，絕功名而恃文章；在在印證自己的脫俗孤高。《古今文選》云：

全文於嘻笑之中見其悲愴之情，在悲愴之中，又顯出作者的孤高自負。

子厚與溪兩者皆怡然自得於愚（余）。以愚（余）自喜喜物，此爲第三層。

之後，子厚遂以愚（余）辭歌愚（余）溪，不知不覺的茫然中，與愚（余）溪不相違逆；在泯然無別中，與愚（余）溪同歸化境；渾然一體，深遠幽微；在寂靜空洞中，不知是余是溪。何焯《義門讀書記》云：

「以愚詞歌愚溪」至「莫我知也」，愚字翻身出脫。

林雲銘《古文析義》云：

轉入作詩處，覺溪與己同歸化境。其轉換變化，匪夷所思。

蔡鑄《古文評註補正全集》云：

而末後仍露身份，景中人，人中景，是二是一，妙極。

「八愚（余）」指愚（余）溪、愚（余）丘、愚（余）泉、愚（余）溝、愚（余）

〔註10〕引見《韓柳文研究法》·〈柳文研究法〉。頁20，龍門書店。
〔註11〕引見清章懋勳《古文析觀解》，卷五。
〔註12〕同註10。頁20，龍門書店。
〔註13〕同註11。

池、愚（余）堂、愚（余）亭、愚（余）島。子厚所以作八愚（余）詩，來自對生命的深刻反省，而這種反省可以解釋成：

1、在表面上，子厚是憂讒畏譏、閉門思過。

2、子厚對於過去的表現，做某種程度的收歛。

3、子厚已由絢爛歸於平淡，有一種釋然的心境。

4、子厚出現一種幻滅後的智慧；看清了「人世無常」，而山水清音足以安頓身心。

愚溪的寂寥，愚溪的環境，對子厚過去顯赫的官場生活，應該有補償作用——那就是用「清靜無爲」的生活，來補償他熱鬧的官宦生涯。同時也有一種淨化作用——從權力的熱衷，淨化爲山水清音的欣賞；從塵世的奔競，淨化爲心靈的寧靜。子厚的人生境界，已經由適應的態度，轉變爲美感的態度。

〈愚溪詩序〉以寫實的手法，反映出作者心靈的恬退；從愚（余）溪詩序裏邊，我們看不出子厚有心靈的空虛感和無力感。此其高明處。語言的表現，空靈蘊藉；情感的表現，敦厚之至。章行嚴云：

> 此爲子厚騷意最重之作，然亦止於爲騷而已，即使怨家讀之，亦不能有所恨，以全部文字，一味責己之愚，而對任何人都無敵意，其所謂無敵意者，又全本乎眞誠，而不見一毫牽強，倘作者非通天人性命之源，決不能達到此一境地。《柳文探微》

但是我們從他的〈愚溪對〉裏邊，可以看出子厚雖然政爭失敗，不過，他誠然有心用世。〈愚溪對〉云：

> 夫明王之時，智者用，愚者伏；用者宜邇；伏者宜遠，今汝之託也，遠王都三千餘里。

子厚一心一意嚮往「明王之時」，不幸的是，現實的環境却把他愈拉愈開；他距離王都權力中心，從「四千里外」（或云三千餘里）的永州，拉至「一身去國六千里」的柳州。「材不爲世用，道不行於時也」，這是柳子厚最大的悲哀。

子厚由於在「立功」一面的不得意，遂轉向「立言」的路子；「以文墨自慰，漱滌萬物，牢籠百態」。他所寫出的山水諸篇，隱含他自己不幸的遭遇，感人殊深。子厚實在是一位用自己不幸的遭遇，用自己生命的力量，來實證自己存在的作家。

第四節　致用記遊類

讀柳子厚的山水記，經常可遇文中詳載山水的方位和距離。子厚這麼做，主要是因不忍山水之美無片語隻字之報導，而終古埋沒窮裔，猶如人之懷才不遇，故不論在永州，抑是柳州，當他發現一處被遺棄的山川之美時，則不敢獨專，諦視諦聽，詳細記錄及介紹此地景緻，俾傳諸後世，供後來之遊者之憑藉。此有致用如地理志之功能，故將這些作品匯集爲一類，題曰：「致用記遊類」。

〈小石城山記〉

> 自西山道口，徑北，踰黃茅嶺而下，有二道：其一西出，尋之無所得。其一少北而東，不過四十丈，土斷而川分，有積石橫當其垠。

其中「其一西出，尋之無所得」一句，普通寫遊記的人，應是不會筆錄進去，而子厚寫進去，告訴我們一樁事，即子厚是親身進入現境，去冒險搜奇尋幽，並非按圖索驥；甚且有些勝境，「永之人未嘗遊焉」〈袁家渴記〉，子厚爲啓發後之遊者，故須詳載山水之方位和距離。

〈遊黃溪記〉

> 黃溪距州治七十里。由東屯南行六百步，至黃神祠。……黃神之上，揭水八十步，至初潭……南去，又行百步，至第二潭……自是又南數里，地皆一狀……又南一里，至大冥之川……元和八年五月十六日，既歸爲記，以啓後之好游者。

「既歸爲記，以啓後之好游者」，知子厚遊記，本是有意作爲「致用」的功能，俾啓引後人來游。又文中「里」「步」是計算距離的單位。《史記》〈秦始皇本紀〉：六尺爲步。唐司馬貞〈索隱〉云：

> 管子、司馬法皆云六尺爲步。譙周以爲步以人足，非獨秦制。又按：禮記王制曰：「古者八尺爲步」今以周尺六尺四寸爲步，步之尺數亦不同。

則唐一步，應是周尺六尺四寸。而「里」正韻：「路程今以三百六十步爲一里」。

〈鈷鉧潭西小丘記〉

> 得西山後八日，尋山口西北道二百步，又得鈷鉧潭。西二十五步，當湍而浚者爲魚梁，梁之上有丘焉……書於石，所以賀茲丘之遭也。

〈至小丘西小石潭記〉

從小丘西行百二十步，隔篁竹，聞水聲，如鳴佩環。心樂之。伐竹取道，下見小潭……以其境過清，不可久居，乃記之而去。

〈袁家渴記〉

由冉溪西南，水行十里，山水之可取者五，莫若鈷鉧潭。由溪口而西，陸行，可取者八九，莫若西山。由朝陽巖東南，水行，至蕪江，可取者三，莫若袁家渴，皆永中幽麗奇處也……永之人未嘗遊焉，余得之，不敢專也，出而傳於世。其地世主袁氏，故以名焉。

〈石渠記〉

自渴西南行，不能百步，得石渠……其流，抵大石，伏出其下。踰石而往，有石泓……又折西行，旁陷巖石下。北墮小潭……又北，曲行紆餘，睨若無窮。然卒入于渴……予從州牧得之，攬去翳朽，決疏土石，既崇而焚，既釃而盈。惜其未始有傳焉者，故累記其所屬，遺之其人，書之其陽，俾後好事者求之得以易。元和七年正月八日，蠲渠至大石，十月十九日，踰石得石泓小潭，渠之美於是始窮也。

〈石澗記〉

石渠之事既窮，上由橋西北，下土山之陰，民又橋焉。

由於子厚詳載山水方位和距離，故能在三百年後，宋朝汪藻至零陵尋訪遺跡時，猶依稀可辨。汪藻〈永州柳先生祠堂記〉云：

紹興十四年，予來零陵，距先生三百餘年。求先生遺跡，如愚溪、鈷鉧潭、南澗、朝陽巖之類皆在，獨龍興寺并先生故居曰愚堂、愚亭者，已湮蕪不可復識。八愚詩石、亦訪之無有。黃溪則爲峒僚侵耕，磴危徑塞，無自而入。郡人指高山寺口，此法華亭故處；而龍興者，今太平寺西瞰大江者是也。其果然歟？（《浮溪集》卷十九）

子厚山水記，常言從這裏到那裏多少步，有什麼風景；有人因而短之，認爲刻畫過眞；彼等實不知子厚別具用心，在行動中早有安排，故能在意識中非常鮮明的勾勒出來，作爲遊覽者之資具。他要引導後來之遊者，亦能到此地一遊。記步程，除讓我們知道子厚親入現景，作過細心觀察外；還能提供給遊者方便，確切的在幽僻之地找到眞正的佳境。正如我們現在報導某處名勝時，亦云從此地到彼地，約有多少路程；又我們在風景區裏，也會看見一些標示牌，告訴我們離前面某景，尚有多少公尺，是同樣的道理。

第五節　永州與柳州山水文學比較

柳宗元永州與柳州山水文學風格不同，其因蓋可分三方面而論：

一、地理環境的差異

永州山水迤邐而多峭，故常幾步之遠，即殊異前景。而柳州屬石灰岩地形，多石灰山，章行嚴云：

> 蓋粵西之山，每拔地而起，如石柱一根，下上一般大小，其積若一，與普通諸山，山下有趾，可容徐步斜上者，絕對不同。《柳文探微》

子厚詩亦云：「林邑東迴山似戟，牂牁南下水如湯」(〈得盧衡州書因以詩寄〉)，柳州山如劍戟，水如湯沸，故不及永州山水多幽峭而富變化。

二、職責輕重不同

子厚在永州任司馬之職。〈永州法華寺新作西亭記〉:「余時謫爲州司馬，官外乎常員，而心得無事」(本集卷二十八)。至柳州則立場不同，位一州之長的刺史，負起一切行政責任。又子厚爲印證其政治才幹，施爲格外認眞；故居柳雖出遊賞心悅目數次，但以不過分沈耽或曠怠職責爲原則。章行嚴《柳文探微》〈體要之部〉卷二十九云：

> 柳文以遊記稱最，而所記統言永柳，顧集中收記共十一篇，九篇在永，僅兩篇在柳，此並非子厚到柳後遊興頓減，或柳可遊之地不如永也。尋子厚以司馬蒞永，而司馬閒員，不直接任民事，以故得任性廣事遊覽，至蒞柳則不然。刺史親民之官，子厚認地小亦足爲國，而已以三黜不展，隱隱有終焉之志，因而不避勞怨，盡力民事，以是出遊時少，文字亦相與闃然無聞。存記兩首，大抵登錄地理、用備參稽之作，至若永記之不辭幽奧，無遠弗屆，花鳥細碎，悉與冥合，柳記固不得如許隻字也。

三、心境的轉變

子厚居永州窮愁十年，長年縲囚，欣聞追詔下荆扉，那種欣喜，是難以言傳的。子厚詩〈朗州竇常員外寄劉二十八詩見促行騎走筆酬贈〉云：

> 投荒垂一紀，新詔下荆扉。
> 疑比莊周夢，情如蘇武歸。
> 賜環留逸響，五馬助征騑。
> 不羡衡陽雁，春來前後飛。

又〈界圍巖水簾〉詩云：

……楚臣昔南逐，有意仍丹丘。

我今始北旋，新詔釋縲囚。

采真誠眷戀，許國無淹留。

再來寄幽夢，遺貯催行舟。

又〈過衡山見新花開却寄弟〉詩云：

故國名園久別離，今朝楚樹發南枝。

晴天歸路好相逐，正是峯前迴雁時。

又〈汨羅遇風〉詩云：

南來不作楚臣悲，重入脩門自有期。

爲報春風汨羅道，莫將波浪枉明時。

又〈詔追赴都二月至灞亭上〉詩云：

十一年前南渡客，四千里外北歸人。

詔書許逐陽和至，驛路開花處處新。

十年的期盼，終於等到。從這些詩看來，具見子厚欣悅之情，溢於言表。可是子厚回京都面聖的結果，照例不用，且被謫逐到比永州更遠更荒涼的邊境－柳州。消息遽來，有如晴天霹靂，這種「樂極生悲」的打擊，教子厚心力交碎，痛不欲生。才剛收拾起永州被鞭笞的心靈，這回又要投向柳州，領受更嚴酷的摧折。柳州之路，何其迢遙？子厚注定一生縲囚，有走不完的淒涼與悲愁，是他無法改變的命運。〈衡陽與夢得分路贈別〉詩云：

十年顦顇到秦京，誰料翻爲嶺外行。

伏波故道風煙在，翁仲遺墟草樹平。

直以慵疏招物議，休將文字占時名。

今朝不用臨河別，垂淚千行便濯纓。

又〈重別夢得〉詩云：

二十年來萬事同，今朝歧路忽西東。

皇恩若許歸田去，晚歲當爲鄰舍翁。

又〈再上湘江〉詩云：

好在湘江水，今朝又上來。不知從此去，更遣幾時回。

又〈登柳州城樓寄漳汀封連四州〉詩云：

城上高樓接大荒，海天愁思正茫茫。

驚風亂颭芙蓉水，密雨斜侵薜荔牆。

嶺樹重遮千里目，江流曲似九回腸。

共來百越文身地，猶自音書滯一鄉。

又〈別舍弟宗一〉詩云：

零落殘魂倍黯然，雙垂別淚越江邊。

一身去國六千里，萬死投荒十二年。

桂嶺瘴來雲似墨，洞庭春盡水如天。

欲知此後相思夢，長在荊門郢樹煙。

走至此，子厚對於人生的道路，已然心灰意冷。現實環境的冷酷，一再地告訴他，再扎掙也徒然無用。這種絕望感，使他得以放開心胸。憂患歲月使子厚練就了化鬱伊為放達，轉悲哭為長歌的襟懷。陳長方《步里客談》云：

余嘗以三言評子厚文章曰：其大體如紀渻子養鬬雞，在中朝時方虛驕而恃氣；永州以後猶聽影響；至柳州後望之似木雞矣。

居柳間，子厚的心境才眞正由權力的熱衷歸於平淡，生出一片寧靜來。過去在永州山水詩文充滿強烈囚人和被遺棄者的意識，幾乎淡然無存，致使文章變成素描性很強的風景畫。茅坤評〈柳州山水近治可遊者記〉云：

全是敘事，不著一句議論感慨，却澹宕風雅。《唐宋八大家文鈔》

但我們必須注意的是，子厚這種素描性很強的風景畫，有時反而使人感受到那裏邊藏有更深沈的孤絕意識存在；亦即把深沈的孤絕意識溶化在詩文中。尤其是子厚的懷鄉詩表現，不是羈旅的心聲，而是囚犯背後的絕望。子厚〈與浩初上人同看山寄京華親故〉詩云：

海畔尖山似劍鋩，秋來處處割愁腸。

若為化得身千億，散上峯頭望故鄉。

又〈銅魚使赴都寄親友〉詩云：

行盡關山萬里餘，到時閭井是荒墟。

附庸唯有銅魚使，此後無因寄遠書。

子厚緬懷過去，半輩子的奔波勞碌，到底為自己爭得什麼？一切榮華富貴是虛幻的，轉眼成空，遠比不上故鄉的甜美與實在。明過去是無常，明現在是痛苦，明未來是空虛。他此時唯一的盼望，就是歸返故鄉。他領悟到「榮賤俱為累，相期在故鄉」（〈酬徐二中丞普寧郡內池館即事見寄〉）的道理。可是自己是待罪之身的囚犯，所以想回却又歸不得，也只能兀自「憑寄還鄉夢，

般懃入故園」〈零陵早春〉罷了。子厚對故鄉長安的嚮往。是他永遠編織不完的夢。〔註 14〕

（本章評〈愚溪詩序〉〈潭州東池戴氏堂記〉二文，曾分別以〈大智若余－評愚溪詩序〉〈山水與人——評潭州東池戴氏堂記〉刊載於《天下事》，東大國思、大研社聯合出版十週年紀念刊，和《東海文學・中文學會》，民國 74 年 6 月。）

〔註 14〕參看譚繼山編譯《枯淡詩人——柳宗元傳記》，頁 199～201。萬盛出版公司。

第五章　柳宗元山水文學特色

第一節　牢籠百態

「牢籠百態」就其描摹景物而言。柳子厚〈愚溪詩序〉云：

余雖不合於俗，亦頗以文墨自慰，漱滌萬物，牢籠百態，而無所避之。

劉熙載《藝概》卷一文概云：

柳州記山水、狀人物、論文章，無不形容盡致，其自命爲「牢籠百態」固宜。

又劉師培《論文雜記》云：

子厚之文，善言事物之情，出以形容之詞，(如：永州、柳州諸遊記，咸能狀萬物之情，窮形盡相，而形容宛肖，無異寫眞。)

子厚能掌握各種景物的特色，給予「焦點式」的描繪－形態之美、色彩之美、聲籟之美。並兼寫景物的動、靜兩境－動中之靜、靜中之動。同時常改變觀點，用俯視式、仰視式作由遠及近，由近及遠，或由高而下，由下而上的觀察。所獵取的景物，無不觀察入微，刻畫得靈活而生動。

下從「形態」、「色彩」、「聲籟」、「動靜」和「仰視式或俯視式」等五方面，逐項例舉於后：

1、形態描寫

大自然山水，皆是自然天工，常是經過千百年天然雕琢而成的藝術品，奇觀異景，千奇百怪，變化無端，每每教人嘆爲觀止。而詩人功參造化，把世界變形成文字。

〈永州崔中丞萬石亭記〉：

> 伐竹披奧，欹側以入，緜谷跨谿，皆大石林立，渙若奔雲，錯若置碁，怒者虎鬬，企者鳥厲。抉其穴則鼻口相呀，搜其根則蹄股交峙，環行卒愕，疑若搏噬。

萬石亭記，先用廣角攝入全景。放眼望去，大石林立，「渙若奔雲，錯若置碁」，隨後把焦點集中在石形的特寫上；石奇，態如猛禽兇獸，而勢若搏噬。「怒者虎鬬，企者鳥厲。抉其穴則鼻口相呀，搜其根則蹄股交峙，環行卒愕，疑若搏噬」，給人觸目愕然，環顧驚心。又〈鈷鉧潭西小丘記〉：

> 其石之突怒偃蹇，負土而出，爭爲奇狀者，殆不可數。其嶔然相累而下者，若牛馬之飲于溪；其衝然角列而上者，若熊羆之登于山。

文學家深具慧敏的觀察力。能在普遍中，找出特殊；在一般中，發現新奇。因此，子厚發現小丘最具特色在於「丘石之奇」。繪「石形之奇」，則云：「其石之突怒偃蹇，負土而出，爭爲奇狀者，殆不可數」；而狀「石列之奇」，則云：「其嶔然相累而下者，若牛馬之飲於溪；其衝然角列而上者，若熊羆之登於山」。子厚對石之奇狀，善用動物類比，有其獨到而不可及之處。又〈至小丘西小石潭記〉：

> 近岸，卷石底以出。爲坻，爲嶼，爲嵁，爲巖。

「爲坻，爲嶼，爲嵁，爲巖」，事實上即亂石交錯，但子厚如此寫，給人在視覺上有不同的感受，感受到亂石不同的形狀很多。

〈鈷鉧潭記〉

> 鈷鉧潭在西山西，其始蓋冉水自南奔注，抵山石，屈折東流，其顛委勢峻，盪擊益暴，齧其涯，故旁廣而中深，畢至石乃止。流沫成輪，然後徐行，其清而平者且十畝餘，有樹環焉，有泉懸焉。

這一段敘鈷鉧潭之淵源形勢，林紓云：

> 鈷鉧潭，非勝概也。但狀冉水之奔迅，工夫全在一「抵」字，以下水勢均從「抵」字生出。水勢南來，山石當水之去路，水不能直瀉，自轉而東流，故成爲屈折。「屈」字，即抵不過山石，因折而他逝耳。其所以「盪擊」之故，又在「顛委勢峻」四字。「勢」者，水勢也；「委」者，潭勢也。水至而下迸，注其全力，趨涯如矢，中深者爲水力所射。「涯」字似土石雜半，故土盡至石。著一「畢」字，即年

久水齧石成深槽，至此不能更深，乃反而徐行也。……惟曲寫潭狀，煞費無數力量，非柳州不能復道。(《韓柳文研究法》、〈柳文研究法〉)

案「其顛委勢峻，盪擊益暴」一語，胡師楚生的看法，「顛」者，山頂也；「委」者，山支脈也。「勢峻」，形容山勢也；「盪擊」，形容水勢也。山愈是高峻，水愈急湍。此說優於林氏，可供參稽。

〈界圍巖水簾〉詩云：

懸泉粲成簾，羅注無時休。……忽如朝玉皇，天冕垂前旒。

巖壁懸泉而下，粲如水簾，此已形容逼肖；再進一層比如玉皇天冕所垂下的流蘇狀，則想像已馳騁於出人意料之外。子厚深得六朝山水所力求「情必極貌以寫物，辭必窮力而追新」之意旨。

〈與浩初上人同看山寄京華親故〉詩云：

海畔尖山似劍鋩，秋來處處割愁腸。

蘇軾《東坡題跋》卷二書柳子厚詩云：

僕自東武適文登，並海行數日，道傍諸峯，眞若劍鋩。誦柳子厚詩，知海山多爾耶。

此正是《文心雕龍》〈物色篇〉所云：「巧言切狀，如印之印泥，不加雕削，而曲寫毫芥。故能瞻言而見貌」。

形態描寫，其餘如：

亘石爲底，達于兩涯。若床若堂，若陳筵席，若限閫奥。水平布其上，流若織文。〈石澗記〉

江流曲似九回腸。〈登柳州城樓寄漳汀封連四州〉

林邑東迴山似戟，牂牁南下水如湯。〈得盧州書因以詩寄〉

破額山前碧玉流。〈酬曹侍御過象縣見寄〉

浮暉翻高禽，沈景照文鱗。〈登蒲洲石磯望橫江口潭島深迥斜對香零山〉

霧暗水連堦，月明花覆牖。〈法華寺西亭夜飲〉

其上爲睥睨梁欐之形，其旁出堡塢，有若門焉。〈小石城山記〉

其宇下有流石成形，如肺肝，如茄房，或積于下，如人，如禽，如器物，甚眾。〈柳州山水近治可游者記〉

祠之上，兩山牆立，丹碧之華葉駢植，與山升降。其缺者爲崖峭巖窟，水之中，皆小石平布。〈游黃溪記〉

至初潭，最奇麗，殆不可狀。其略若剖大甕，側立千尺，溪水積焉。〈游黃溪記〉

至第二潭。石皆巍然，臨峻流，若頦頷斷齶。〈游黃溪記〉

2、色彩描寫

綺麗的世界，來自大自然的多彩多姿點綴而成。愛美，是人的天性，亦是自然的天性。它藉五彩繽紛的外表，誘惑人們來到它的身邊。不過，一樣的五顏六色，會因詩人心境的不一樣，而有不同的感受。

〈袁家渴記〉：

每風自四山而下，……紛紅駭綠，蓊葧香氣。

花容紅情，葉態綠意。當風自四山而下，草木偃仰，呈顯出一片紛紅駭綠的景象，適足以令人怵目驚心。花葉本來的丰姿綽約，冉冉舒放之情狀，就在詩人怏悒心情的投射和反應下，轉成無一絲暖意的泠泠之狀。

〈游黃溪記〉云：

其略若剖大甕，側立千尺，溪水積焉。黛蓄膏渟，來若白虹，沈沈無聲。

潭止水渟，如膏脂黛蓄。絕壁飛泉奔騰而下，宛若一條白虹。子厚善長把顏色參互錯綜的使用。黛者，青黑色也，而與白色交配，色彩鮮明而對稱。又〈袁家渴記〉：

其中重洲小溪，澄潭淺渚，間厠曲折，平者深黑，峻者沸白。

此亦是「深黑」與「沸白」的交配使用。又云：

有小山出水中，山皆美石，上生青叢，冬夏常蔚然。其旁，多巖洞。其下，多白礫。其樹，多楓柟石楠楩櫧樟柚。草，則蘭芷。又有異卉，類合歡而蔓生，轇轕水石。

這裏雖只有寫出「青叢」、「白礫」；事實上，巖洞之色深黑，又「楓柟石楠楩櫧樟柚」則盈盈綠意，其間交錯著蘭芷花色，以及有類合歡而蔓生的異卉點飾。多樣性的色彩，適足以撩人眼目。

色彩描寫，其餘如：

祠之上，兩山牆立，丹碧之華葉駢植，與山升降。〈遊黃溪記〉

古苔凝青枝，陰草濕翠羽。〈再至界圍巖水簾遂宿巖下〉

有鳥赤首烏翼，大如鵠，方東嚮立。〈游黃溪記〉

青樹翠蔓，蒙絡搖綴，參差披拂。〈至小丘西小石潭記〉

多綠青之魚，多石鯽，多鯈。〈柳州山水近治可游者記〉

縈青繚白，外與天際，四望如一。〈始得西山宴游記〉

蒼然暮色，自遠而至。〈始得西山宴游記〉

其始登者，得石枰於上，黑肌而赤脈，十有八道，可奕，故以云。〈柳州山水近治可游者記〉

界圍匯湘曲，青壁環澄流。……丹霞冠其巔，想像凌虛游。〈界圍巖水簾〉

綜合上述，得知子厚對於顏色，特別偏嗜深黑色、白色、綠青色、紅色。除紅色外，餘色易於使人引發悲愁。

3、聲籟描寫

自然的本身，自有天籟之音。曲調有幽咽，亦有悠揚；靜心聆聽，時時想長醉不願醒。山水狀形不易，摹聲更難。子厚善用狀聲詞，把自然的歌聲，停留在詩文中。

〈小石城山記〉：

其旁，出堡塢，有若門焉。窺之正黑。投以小石，洞然有水聲。其響之激越，良久乃已。

「投以小石，洞然有水聲。其響之激越，良久乃已」，狀聲逼眞。尤其是「洞然」二字，宛轉傳神；使千載而下的讀者，吟誦之際，時時如聞其聲。「洞然」，狀聲詞。子厚摹聲善用狀聲詞，佳例頗多，如：

樹益壯，石益瘦，水鳴皆鏘然。〈游黃溪記〉

行其泉於高者而墜之潭，有聲潨然。〈鈷鉧潭記〉

俯瞰涓涓流，仰聆蕭蕭吟。〈苦竹橋〉

韻磬叩凝碧，鏘鏘徹巖幽。〈界圍巖水簾〉

稍稍雨侵竹，翻翻鵲驚叢。〈初秋夜坐贈吳武陵〉

杳杳漁父吟，叫叫羈鴻哀。〈湘口館瀟湘二水所會〉

暮景迴西岑，北流逝滔滔。〈遊南亭夜還敍志七十韻〉

淹泊遂所止，野風自颼颼。〈同上〉

有泉幽幽然，其鳴乍大乍細。〈石渠記〉

「鏘然」、「潨然」、「涓涓」、「蕭蕭」、「鏘鏘」、「稍稍」、「翻翻」、「杳杳」、「叫叫」、「滔滔」、「颼颼」、「幽幽」皆是狀聲詞。想見摹聲方面，子厚大量的使用狀聲詞。

聲籟描寫，其餘如：

隔篁竹，聞水聲，如鳴珮環，心樂之。〈至小丘西小石潭記〉

風搖其顛，韻動崖谷。視之既靜，其聽始遠。〈石渠記〉

水平布其上，流若織文，響若操琴。〈石澗記〉

4、動靜描寫

大自然奇趣天成，動靜瞬間，即萬化無窮。詩人各憑自己的感官感覺，捕捉剎那的景象；並把它描繪得栩栩如生，妙合天工，方有進入永恒之域的可能。

〈袁家渴記〉

每風自四山而下，振動大木，掩苒眾草，紛紅駭綠，蓊葧香氣，衝濤旋瀨，退貯谿谷，搖颺葳蕤，與時推移。

「風」來無影去無踪，無形象可見。詩人描寫風，是通過花草樹木和溪水的描寫，而呈顯出風的形象。每風自四山而下，振動大木，掩苒眾草，驚駭的紅花綠葉，受風的摧折而飄落，蓊葧香氣四溢。「紛紅駭綠」一語，當是神來之筆，極其傳神。蘇軾《東坡題跋》卷二書子厚夢得造語云：

「每風自四山而下，振動大木，掩苒眾草，紛紅駭綠，蓊葧香氣。」

柳子厚、劉夢得皆善造語，若此句殆入妙矣。

東坡云子厚善造語，洵非妄言。其次，溪流之水在風的激盪下如何？衝濤旋瀨，退貯谿谷。又溪邊草木，當風一起就勁搖飛揚；風一停就靜止低垂。「搖颺」「葳蕤」，一動一靜，草木跟著風隨時推移。這一段對風的描寫，可說是淋漓盡致。

〈至小丘西小石潭記〉

青樹翠蔓，蒙絡搖綴，參差披拂。潭中魚可百許頭，皆若空遊無所依。日光下澈，影布石上，怡然不動；俶爾遠逝，往來翕忽，似與游者相樂。

青樹翠蔓，枝藤密密交織，彼此遮掩轇轕，此是靜態描寫；而樹、蔓隨風一動一靜參差披拂，此是動態描寫。這裏邊「動中有靜，靜中有動」。而潭水清澈，魚兒陶然悠游一段，則「動中寓靜，靜中寓動」，詩人就在動靜兩境的描寫下，把魚兒悠游情狀，刻畫傳神，使人如臨其境的觀游一般。林紓《韓柳文研究法》、〈柳文研究法〉云：

寫溪中魚百許頭，空游若無所依，不是寫魚，是寫日光。日光未下澈，魚在樹蔭蔓條之下，如何能見。其「怡然不動，俶爾遠逝，往來翕忽」之狀，一經日光所澈，了然俱見。「澈」字，即照及潭底意，見底即似不能見水，所謂「空游無依」者，皆潭水受日所致。一小小題目，至於窮形盡相，物無遁情，體物直到精微地步矣。

子厚擅長以簡樸的文字摹狀細膩之景物，並把本無味之事物，寫得很有味道，此即蘇東坡讚許子厚所謂「發纖穠於簡古，寄至味於淡泊」。

〈登蒲州石磯望橫江口潭島深迥斜對香零山〉：

迴潭或動容，島嶼疑搖振。

風兮鼓盪，迴潭動容，詩人疑是搖振。借外在景物的動靜說出作者自己的感覺。這是子厚描寫動靜的另一種手法。

動靜描寫，其餘如：

迴風一蕭瑟，林影久參差。〈南澗中題〉

風起三湘浪，雲生萬里陰。〈奉和楊尚書郴州追和故李中書夏日登北樓十韻之作依本詩韻次用〉

驚風亂颭芙蓉水，密雨斜侵薜荔牆。〈登柳州城樓寄漳汀封連四州〉

溪水積焉。黛蓄膏渟，來若白虹，沈沈無聲，有魚數百尾，方來會石下。〈游黃溪記〉

木落寒山靜，江空秋月高。〈遊南亭夜還敘志七十韻〉

風搖其巔，韻動崖谷。〈石渠記〉

5、仰視式和俯視式的描寫

蘇東坡云：「橫看成嶺側成峯，遠近高低各不同」。換句話說，當鑑賞的角度一改變，則景色亦隨之而變；而且經常會讓我們訝異的發現別有天地和另一番情味。想見大自然有無窮的魅力，常引人入勝，百看不厭。

由高而下，如：

〈始得西山宴游記〉：

攀援而登，箕踞而遨，則凡數州之土壤，皆在衽席之下。其高下之勢，岈然洼然，若垤若穴，尺寸千里，攢蹙累積，莫得遯隱。縈青繚白，外與天際，四望如一。

〈柳州山水近治可游者記〉：

由上室而上，有穴，北出之，乃臨大野，飛鳥皆視其背。

〈陪永州韋使君遊宴南池序〉：

其上多楓柟竹箭、哀鳴之禽，其下多芡芰蒲蕖、騰波之魚。

〈與崔策登西山〉：

西岑極遠目，毫末皆可了。重疊九疑高，微茫洞庭小。

由遠及近，如：

〈潭州楊中丞作東池戴氏堂記〉：

望之若連艫縻艦，與波上下。就之顛倒萬物，遼廓眇忽。

由近及遠，如：

〈永州韋使君新堂記〉：

邇延野綠，遠混天碧，咸會於譙門之外。

〈至小丘西小石潭記〉：

潭西南而望，斗折蛇行，明滅可見。其岸勢犬牙差互，不可知其源。

俯視式和仰視式兼用，如：

〈苦竹橋〉：

俯瞰涓涓流，仰聆蕭蕭吟。

綜合上述，由於子厚刻畫山水，將自己內心的情感投注於山水之中，契合詩人自己本身對生命的體認，或身世的遭遇，故經常能移人之情。詩人不僅帶我們到他所描繪的情境去，同時也帶我們進入詩人廣濶的內心世界去。清方苞〈答程夔州書〉云：

柳子厚惟山水，刻雕眾形，能移人之情。(《方望溪全集》卷六)

又〈遊蕩山記〉云：

永、柳諸山，乃荒陬中一邱一壑，子厚謫居幽尋，以送日月，故曲盡其形容。(同上卷十四)

子厚以靈奇之筆，曲摹神貌，語無虛發，筆筆入妙。後人諷味其文，如入其境，山川在覽，然後知子厚能贏得「文中有畫」之美譽，名至實歸。千載之下，若山川有靈，當驚爲知己。

第二節　古麗奇峭

「古麗奇峭」就其造字而言，語出林紓《春覺齋論文》云：

記山水則子厚爲專家，昌黎不能及也。子厚之文，古麗奇峭，似六朝而實非六朝，由精于小學，每下一字必有根據，體物既工，造語尤古，讀之令人如在鬱林、陽朔間，奇情異采，匪特不易學，而亦不能學。

子厚造語具有高度文學語言的創造性，富變化而不用陳腔套語，林紓云：「古麗奇峭」。古而麗，既要求簡古，同時又要求采麗，實為兩難，然子厚却能表現的恰如其分，簡古而不流於淺薄，采麗而不困於雕琢，故云：「體物既工，造語尤古」，冥冥中吻合「情必極貌以寫物，辭必窮力而追新」。林紓又云：

不佞恒謂柳州精於小學，熟於文選。用字稍新特，未嘗近纖；選材至恢富，未嘗近濫。麗而能古，博而能精。至吞言咽理，變化離合，固遜昌黎；然而生峭壁立，棱棱然使人生慄，亦斷不類於樊紹述之奇詭也。

子厚「用字稍新特，未嘗近纖」「麗而能古」皆是至言。而且他雖精於小學，熟於文選，却能「附離不以鑿枘，咀嚼不以文字」，〔註 1〕相反的，造字往往能化平淡為奇特。

夢得嘗評柳文「端而曼」，林紓引之曰：「凡造語嚴重，往往神木而色朽，『端』而能『曼』，則風采流露矣」。玆舉例如后：

望之若連艫縻艦，與波上下。就之顛倒萬物，遼廓眇忽。樹之松柏杉櫧，被之菱芡芙蕖，鬱然而陰，粲然而榮。凡觀望浮游之美，專於戴氏矣。〈潭州楊中丞作東池戴氏堂記〉

忽然若飄浮上騰，以臨雲氣，萬山面內，重江束隘，聯嵐含輝，旋視具宜，常所未覩，倏然互見，以為飛舞奔走，與游者俱來。乃經工化材，考極相方。南為燕亭，延宇垂阿，步簷更衣，周若一舍。北有崇軒，以臨千里。左浮飛閣，右列閒館。比舟為梁，與波昇降。苞灕山，涵龍宮，昔之所大，蓄在亭內。日出扶桑，雲飛蒼梧，海霞島霧，來助游物。其隙則抗月檻於迴谿，出風榭於篁中。〈桂州裴中丞作訾家洲亭記〉

然後知是山之特出，不與培塿為類，悠悠乎與灝氣俱，而莫得其涯；洋洋乎與造物者游，而不知其所窮。〈始得西山宴遊記〉

由其中以望，則山之高，雲之浮，溪之流，鳥獸之遨遊，舉熙熙然迴巧獻技，以効玆丘之下。枕席而臥，則清泠之狀與目謀，瀯瀯之聲與耳謀，悠然而虛者與神謀，淵然而靜者與心謀。〈鈷鉧潭西小丘記〉

〔註 1〕見於林紓《韓柳文研究法》〈柳文研究法〉。頁 58。龍門書店。

> 蒹葭淅瀝含秋霧，橘柚玲瓏透夕陽。〈得盧衡州書因以詩寄〉
>
> 茲辰始澂霽，纖雲盡褰開。〈湘口館瀟湘二水所會〉
>
> 馳景泛頹波，遙風遞寒篠。〈與崔策登西山〉
>
> 遠岫攢眾頂，澄紅抱清灣。夕陽臨軒墮，棲鳥當我還。菡萏溢嘉色，篔簹遺清斑。〈構法華寺西亭〉
>
> 霞散眾山迥，天高數雁鳴。〈旦攜謝山人至愚池〉
>
> 宿雲散洲渚，曉日明村塢。〈雨後曉行獨至愚溪北池〉
>
> 渡頭水落村逕成，撩亂浮槎在高樹。〈雨晴至江渡〉
>
> 霧暗水連堦，月明花覆牖。〈法華寺西亭夜飲〉
>
> 迸籜分苦節，輕筠抱虛心。〈苦竹橋〉
>
> 鶴鳴楚山靜，露白秋江曉。〈與崔策登西山〉

至於奇而峭，林紓《韓柳文研究法》‧〈韓文研究法〉云：

> 柳州勍峭，每於短句見長技，用字爲人人意中所有，用意乃爲人人筆下所無。

如〈鈷鉧潭記〉：

> 孰使予樂居夷而忘故土者，非茲潭也歟！

這是子厚強作快樂之狀的反峭語，表面上是暫忘故土，實則以「非茲潭也歟！」再反疊一層，表示不能忘，隱含悲愴之情。徐幼錚云：結語哀怨之音，反用一樂字托出，在諸記中，尤令人淚隨聲下。（引見高步瀛《唐宋文舉要》）若語末改成「茲潭也」則語氣大不如「非茲潭也歟！」之深沈。此正合林紓所云：「用字爲人人意中所有，用意乃爲人人筆下所無」。又〈鈷鉧潭西小丘記〉云：

> 噫！以茲丘之勝，致之澧、鎬、鄠、杜，則貴游之士爭買者，日增千金而愈不可得。今棄是州也，農夫、漁父過而陋之，賈四百，連歲不能售；而我與深源，克己獨喜得之，是其果有遭乎！書於石，所以賀茲丘之遭也。

表面上看來，是賀茲丘有遭，事實上是悲傷自己之無遇。山水寂寞千年，終究有遭遇知音之一日，可是自己呢？人的歲月有限，不如山水之長在，如今又被摒棄於蠻瘴荒癘之地。思及此，不免頓興英雄失路之嗟嘆！林雲銘云：

> 乃今茲丘有遭，而己獨無遭，賀丘所以自弔……嗚呼！英雄失路，至此亦不免氣短矣。讀者當於言外求之。（《古文析義》）

又〈小石城山記〉：

嘻！吾疑造物者之有無久矣，及是愈以爲誠有。又怪其不爲之於中州，而列是夷狄，更千百年不得一售其伎。是固勞而無用，神者儻不宜如是，則其果無乎！或曰：「以慰夫賢而辱於此者」。或曰：「其氣之靈不爲偉人，而獨爲是物。故楚之南少人而多石。」是二者，余未信之。

孫琮云：

妙在後幅從石城上忽信一段造物有神，忽疑一段造物無神，忽捏一段留此石以娛賢，忽捏一段不鍾靈於人而鍾靈於石。詼諧變化，一吐胸中鬱勃。《山曉閣選唐大家柳柳州全集》

用字盡皆人人意中所有，難在用意經常出人意料之外，而爲人人筆下所無。子厚以其峭語發之，傳達到人的心靈，最易感受到棱棱然而生慄的震撼。「峭」是古今作家少有的風格，可以說是子厚獨有的格調。故陳衍云：「世稱韋柳，其不及柳州少一峭耳。」〔註2〕

其次，再舉兩首子厚描寫瀑布的五古詩。其一：〈界圍嚴水簾〉：

界圍匯湘曲，青壁環澄流。懸泉粲成簾，羅注無時休。韻磬叩凝碧，鏘鏘徹巖幽。丹霞冠其顛，想像凌虛游。忽如朝玉皇，天冕垂前旒。……

其二：〈再至界圍巖水簾遂宿巖下〉：

……歊陽訝垂冰，白日驚雷雨。笙簧潭際起，鸛鶴雲間舞。古苔凝青枝，陰草濕翠羽。蔽空素彩列，激浪寒光聚。的皪沈珠淵，鏘鳴捐珮浦。幽巖畫屏倚，新月玉鉤吐。夜涼星滿川，忽疑眠洞府。

今代方瑜先生評云：

前首……「青壁環澄流」、「韻磬叩凝碧」、「鏘鏘徹巖幽」,「環」、「叩」、「徹」這些動詞都用得極自然而有力，水白巖青，流聲如磬，鏘鏘有如天籟。

「懸泉成簾」句中加一副詞「粲」字，整個瀑布亮麗奔流，奪目輝耀的美姿，頓時如在目前。東坡所謂「以故爲新，以俗爲雅」之評，可能正由此類詩句著眼。在這樣生動的描繪下，詩人更以「丹霞冠其顛，想像凌虛游」錦上添花，瀑布美景因春日紅霞的映襯，倍添麗色，凌虛仙境，似幻疑眞。前人論

〔註 2〕見於「石遺室詩話」卷六。

及此詩，常舉「忽如朝玉皇，天冕垂前旒」句，認爲詩人以帝王冠冕流蘇狀水簾之形，想像力極爲豐富，且形象逼眞。……第二首……由瀑布寫至四周景物，以鸛鶴、古苔、青枝、陰草、翠羽、幽巖等，襯托水花四濺，的皪沈淵的瀑布，再藉雷雨、笙簧、鏘鳴等具象的音響來形容夏季瀑布水勢奔流的聲音。「白日驚雷雨」，可以想見匹練般的水簾，奔騰而下，如雷鳴驟雨的氣勢。而「歊陽訝垂冰」，以「垂冰」形容瀑布，與前首「君王冕旒」的形容，大異其趣，仲夏炎陽酷暑，渴慕清涼；遠謫多年返京，希獲君恩，兩種不同比喻，正可見創作時心境，感覺的差異。句中「驚」、「訝」兩動詞，恰如其分的表現了詩人重睹水簾時，因大自然的壯美而驚動莫名的心情。〔註3〕

子厚「以故爲新，以俗爲雅」所使用的動詞，經常化色朽爲神木，出人意表之外。方瑜先生云：「子厚五言詩，句中動詞選用精確，頗多佳例。」又註云：

> 如〈雨後曉行獨至愚溪北池〉云：「宿雲『散』洲渚」、「風『驚』夜來雨」、「曉日『明』村塢」；〈夏初雨後尋愚溪〉云：「嘯歌『靜』炎燠」；〈南澗中題〉云：「羈禽『響』幽谷，寒藻『舞』淪漪」；〈初秋夜坐贈吳武陵〉云：「翻翻鵲『驚』叢，稍稍雨『侵』竹」等等。〔註4〕

此即是「峭」的動力而發出的涵蘊。方瑜先生云：

> 所謂「峭」意指詩中用字不僅簡淨精確，而且能賦俗語以新義，不流於陳熟結構亦變化參差，因此詩意往往不易立即領略、把握，必須仔細品味。〔註5〕

又前述林紓云：「柳州勍峭，每於短句見長技」。如〈袁家渴記〉：

> 每風自四山而下，振動大木，掩苒眾草，紛紅駭綠，蓊葧香氣，衝濤旋瀨，退貯谿谷，搖颺葳蕤，與時推移。

又〈至小丘西小石潭記〉：

> 從小丘西行百二十步，隔篁竹，聞水聲，如鳴珮環，伐竹取道，下見小潭，水尤清冽。泉，石以爲底。近岸，卷石底以出。爲坻，爲

〔註3〕見於《臺靜農先生八十壽慶論文集》中〈柳宗元詩中的寫景與抒情〉。頁247～248。

〔註4〕同上。頁248。

〔註5〕同註3。頁246。

> 嶼，爲嵁，爲巖。青樹翠蔓，蒙絡搖綴，參差披拂。潭中魚可百許頭，皆若空遊，無所依；日光下澈，影布石上，怡然不動；俶爾遠逝，往來翕忽，似與遊者相樂。

「每於短句見長技」，兩個字意境已足，絕不用三個字來寫。此由「峭」見出子厚用字之「潔」。方瑜先生云：

> 所謂「潔」，大略意指柳宗元寫景詩中所用文字簡淨、精確，絕無贅字，詩意因此凝鍊有力，一如他山水遊記小品呈現的風貌。〔註6〕

因此之故，清吳大受《詩筏》云：

> 詩文中潔之最難，柳子厚云：本之太史以著其潔。惟太史能潔，惟柳子能著其潔。

又云：

> 余觀子厚詩似得摩詰之潔，而頗近孤峭。其山水詩，類其鈷鉧潭諸記，雖篇幅不廣，而意境已足。如武陵一隙，自有日月。

造語「潔」爲詩文中最難的境界，古者惟獨太史公及之。而柳子厚造語古而麗，奇而峭外，並學得太史公用字之「潔」。

第三節　興寄遙深

柳宗元每爲詩文必有託意。山水文學，尤寄興遙深。〈答貢士沈起書〉云：

> 嗟乎！僕嘗病興寄之作，煙鬱於世，辭有枝葉，蕩而成風，益用慨然。

子厚既「病興寄之作，煙鬱於世」，故每爲詩文，斷不敢掉以輕心，無病呻吟。子厚亭池之作，咸是興寄之作，概括而言有二：

（一）子厚認爲亭池之作，可供民賞心悅目，乃爲政之一環，不可忽略。〈零陵三亭記〉云：

> 邑之有觀游，或者以爲非政，是大不然。夫氣煩則慮亂，視壅則志滯。君子必有游息之物，高明之具，使之清寧平夷，恒若有餘，然後理達而事成。

邑中必具有遊憩之所，使民滌煩以紓慮，視濶以暢志，將能裨益於政令之推行，然後理達而事成。子厚高明之見，千古卓識；時抵今日，其言猶是，足

〔註6〕同註3。頁246。

可警醒世人，針砭時弊。

（二）美不自美，因人而彰。亭池之作，見爲政者之德，見其舉而知其人。從一景之美的發現，如同發掘人才一般，再從而進行疏濬整理，使之「清濁辨質，美惡異位」〈永州韋使君新堂記〉，迄於可以游觀玩賞，乃見出爲政者之德。山水因人而增色，人因山水而增輝，人與山水兩相得而益彰。〈潭州楊中丞作東池戴氏堂記〉云：

> 君子謂弘農公刺潭得其政，爲東池得其勝，授之得其人，豈非動而時中者歟！於戴氏堂也，見公之德，不可以不記。

又〈桂州裴中丞作訾家洲亭記〉云：

> 既成以燕，歡極而賀。咸曰：昔之遺勝概者，必於深山窮谷，人罕能至，而好事者後得以爲己功，未有直治城，挾闤闠，車輿步騎，朝過夕視，訖千百年，莫或異顧，一旦得之，遂出於他邦，雖博物辯口，莫能舉其上者。然則人之心目，其果有遼絕特殊而不可至者耶？蓋非桂山之靈，不足以瑰觀；非是洲之曠，不足以極視；非公之鑒，不能以獨得。噫！造物者之設是久矣，而盡之於今，余其可以無藉乎！

又〈永州韋使君新堂記〉云：

> 已乃延客入觀，繼以宴娛。或贊且賀，曰：「見公之作，知公之志。公之因土而得勝，豈不欲因俗以成化？公之釋惡而取美，豈不欲除殘而佑仁？公之蠲濁而流清，豈不欲廢貪而立廉？公之居高以望遠，豈不欲家撫而户曉？夫然，則是堂也，豈獨草木土石水泉之適歟？山原林麓之觀歟？將使繼公之理者，視其細，知其大也」。宗元請志諸石，措諸屋漏，以爲二千石楷法。

又〈永州崔中丞萬石亭記〉云：

> 明日，州邑耋老，雜然而至，曰：「吾儕生是州，藝是野，眉龐齒鮑，未嘗知此。豈天墜地出，設茲神物，以彰我公之德歟？」既賀而請名。公曰：「是石之數，不可知也。以其多，而命之曰萬石亭。」

另外，子厚竄逐蠻瘴所寫下的山水詩文，可以視爲作者心境的反應與投射，寄寓個人身世遭邁之悲痛，託意深遠，自云：「投跡山水地，放情詠離騷」〈遊南亭夜還敘志七十韻〉，故詩文中常「蘊騷人之鬱悼」（《舊唐書》本傳），發「不怨而怨，怨而不怨」〔註7〕之音，覽者咸感悽惻。徐善同《藏室讀書記》云：

> 柳氏永州諸記，寫山水，幽冷奇峭；抒胸襟，曠逸高遠；傷放逐，興感慨，情甚悽楚。意，或有重；文，則多變。

又李曰剛《中國文學流變史》〈詩歌篇〉云：

> 宗元之古文與韓愈齊名。二人雖同爲儒家作者，而韓排拒佛老於千里之外，柳則企融釋道於儒教之中，是二人不同處，因而二人之詩歌風格亦大異其趣。宗元樂府雅章，辭嚴義偉，穆伯長稱其「制述如經」。古近體詩大抵寄興遙深，不失風人之旨。

就以〈鈷鉧潭西小丘記〉而言。子厚「憐而售之」，道出他內心對小丘之情有「愛」有「憐」。愛的是，小丘之瑰奇；憐的是，以茲丘之勝，奈何竟是一棄地，價四百，貨而不售。子厚的胸中就在這種「愛」與「憐」矛盾的二重奏中，盪來盪去，感發爲文。在含蓄而蘊藉的文字裏邊，興寄遙深。

作者以「灃、鎬、鄠、杜」比「棄是州」；以「貴游之士」比「農夫、漁父」；以「爭買」比人「過而陋之」；以「日增千金」比「連歲四百」；以「不可得」比「不能售」兩兩強烈對比的安排下，造成言有盡而意無窮；同時，也隱然自況。小丘即是自己的化身。

顧影自弔，被人遺棄的山川，正如子厚是被人遺棄的遷客；所以強調被遺棄山川之美的存在，即是肯定自身之美的存在。小丘與己遭際彷彿，子厚同病相憐之餘，出現在他孤寂的心靈裏邊，一方面是淒切感；另一面對彼此同被遺棄的小丘抱著一種特殊的親切感，惺惺相惜，從中獲得慰藉。日本清水茂云：

> 柳宗元的山水記，是對於被遺棄的土地之美的認識的不斷的努力，這同他的傳記文學在努力認識被遺棄的人們之美是同樣性質的東西。並且，由於柳宗元自己也是被遺棄的人，所以這種文學也就是他的生活經驗的反映，是一種強烈的抗議。強調被遺棄的山水之美的存在，也就等於強調人被遺棄人們的美的存在，換言之，即宗元自身之美的存在。隨伴著這種積極的抗議，其反面則依於自己的孤獨感對這種與他的生涯頗爲相似的被遺棄的山水抱著特殊的親切感，以及在這種美之中得到了某種安慰的感覺。〔註8〕

〔註7〕見沈德潛《唐詩別裁》云：「愚溪諸詠一處連蹇困厄之境，發清夷淡泊之音，不怨而怨，怨而不怨，行間言外，時或遇之。」

〔註8〕引見於羅師聯添編《中國文學史》論文集（3）」中〈柳宗元的生活體驗及其

不過，小丘閱興亡而長在，雖然寂寞千年，究竟還是有遭遇知己的一日，「我與深源，克己獨喜得之」，但子厚自己呢？如此高的才情，遠棄於攸攸外域，一去不返，時日漸久，至今無人見賞。人生的歲月有限，不如小丘之長在；今日，書於石，賀丘有遭；相形之下，更悲己不遇。不言可喻，其不幸甚於丘矣！子厚以冷峭的反語故作慶賀之態，壓抑內心的鬱悒，益覺淒切。情深於淚，哀溢於辭。

不錯，子厚「賀丘有遭」是自弔己獨無遭。不過，我們也不能遺忘，子厚自弔之外，應是滿溢欣羨，有深對自己希望之期待；期待他日自己也能有遭，一如今日小丘之遇。

再看一首子厚的〈與崔策登西山〉詩：

> 鶴鳴楚山靜，露白秋江曉。連袂渡危橋，縈迴出林杪。西岑極遠目，
> 毫末皆可了。重疊九疑高，微茫洞庭小。迴窮兩儀際，高出萬象表。
> 馳景泛頹波，遙風遞寒篠。謫居安所習？稍厭從紛擾。生同胥靡遺，
> 壽等彭鏗夭。蹇連困顛踣，愚蒙怯幽眇。非令親愛疏，誰使心神悄。
> 偶茲遁山水，得以觀魚鳥。吾子幸淹留，緩我愁腸繞。

子厚把自己不幸的遭遇，和山水密切的結合在一起，一面藉遊山玩水，想要遺忘過去的傷痛；一面又藉山水吐露自己的寂寞心聲。元遺山《論詩絕句》云：「朱弦一拂遺音在，卻是當年寂寞心」。又林紓云：

> 柳州畢命貶所，寄託之文，往往多「苦」語；而言外乃不掩其風流，
> 才高而擇言精，味之轉於鬱伊之中，別饒雅趣，此殆夢得所謂「腴」
> 也。〔註 9〕

又沈德潛《唐詩別裁》凡例云：

> 柳州詩長於哀怨，得騷之餘意。

故金周昂《中州集》卷四讀柳詩云：

> 功名翕忽負初心，行和騷人澤畔吟；
> 開卷未終還復掩，世間無此最悲音。

又如〈始得西山宴游記〉。何焯《義門讀書記》云：「中多寓言，不惟寫物之功。」林文寶在其《柳宗元「永州八記」之研究》一文說：

> 欲探討本文的主旨，正當自「始得」入手。從首段的「而未始知西

山水記〉日本清水茂著，華岳節譯。

〔註 9〕同註 1。

> 山之怪特」，至第二段的「始指異之」，而後以「然後知吾嚮之未始游，游於是乎始」爲結束。始得在本文具有「景」「情」雙重的意義。而最後達「情景」交融合一的境界，其中「情景」合一的境界，黃慶萱先生曾以「心靈感受」「神秘經驗」釋之。……這種「心靈感受」「神秘經驗」的始得，乃是來之於：游、窮、醉、歸。就心理學而論，是種自我防衛的心理，可見隱藏山水游記背後的那段傷心人別有的懷抱。所謂「然後知是山之特出，不與培塿爲類」即是。這兩句是「情景」合一的情緒語言，這是對人格的一種肯定，而這種的肯定非關修養與學問，更不論是非，衹是個人肯定而已，最後透過實際「情景」的衡量，所謂的「心靈感受」「神秘經驗」自我的幻覺，進而達到「反諷」的效果。

「然後知是山之特出，不與培塿爲類」一句亦景亦情。想見子厚山水詩文，若不經過一番細細玩味，有時眞不易察覺到其興寄遙深。噫！柳子厚誠是一位善狀難言之隱的人。

又如〈小石城山記〉。徐善同《柳宗元永州游記校評》云：

> 物之稟賦：無不多奇！不遇：無以顯其奇矣！小石城山：「無土壤而生嘉樹美箭。」柳氏：奇之，而轉折於造物者之有無，自傷不遇！文詞婉縟，跌宕有神！此文：宜與小丘記並讀。

又林文寶《柳宗元「永州八記」之研究》一文說：

> 柳氏設問，重點並不在造物者之有無，而是見怪「嘉樹美竹」生在那荒蠻的夷狄之地。柳氏自傷，寓意自己有如「嘉樹美竹。」但他不甘心自己的一生像那「嘉樹美箭」般的埋沒在這荒煙之地。申言之，這種對造物主的否定，並非僅是由於山水之生於不當地方而得出結論，或謂是由於對賢者的相繼夭折，對在政治上抱熱情而要求改革之不當的流放等等事物，使他產生了神「其果無乎」的想法，他以這種山水之美，不在中州，而在夷狄，來譬喻他自己的才能，不爲中州所用，而閒置在夷狄之中。

子厚憐惜天下奇山異水常生於窮荒僻壞，而不得炫耀其奇於世人。更嗟嘆自己廢退於獠夷之鄉，遺才而不得試。此可以說是他寫山水記的重要基因所在；也是他爲何後又有誰會來到這裡，和我的心相契合呢？此嗟嘆與陳子昂「前不見古人，後不見來者，念天地之悠悠，獨愴然而涙下」同。《詩學淺說》云：

「意深而語淡，情苦而氣和」。〔註10〕此詩籠罩在一片落寞的悲愁中，而文境則氣清而骨勁。

明茅坤《唐宋八大家文鈔》論例云：

巉巖𡺲屼，若游峻壑削壁，而谷風淒雨四至者，柳宗元之文也。

又明廖道南《柳河東集敘》說：

巍巖絕湍，峭奇環曲，使人遐眺留睨。而其靈氛怪氣，固克籠罩柳之文也。……間道斜谷，驚飈掣電，不可方物，其柳之變乎！

其次，「紆而餘」指節奏而言。當吟誦這首詩時，尤其是「去國魂已游，懷人淚空垂。孤生易爲感，失路少所宜。索寞竟何事？徘徊祇自知。誰爲後來者，當與此心期。」一段，紆廻而有餘韻。筧文生《柳宗元詩考》云：

柳宗元不僅把山水詩的重點放在山水來描寫，而且以描寫爲手段，把重點放在訴說自己內心的痛苦上。

又姚範《援鶉堂筆記》卷四十四文史談藝云：

元裕之嘗請趙閒閒秉文共作一軸寫，自題其後云：「柳州怨之愈深，其辭愈緩，得古詩之正，其清新婉麗，六朝辭人少有及者。」

子厚內心無法排遣的鬱抑，一層積疊一層，而節奏也隨著「怨之愈深，其辭愈緩」。

子厚由於經歷的滄桑，坎坷不平之氣寄寓詩文，故辭氣環詭跌宕，紆行而緩迴，聞者有如「聽胡笳，聞塞曲，令人斷腸者也」。〔註11〕故沈德潛《說詩晬語》卷上云：「柳子厚哀怨有節，律中騷體」。又劉熙載《藝概》亦云：

柳文如奇峯異嶂，層見疊出。所以致之者，有四種筆法：突起、紆行、峭收、縵迴也。

子厚詩文，突起而紆行，縵迴而峭收，餘韻無窮，故結尾常帶來含蓄而不盡的情趣，直如「餘霞成綺」之謂也。

另外，補充一點說明。明孫月峯評這首詩云：

此是入選最有名詩，興趣音節俱佳。蓋以鍊意妙；若字句則鍊入無痕，遂近自然。調不陶却得陶之神。

〔註10〕見《詩學淺說》，頁89，學海出版社。

〔註11〕見於茅坤《唐宋八大家文鈔》卷一：「予覽子厚書，由貶謫永州、柳州以後……故其爲書，多悲愴嗚咽之旨，而其辭氣環詭跌宕，譬之聽胡笳，聞塞曲，令人斷腸者也。」

「若字句則鍊入無痕，遂近自然」，正是前述子厚山水文學淵源時，所說「語近」於陶之謂也。此外，「調不陶却得陶之神」，乃云子厚學陶，雖有得於陶之神，故云：「鍊意妙」；不過「調不陶」，乃詩有哀怨之音，故「氣不近」陶矣。要極力搜巖穴之奇，並公諸於世人的緣由所在。

又〈至小丘西小石潭記〉云：

> 潭中魚可百許頭，皆若空游無所依。日光下澈，影布石上，怡然不動，俶爾遠逝，往來翕忽，似與遊者相樂。

這段描寫游魚的情景，正委隱地吐露出自己放逐永州，如同游魚一般，「皆若空游無所依」；出游時，即使尋獲快樂，經常不能持久，僅只是「俶爾遠逝」的快樂而已。正如同子厚自供云：「暫得一笑，已復不樂」。子厚山水遊記很耀目同時照明了一個心理學上的事實，山水遊記裏邊，刻盡精微之處，經常與託意深遠相對應。

第四節　清勁紆餘

「清勁紆餘」，就文境、節奏而言，四字語出蘇軾《東坡題跋》卷二書柳子厚南澗詩云：

> 秋氣集南澗，獨遊亭午時。迴風一蕭瑟，林影久參差。始至若有得，稍深遂忘疲。羈禽響幽谷，寒藻舞淪漪。去國魂已游，懷人淚空垂。孤生易爲感，失路少所宜。索莫竟何事？徘徊祇自知。誰爲後來者，當與此心期。柳子厚南遷後詩，清勁紆餘，大率類此。紹聖三年三月六日。

蘇東坡藉〈南澗中題〉一詩評「柳子厚南遷後詩，清勁紆餘，大率類此。」因此，〈南澗中題〉在柳詩中特別著名於世，幾乎可算是子厚山水詩的代表作。現即以這首詩爲例，探討子厚「清勁紆餘」的風格。

詩人亭午獨遊南澗，節候已是「秋氣集南澗」之時，故詩人抵南澗所見的景象，「迴風一蕭瑟，林影久參差」「羈禽響幽谷，寒藻舞淪漪」秋氣肅殺之景。這不免令人想起歐陽修〈秋聲賦〉所描述的景象：

> 蓋夫秋之爲狀也：其色慘淡，煙霏雲斂。其容清明，天高日晶。其氣慄冽，砭人肌骨。其意蕭條，山川寂寥。故其爲聲可也，淒淒切切，呼號奮發。豐草綠縟而爭茂，佳木葱蘢而可悅；草拂之而色變，

木遭之而葉脫；其所以摧敗零落者，乃其一氣之餘烈。

這樣的景象，縱然是白日亭午時分，詩人依然倍覺蕭颯。

離開故鄉，羈旅的靈魂早已游回；然而兩地相距遼遙，懷念故人，也只有徒然落淚。無倚靠的孤獨之身，最易感傷，失路以來，少有順心之事。難以排遣的寂寞，究竟要作什麼才是？徘徊低迴，總覺得世間能了解自己的，唯獨自己。以後又有誰會來到這裡，和我的心相契合呢？此嗟嘆與陳子昂「前不見古人，後不見來者，念天地之悠悠，獨愴然而涕下」同。《詩學淺說》云：「意深而語淡，情苦而氣和」。此詩籠罩在一片落寞的悲愁中，而文境則氣清而骨勁。明茅坤《唐宋八大家文鈔》論例云：「巉巖崱屴，若游峻壑削壁，而谷風淒雨四至者，柳宗元之文也。」

又明廖道南《柳河東集敘》說：

巍巖絕湍，峭奇環曲，使人遐眺留睨。而其靈氛怪氣，固克籠罩柳之文也。……間道斜谷，驚飈掣電，不可方物，其柳之變乎！

其次，「紆而餘」指節奏而言。當吟誦這首詩時，尤其是「去國魂已游，懷人淚空垂。孤生易爲感，失路少所宜。索寞竟何事？徘徊祇自知。誰爲後來者，當與此心期。」一段，紆廻而有餘韻。筧文生《柳宗元詩考》云：

柳宗元不僅把山水詩的重點放在山水來描寫，而且以描寫爲手段，把重點放在訴說自己內心的痛苦上。

又姚範《援鶉堂筆記》卷四十四〈文史談藝〉云：

元裕之嘗請趙閑閑秉文共作一軸寫，自題其後云：「柳州怨之愈深，其辭愈緩，得古詩之正，其清新婉麗，六朝辭人少有及者。」

子厚內心無法排遣的鬱抑，一層積疊一層，而節奏也隨著「怨之愈深，其辭愈緩」。

子厚由於經歷的滄桑，坎坷不平之氣寄寓詩文，故辭氣環詭跌宕，紆行而緩廻，聞者有如「聽胡笳，聞塞曲，令人斷腸者也」。故沈德潛《說詩晬語》卷上云：「柳子厚哀怨有節，律中騷體」。又劉熙載《藝概》亦云：

柳文如奇峯異嶂，層見疊出。所以致之者，有四種筆法：突起、紆行、峭收、縵迴也。

子厚詩文，突起而紆行，縵廻而峭收，餘韻無窮，故結尾常帶來含蓄而不盡的情趣，直如「餘霞成綺」之謂也。

另外，補充一點說明。明孫月峯評這首詩云：

> 此是入選最有名詩，興趣音節俱佳。蓋以鍊意妙；若字句則鍊入無痕，遂近自然。調不陶却得陶之神。

「若字句則鍊入無痕，遂近自然」，正是前述子厚山水文學淵源時，所說「語近」於陶之謂也。此外，「調不陶却得陶之神」，乃云子厚學陶，雖有得於陶之神，故云：「鍊意妙」；不過「調不陶」，乃詩有哀怨之音，故「氣不近」陶矣。

第五節　溫麗靖深

「溫麗靖深」就山水詩文表現的情感而言。明王褘《王忠文公集》卷二〈張仲簡詩序〉云：

> 然唐之盛也，李、杜、元、白諸家，制作各異；而韋、柳之詩，又特以溫麗靖深自成其家。蓋由其才性有不同，故其爲詩亦不同，而當時治化之盛，則未嘗不因是可見焉。……仲簡之詩，所謂溫麗靖深而類乎韋柳者也。

文學需要才情，而才情關乎個性。蓋才性有別，故發爲詩亦不得相同。王褘評韋柳之詩，特以「溫麗靖深」別成一家。且又在其集子卷四盛修齡詩集序云：

> 詩至於唐盛矣。然其能自名家者，其爲辭各不同。蓋發於情以爲詩，情之所發，人人不同，則見於詩，固亦不得而苟同也。是故王維之幽雅，杜牧之俊邁，張籍之古淡、孟郊之悲苦，賈島之清邃，溫庭筠之富豔，李長吉之奇詭，元、白之平易典則，韋、柳之溫麗靖深，蓋其所以爲辭者，即其情之寓也。而今世爲詩者，大抵習乎辭而不本於其情，故辭雖工而情則非。有若吾修齡之詩，其有溫麗靖深之情者歟！予嘗評其詩，譬如芙蓉出水、汙泥不染，而姿態婉然，如春鶯出谷，音韻圓孆，而自諧律呂，擬諸唐人，其韋、柳之流矣。

「辭」乃「情之寓」；「情之所發，人人不同，則見於詩，固亦不得而苟同也」。語言和情感是相連貫的，絕非是把先在內的實質情感，翻譯爲在後在外的形式語言。雖然語言並無法表現全部的情感，祇是以部分代表全體，有限表達無限，短暫表達永恒；而「好在藝術創造，並無須把凡所察覺到的全盤直接說出來。詩的特殊功能就在以部分暗示全體，以片段情境喚起整個情境的意

象和情趣。」〔註 12〕

在此，必須說明的是，以「溫麗靖深」四字評子厚之詩，並非王禕始創，四字首見於蘇軾《東坡題跋》卷二〈評韓柳詩〉，〔註 13〕其云：

> 柳子厚詩在陶淵明下，韋蘇州上；退之豪放奇險則過之，而溫麗靖深不及也。所貴乎枯澹者，謂其外枯而中膏；似澹而實美，淵明、子厚之流是也。

蘇軾以為退之「溫麗靖深」不及韋柳，又特舉出「枯澹」二字評淵明、子厚。謂其「枯」「澹」之可貴處，在於「外枯而中膏」「似澹而實美」，而能至於此者，咸是心中涵蘊「溫麗靖深」之情所發。自是今代有稱子厚為「枯澹」詩人者。〔註 14〕

子厚以囚人之身，居零陵十餘年，詔回長安，旋又流放比永州更偏僻的柳州，其窮愁如此，詩文中所表現出來的情感，應當很露骨才是，然而子厚發之於山水詩文的情感，卻表現得那麼「溫麗靖深」；粗看山影波心，興會淋漓，待細細端詳之後，方知其情之淒苦，充溢於辭，但含蓄蘊藉，不失風人之旨。李曰剛《中國文學流變史》〈詩歌〉編云：

> 案宗元詩外在看似淡泊，內在卻潛藏無限憂憤與激烈。儒家匡濟之熱情與佛家恬靜之禪悟，交織於胸，故雖發為溫馨清深，而悲哀蒼涼之情，仍不可掩。讀之者慎勿以皮相而忽之也。

首先以「愚溪對」而言。子厚云：「夫明王之時，智者用，愚者伏；用者宜邇，伏者宜遠，今汝之託也，遠王都三千餘里。」而子厚所生存的時代正好相反，愚者用，智者伏；用者遠，伏者近。這裡邊應可想見子厚胸中充滿憤懣不平之氣，然而子厚肆之毫端，也僅不過云：「今汝之託也，遠王都三千餘里」。此殆是子厚受傳統文化的薰陶，筆鋒帶著「溫麗靖深」之情，而無暴戾之氣。

〔註 12〕見於朱光潛《詩論》〈論表現——情感思想和語言文字的關係〉一文。頁 85 漢京文化事業有限公司。

〔註 13〕「溫麗靖深」一語，市面上不少書籍之引文，常寫成「溫麗清深」。依據廣文書局蘇軾《東坡題跋》卷二評韓柳詩，應是「溫麗靖深」才是。不過，東坡在其「東坡續集」卷七答程全文推官云：「流轉海外，如逃深谷，既無與晤語者，又書籍舉無有，惟陶淵明一集，柳子厚書文數冊，常置左右，目為二友。今又辱來貺，清深溫麗，與陶，柳眞為三矣。」此處東坡寫成「清深溫麗」，此殆是後人引用時，混淆不清之因。然明王禕《王忠文公集》裏邊，有兩處引及，咸是「溫麗靖深」。

〔註 14〕如《枯淡詩人——柳宗元傳記》譚繼山編譯，台北：萬盛出版公司。

又〈愚溪詩序〉，子厚「余愚並舉，余愚合一」，章行嚴《柳文探微》云：

此爲子厚騷意最重之作，然亦止於爲騷而已，即使怨家讀之，亦不能有所恨，以全部文字，一味責己之愚，而對任何人都無敵意，其所謂無敵意者，又全本乎眞誠，而不見一毫牽強，倘作者非通天人性命之源，決不能達到此一境地。

此處章行嚴云：「倘作者非通天人性命之源，決不能達到此一境地」。而從另一角度來看，亦攸關於作者「溫麗靖深」之情。

再如〈鈷鉧潭記〉云：

其上有居者，以予之亟游也，一旦款門來告曰：「不勝官租私券之委積，既芟山而更居，願以潭上田貿財以緩禍。」予樂而如其言。

子厚善狀難言之隱。這一段文字，實際上是諷刺當時政治賦斂之毒，與「捕蛇者說」旨意同。但作者不著氣力，盡得居民怨恨之旨，且反以「樂」字道出，襯出作者憐憫之情，眞是高妙。羅師聯添云：

這段前面七句（「其上有居者」至「貿財以緩禍」）借潭上居民之口，寫出當地農民生活困苦的情況。這位農民爲了「不勝官租私券之委積」，而願意遷居，並出賣賴以維生的田地，其目的僅是求「緩禍」。我國農民向來安土重遷，而土地是他們的生命，除非不得已絕不願賣田遷居。這位農民爲了納稅償債，暫時消災，竟情願放棄住屋與土地。作者用寥寥數語，表現當時賦稅繁重，民不聊生，寫得含蓄而不刻露，深得傳統詩教「溫柔敦厚」之旨。這段最後用「余樂而如其言」作結束，寫出柳宗元買得「鈷鉧潭」是出於對農民的同情，而同情用一個樂字表現出來。〔註15〕

羅師聯添云：「寫得含蓄而不刻露，深得傳統詩教『溫柔敦厚』之旨」亦是此處所謂「溫麗靖深」之情。

又如〈至小丘西小石潭記〉云：

伐竹取道，下見小潭，水尤清冽。泉，石以爲底。近岸，卷石底以出。爲坻、爲嶼、爲嵁，爲巖。青樹翠蔓，蒙絡搖綴，參差披拂。潭中魚可百許頭，皆若空遊，無所依；日光下澈，影布石上，佁然不動；俶爾遠逝，往來翕忽，似與遊者相樂。

〔註15〕引自羅師聯添編「《中國文學史》論文選集（3）」羅師聯添著〈柳宗元二篇山水記的分析〉，頁1078。

小石潭平凡之景，子厚幾筆拈來，即見生趣盎然。尤其是潭水清澈，魚兒陶然悠游一段，具見功力，已入妙境，當是神來之筆。然而此時作者的心境如何？文云：

> 坐潭上，四面竹樹環合，寂寥無人，悽神寒骨，悄愴幽邃，以其境過清，不可久居，乃記之而去。

徐善同引之評云：

> 極盡荒陬之幽冷！而其情：又極其悽楚之至！

子厚不具言其心靈的孤寂與苦悶，僅說：「四面竹樹環合，寂寥無人，悽神寒骨，悄愴幽邃，以其境過清，不可久居，乃記之而去。」作者輕描淡寫，不著痕跡；反而繪出一幅人魚相樂，脫俗孤高之景。「譬如芙蓉出水，汙泥不染，而姿態婉然；如春鶯出谷，音韻圓嫚，而自諧律呂」，應是有得於溫麗深摯之情。

第六節　曠如奧如

「曠如」有寬廣之美，「奧如」有深遠之美，柳宗元〈永州龍興寺東丘記〉：

> 游之適，大率有二：曠如也，奧如也，如斯而已。其地之凌阻峭，出幽鬱，寥廓悠長，則於曠宜；抵丘垤，伏灌莽，迫遽廻合，則於奧宜。因其曠，雖增以崇臺延閣，廻環日星，臨瞰風雨，不可病其敞也；因其奧，雖增以茂樹叢石，穹若洞谷，蓊若林麓，不可病其邃也。

「曠如」乃因其地「凌阻峭，出幽鬱，寥廓悠長」，由於曠廣，遂增置「崇臺延閣」，用以「廻環日星，臨瞰風雨」，則大地氣象萬千之狀，盡收眼底，足以令人心曠神怡；故「曠如」有寬廣之美，人不可因其曠敞而引以為病方是。

而「奧如」乃因其地「抵丘垤，伏灌莽，迫遽廻合」。由於奧深，遂增闢「茂樹叢石」，使之「穹若洞谷，蓊若林麓」，則山水瑰奇幽怪之態，入目驚心，足以令人歎為觀止；故「奧如」有深遠之美。人不可因其奧邃而引以為病方是。此皆各順其地之宜，不廢其「天作地生之狀」。〔註16〕乃子厚所說：「逸其人，因其地，全其天」〔註17〕之意。

〈永州龍興寺東丘記〉：

> 今所謂東丘者，奧之宜者也。其始龕之外棄地，余得而合焉，以屬

〔註16〕見柳宗元〈永州韋使君新堂記〉卷二七。
〔註17〕同上。

於堂之北陲。凡坳窪坻岸之狀，無廢其故。屏以密竹，聯以曲梁。桂檜松杉楩柟之植，幾三百本，嘉卉美石，又經緯之。俛入綠縟，幽蔭薈蔚。步武錯迕，不知所出。溫風不爍，清風自至。水亭㥦室，曲有奧趣。

東丘宜奧，乃得自然天工，且又銜接龍興寺之曠。「噫！龍興，永之佳寺也。登高殿可以望南極，闢大門可以瞰湘流，若是其曠也。」東丘配合著龍興寺，奧曠之美，兼而得之，俗人不知「而於是小丘，又將披而攘之，則吾所謂游有二者，無乃闕焉而喪其地之宜乎？」該奧而曠，應曠而奧，刻意人工，反其自然本性而施爲，必斲喪景物的自然美感，頓成「畫虎不成反類狗」之病。以龍興寺之曠，益加襯托出東丘宜奧之美。文云：

丘之幽幽，可以處休。丘之窅窅，可以觀妙。溽暑遁去，茲丘之下。大和不遷，茲丘之顛。奧乎茲丘，孰從我游？

子厚誠是山水之知己，慧識山川之本質。「曠如」之景如：

觀望悠長，悼前之遺。於是厚貨居氓，移于閒壤，伐惡木，刜奧草，前指後畫，心舒目行。忽然若飄浮上騰，以臨雲氣，萬山面內，重江束隘，聯嵐含輝，旋視具宜，常所未覩，倏然互見，以爲飛舞奔走，與游者偕來。乃經工化材，考極相方。南爲燕亭，延宇垂阿，步簷更衣，周若一舍。北有崇軒，以臨千里。左浮飛閣，右列閒館。比舟爲梁，與波昇降。苞離山，涵龍宮，昔之所大，蓄在亭內。日出扶桑，雲飛蒼梧，海霞島霧，來助游物。其隙則抗月檻於迴谿，出風榭於篁中。晝極其美，又益以夜。列星下布，顥氣迴合，邃然萬變，若與安期、羨門接於物外。則凡名觀游於天下者，有不屈伏退讓以推高是亭者乎？〈桂州裴中丞作訾家洲亭記〉

則凡數州之土壤，皆在衽席之下。其高下之勢，岈然洼然，若垤若穴，尺寸千里，攢蹙累積，莫得遯隱。縈青繚白，外與天際，四望如一，然後知是山之特出，不與培塿爲類。〈始得西山宴游記〉

爲上室，由上室而上，有穴，北出之，乃臨大野，飛鳥皆視其背。〈柳州山水近治可游者記〉

「奧如」之景如：

坐潭上，四面竹樹環合，寂寥無人，淒神寒骨，悄愴幽邃。〈至

小丘小石潭記〉

其中重洲小溪，澄潭淺渚，間廁曲折，平者深墨，峻者沸白。舟行若窮，忽又無際。有小山出水中，山皆美石，上生青叢，冬夏常蔚然。其旁多巖洞，其下多白礫。其樹多楓柟石楠，楩櫧樟柚；草則蘭芷，又有異卉，類合歡而蔓生，轇轕水石。每風自四山而下，振動大木，掩苒眾草，紛紅駭綠，蓊葧香氣，衝濤旋瀨，退貯谿谷，搖颺葳蕤，與時推移，其大都如此，余無以窮其狀。〈袁家渴記〉

自渴西南行不能百步，得石渠。民橋其上，有泉幽幽然，其鳴乍大乍細，渠之廣或咫尺，或倍尺，其長可十許步。其流抵大石，伏出其下，踰石而往，有石泓、昌蒲被之，青鮮環周。又折西行，旁陷巖石下，北墮小潭，潭幅員減百尺，清深多儵魚。又北曲行紆餘，睨若無窮，然卒入于渴。其側皆詭石怪木奇卉美箭，可列坐而庥焉。風搖其巔，韻動崖谷，視之既靜，其聽始遠。〈石渠記〉

石渠之事既窮，上由橋西北下土山之陰，民又橋焉。其水之大，倍石渠三之一，亘石爲底，達於兩涯，若床若堂，若陳筵席，若限閫奧。水平布其上，流若織文，響若操琴，揭跣而往，折竹掃陳葉，排腐木，可羅胡床十八九居之。交絡之流，觸激之音，皆在床下。翠羽之木，龍鱗之石，均蔭其上。〈石澗記〉

由於子厚認爲適合觀游的地方，大率可分爲兩種，或宜曠，或宜奧；曠者，呈現寬廣之美；奧者，呈現深遠之美。故子厚紀山水處，不外爲表現出曠奧兩種境界的美而努力。明茅坤《唐宋八大家文鈔》論例云：

予覽子厚之文……其紀山水處多幽邃夷曠。

又儲欣云：

曠如奧如，至今猶奉爲品題名勝之祖。〔註 18〕

至今，我們依然以「曠如奧如」品題名勝。山川的曠敞之美，恢拓人們的心胸；山川的奧邃之美，滌漱人們的心靈。

（本章曾以〈投跡山水地，放情詠離騷——論柳宗元山水文學特色〉刊載於《中國文化月刊》68、69 期，民國 74 年 6、7 月。）

〔註 18〕引自愛新覺羅弘曆《唐宋文醇》評語卷十七。

第六章　柳宗元山水文學評價

子厚身懷奇雋之才，二十一進士及第，二十六中博學宏辭科，授集賢殿正字，有意濟世，光耀門楣。他一心嚮往「明王之時」。然而仕宦之路，並不如他想像一般的平坦好走。隨著年齡的增長，子厚距離唐王朝的權力中心卻愈來愈遙遠，愈來愈荒涼，而他依然苦苦地在等待。〈江雪〉詩云：「千山鳥飛絕，萬徑人蹤滅；孤舟簑笠翁，獨釣寒江雪。」正可以說明當時子厚等待的孤寂心境。隆冬的冰雪裏，大地一片死寂，卻有一位不死心的簑笠翁，依然心存一線希望，守著釣竿，不畏酷寒，在滅絕的天地中，寒江獨釣。這位不死心的孤舟簑笠翁指的不是別人，正是子厚自己的寫照。柳子厚一生最大的悲哀即在此，這種悲哀－「極一生無可如何之遇」。而他這種懷才不遇的鬱悼，又與終古埋沒的山水兩相遭遇，「文章是案頭之山水，山水是地上之文章」。〔註 1〕子厚以詩人的空靈，點染了永州的山水，譜出扣人心弦，哀怨有節的歌篇。永州山水至此一洗而出，不再寂寞。清林紓《韓柳文研究法》‧〈柳文研究法〉云：

> 凡記亭台山水，有經巨人長德，營搆題詠游涉之處，則後來爲之記者，殊易爲力。若公在永州，一荒昧不闢之區，必待糞除，其勝始出。是永州諸勝，均係諸公之一言，則非極力描摹，山容水態，亦不易流傳藝苑。集中諸文皆佳，而山水之記尤爲精絕。雖大同小異，然各有經營。韓公望而卻步，何論其他。

又清汪基《古文喈鳳新編》亦云：

〔註 1〕引見張心齋《幽夢影》，頁 28，漢京文化事業有限公司。

永州山水奇秀，然其地處荒僻，不得河東，雖勝境何以知名？正所謂美不自美，因人而彰也。

而子厚遊記，後人讚不絕口，其妙不可言者，孫琮評〈石澗記〉云：

讀袁家渴一篇，已是窮幽選勝，自謂極盡洞天福地之奇觀矣。不意又有石渠記一篇，另闢一個佳境。讀石渠記一篇，已是搜奇剔怪，洞天之中，又有洞天；福地之內，又有福地，天下之奇觀，更無有踰於此矣。不意又有石澗記一篇，另闢一個佳境。眞是洞天之中，有無窮洞天；福地之內，有無窮福地。不知永州果有此無限妙麗境界，抑是柳州胸中筆底眞有如此無限妙麗結撰，令人坐臥其間，能不移情累月。從古遊地，未有如石澗之奇者，從古善遊人，亦未有如子厚之好奇者。今觀其泉聲潺潺，入我床下，翠木怪石，堆蔭枕上，此是何等遊法。《山曉閣選唐大家柳柳州全集》

柳子厚以生花妙筆致力於刻畫永州山容水態，促使永州山水一一走入藝苑，而成爲後世所思慕與嚮往。張敦頤〈柳先生歷官紀序〉云：

零陵，極南窮陋之區，先生居十年，披榛剪蕪，搜奇選勝，放於山水之間，而獨得其樂。如愚溪、鈷鉧潭、南澗、朝陽巖之類，往往猶在，皆先生昔日杖屨徜徉之地也。凡零陵花草泉石經先生題品者，莫不爲後世所慕，想見其風流，況在當時哉！

悠悠千載而下，永州山水靠後人的幫助記憶，而留傳迄今，名顯於後世，均係柳公之力。此爲作者文學創作活動的第一重意義——保留作用。

其次，永州迤邐而幽峭的山水，不僅成爲柳子厚心靈的避難所；同時也撫慰子柳子厚心靈的創傷。現實生活的挫折，以及心頭的鬱抑，子厚盡情在作品中宣洩，一面寄情於山水之上，一面送懷於千載之下，而獲致補償。此爲作者文學創作活動的第二重意義——補償作用。

及至晚年子厚緬懷夙昔，瞻念方來，從貶謫的歲月中領悟到更高一層的人生境界：逐漸從權力的熱衷，淨化爲山水清音的欣賞；從塵世的奔競，淨化爲心靈的寧靜，使生命重新獲得再造的新機。此爲文學創作活動的第三重意義——淨化作用。

蓋棺論定，子厚一生雖然在「立功」一面不幸遭受嚴重的挫折，甚至鬱鬱而終，謫死窮裔。但是靈魂的吃苦受難，却使他在「立言」方面永垂不朽。清孫琮說：

史稱子厚喜進失志，或少短之，不知其志氣沈鬱，念所藉以不朽者，絕功名而恃文章，其精神自足獨行千古。造物之所以厄子厚者，正所以厚子厚也。(《山曉閣選唐大家柳柳州全集》評語卷頭語)

子厚的作品中，尤以山水諸作馳名古今，古來無出其右者，堪稱一枝獨秀。明茅坤《茅鹿門先生文集》卷五〈復王暘谷乞文書〉云：

夫古之善記山川，莫如柳子厚。

又卷八〈復陳五嶽方書〉云：

僕平生覽古之善記佳山水，惟柳子厚爲最。雖奇崛如韓昌黎，當讓一步。

又明艾南英《天傭子集》卷三〈韓丹水先生詩文集序〉云：

從古征行之詠，莫詳於杜少陵；而山水奇偉怪僻之好，無如柳子厚。

又清孫梅《辭學指南》卷三十一云：

天地間山水林麓，奇偉秀麗之致，賴文人之筆以陶寫之。若陸雲〈答車茂安書〉，鮑照〈大雷岸與妹書〉等篇，託興涉筆，都成絕構。蓋皆會景造語，不假雕琢也。至酈善長始以淹雅之才，發攄文筆，勒爲《水經注》四十卷，訂以志乘，緯以掌故，刻畫標致，奇幽詭勝，搜剔無遺，後來作者罕復能繼，惟柳子「永州八記」筆力高絕萬古，雲霄一羽毛，非諸家所敢望爾。

韓愈〈柳子厚墓誌銘〉裏邊，有幾句話得最爲中肯：

子厚前時少年，勇於爲人，不自貴重顧藉，謂功業可立就，故坐廢退。既退，又無相知有氣力得位者推挽，故卒死於窮裔，材不爲世用，道不行於時也。使子厚在臺省時，自持其身，已能如司馬、刺史時，亦自不斥。斥時，有人力能舉之，且必復用不窮。然子厚斥不久，窮不極，雖有出於人，其文學辭章，必不能自力以致必傳於後如今無疑也。雖使子厚得所願，爲將相於一時，以彼易此，孰得孰失，必有能辨之者。

韓文公誠是知子厚的知己，爲子厚悲劇而潦倒的一生，做最好的詮釋。子厚靈魂的吃苦受難沒有白費，子厚的生命足恃山水詩文，而與日月爭輝，並傳千古。清魏禧《魏叔子文集》卷八孔正叔楷園文集敘云：

五經之文，五嶽也；屈原、莊周、左丘明、司馬遷、班固五丘也。天下之山必五嶽五丘，非是不足名山。及讀柳子厚黃溪鈷鉧潭西小

> 丘、袁家渴諸記，則又爽然自失。其幽峭奇雋之氣，未嘗不與五嶽、五丘並名天壤，然則先生之文之傳無疑矣。

子厚山水諸文足與五嶽五丘爭高，齊名於後世。由此可見子厚山水文學的成就，直可以說前無古人，後無來者可與之相頡頏。

（本文曾以〈智慧是年齡的函數——評柳宗元的山水文學（上）（下）〉刊載於《東海大學校刊》第 123、124 期，民國 74 年 5 月 20、27 日。）

第七章　結　論

柳子厚敗貶永州，尚有一官半職可當，但理想與現實背道而馳；他的理想正同杜甫一樣，「致君堯舜上，再使風俗淳」，以及仍回長安權力中心。不幸的是，現實政治將他愈帶愈偏遠，濟世宏願化爲泡影外，往後的歲月，步步維艱，這是他一生最大悲哀——「極一生無可如何之遇」。

子厚壯志未酬，後半生的境遇，一貶再貶，窮愁潦倒，可是這種不堪的生活環境，盡是造就他文學藝術造詣，長爍寰宇的契機。特別是他的山水文學，光芒耀目，古往今來，無出其右者。千載之下，令人引吭微誦間，立覺當時之人與地宛在，導引讀者神遊其境，使與相會，古今人物彼己，遂匯而爲一，眞是高妙。何以如此，乃有以「柳宗元山水文學」爲題，深入研究的意義。

要下山水文學的義界，莫若從藝術特徵著眼，來得允當。山水文學本歸屬遊記文學的大範圍裏邊。職是之故，它要求作家親臨山水之境，從而在「眞人」「實事」和「現景」的基礎上從事寫作活動。

然而「登山則情滿於山，觀海則意溢於海」；換句話說，作家常隨著登山觀海而引發內心的情感。故寫作山水文學的作家，經常雙線並行；一線以文字爲工具，把「物以情觀」的「情境」描繪下來；大自然萬千景象，作家僅能擷取某些生發美感作用，呈顯自身於作家的意識裏邊的景物，才會進入作品，此是「點景」。

另一線則由「情以物興」而引發「主題」來，此是緣景「生情」。因此之故，山水文學最大的力量和作用，即是兩樣東西加起來的，即「情境」加「主題」，而「情境」經常對準「主題」來表現。而「點景生情」是判別山水文學一條可行而有效的途徑。

就執上述的山水文學義界，沿波溯源。知詩經時代未產生眞正的山水文學之作，但詩人已對大自然山水萌生親切感。

楚辭作品裏邊的景物，大多停留在比喻或象徵的階段，失去原來的面目，不能算是山水作品。至於漢賦大量的寫景部分，是作普遍性的描寫，已非一山一水的特殊景觀。但是賦家進入有意識的刻畫階段，可以說奠立山水文學的先驅，故有初步「點景生情」的作品誕生。

洎至宋初，世局紊亂，社會黑暗，莊老告退，嚮往大自然的山水文學乃蓬勃發展。山水文學流派就在此時正式確立。然而手法臻於圓熟高妙的境界，則有待於唐人的努力。

第二章柳子厚山水文學形成背景，子厚仕宦生涯，前期的閃耀與後期的黯淡歲月，兩相形成強烈對比的轉捩點，在於子厚參與了王韋事件，這個烙印對他一生而言，影響極深。子厚創作山水文學的背景，約可從四方面來談：

王韋事敗，子厚敗貶永州司馬，政治場上的失意。此其一。

而他「夙抱丘壑尙，率性恣游遨」的愛好大自然天性，却在無政治包袱的羈絆下，獲得充分發展。此其二。

頻年不調，長期貶謫，加深他對故鄉的懷念，所表現出來的情感，不是旅人的心聲，而是囚犯背後的絕望。俾使子厚把不能歸返故鄉，且做不完的鄉思夢，一寄山水之上。此其三。

最後是被遺棄的謫人，又遭逢永州終古埋沒迤邐而多峭的山川，兩相慰藉，兩相感發，而醞釀出子厚山水作品的芬芳花朵。此其四。

另外又分子厚山水作品爲三個時期：元和四年、元和七年和元和十年抵柳州以後。三時期的作品風格有別，此與子厚當時的心境攸關。

初期，子厚從京都帶著悲憤的心情貶謫而來，故不平之氣，猶溢於言表。此期他覺得有一股孤寂感圍繞身邊。

中期，孤寂感不僅加深外，偶而也感覺到無力感，這時期子厚比較踏實、穩定。筆墨毫端以溫麗靖深之情，包容胸中不平之氣。

晚期，子厚已深深的感覺到孤寂感與無力感。二者結合，使子厚覺得有成熟的智慧，却無足夠的活力去完成想要做的事。

第三章討論子厚山水文學的淵源。先分詩、文兩路追踪探源。就水山詩而言「斟酌陶、謝之中」。「記遊」「寫景」的部分學謝；而「興情」「悟理」

的部分學陶，以陶之長補謝之短，不傷自然眞趣，又因子厚與淵明遭際不同，一是政治的受害者，一是恬然而退、躬耕歸隱，所以子厚氣悽愴，乃律中騷體。故學陶僅能語近而氣不近。而子厚詩語比靈運秀朗而不凝滯，此係得力於陶淵明。

其次，就山水文而言。由於子厚熟稔六朝文學，而六朝不管是詩、賦也好，或散文也罷，可以說是以寫景爲大宗，而且文筆清雋而細膩。故子厚山水文受六朝賦、文的影響，殆無疑議。

又與六朝同期的北朝，出現中國古來一部山水鉅著《水經注》，雖是一部地理志書，但在寫景的部分，亦屬上乘之作。古來學者特別看重，且認爲子厚山水文亦淵源於此。

必須說明的是，山水詩、山水文是爲解說方便而分，事實上兩者互通有無，並非影響詩，就不影響文，反之亦是。

第四章先言山水文學分類，昭明文選雖粗具簡而不錯的分類，但惜其歸類不夠精確。而近人分類不是過分繁蕪，即概括力不強。由於遊記是描述性，描述性指向「現象」而言。當遊記作家觀照周遭萬千景物，特對某些景物有得於心，生發美感作用，而自身呈顯於作家的意識裏邊的，便構成「現象」，而進入作品中。因此之故，凡不在作家意識中呈顯自身的景物，對於遊記作家而言，毫無意義，可以存而不論。故本文擬從「現象」著手作山水文學分類，可區分爲三類：其一是定點記遊類。外在世界呈靜止的狀態，作家在一定的空間上觀照所獲得的「現象」即是。其二是有過程記遊類。外在世界是移動的，隨時間的變動，空間也在轉換，景物亦隨之不一樣，作家所獲得的「現象」，就有了極大的變化。由於定點記遊類是靜止的，故時間雖長，景物變化少；反之，有過程記遊類是移動的，故時間雖短，景物的變化却大。其三是致用記遊類，外在世界動靜參半。它具有同《水經注》地理志的功能，提供線索給予後來之遊者以資憑藉。

其次，論述柳子厚永州與柳州山水文學之不同原因所在，分三方面來談：

1、地理環境的差異。永州山水蜿蜒而幽邃，故常幾步之遠，即殊異前景。而柳州屬石灰岩地形，山如劍戟，水如湯沸，不及永州山水奇峭而富變化。

2、職務輕重的不同。子厚居永州任司馬閒員。抵柳州則位爲一州之長的刺史，肩負起一切行政責任。故出遊賞心悅目，就不如永州可以傾壺而醉，醉則臥，臥而夢，夢而醒，醒而歸。

3、子厚心境的轉變。子厚居永州窮愁十年，欣聞追詔下荊扉。可是回京面聖的結果，再度被貶向更荒僻的柳州，人生至此，子厚才逐漸從權力的熱衷歸於平淡，生出一片寧靜來。致使永州山水充滿囚人和被遺棄的意識，幾乎淡然無存，文章寫來，變成素描性很強的風景畫。

第五章柳宗元山水文學特色。就「牢籠百態」而言，子厚能掌握各種景物的特色，給予「焦點式」的描繪－形態之美、色彩之美、聲籟之美。並兼寫景物的動、靜兩境－動中之靜、靜中之動。同時常改變觀點，用俯視式、仰視式作由遠及近、由近及遠，或由高而下，由下而上的觀察。所獵取的景物，無不刻畫入微，靈活而生動。後人諷咏其文，如入其境，山川在覽，然後知子厚能贏得「文中有畫」之美譽，名至實歸。

就「古麗奇峭」而言。子厚造語具有高度文學語言的創造性。「古而麗」，既要求簡古，同時又要求采麗，實爲兩難，然子厚却能表現的恰如其分；簡古而不流於淺薄，采麗而不困於雕琢。

至於「奇而峭」，每於短句見長技，用字爲人人意中所有，用意乃爲人人筆下所無。由「峭」的境界，又見出子厚造語之「潔」。造語「潔」爲詩文中最難的境界，古者唯獨太史公及之。而子厚用字古而麗，奇而峭外，亦學太史公用字之「潔」。

就「興寄遙深」而言。子厚憐惜天下奇山異水常生於窮荒僻壤，而不得炫耀其奇於世人。更嗟嘆自己廢退於獠夷之鄉，遺才而不得試。此可以說是他寫山水記的重要基因所在；也是他爲何要極力搜巖穴之奇，並公諸於世人的緣由所在。

被人遺棄的山川，正如子厚自己被人遺棄的遷客。所以當他面對山川，一面是淒切感，同是被遺棄者；一面是親切感，同病相憐，惺惺相惜。

就「清勁紆餘」而言。子厚自失路以來，所表現的詩文的基調，經常憂中有樂，樂中有憂，故其文境「清而勁」，節奏「紆而餘」。劉熙載云：「柳文如奇峯異嶂，層見疊出。所以致之者，有四種筆法：突起、紆行、峭收、縵迴也」。

就「溫麗靖深」而言。子厚善狀難言之隱，內在雖潛藏著無限的憂憤與激烈，但發而爲文，却表現得極其溫麗靖深，而無暴戾之氣，雖然悽愴之情，仍不可掩。眞是難得。

就「曠如奧如」而言。子厚自云：「遊之適，大率有二：曠如也，奧如也，如斯而已」。曠者，有寬廣之美；奧者，有深遠之美。迄今，我們依然以「曠如奧如」品題名勝。出川的曠廣之美，恢拓我們的心胸；山川的奧邃之美，洗滌我們的心靈。

第六章柳宗元山水文學評價。子厚的山水諸記，名遐古今中外，不僅把永州山水一洗而出。而且使自己嚴重的挫折感，找到心靈的避難所，而獲致補償。並且當他緬懷夙昔，瞻念方來的同時，領悟到人生更高一層的境界，逐漸從權力的熱衷，淨化爲山水清音的欣賞；從塵世的奔競，淨化爲心靈的寧靜，使生命重新獲得再造的新機。一言以蔽之，子厚的山水文學發揮了文學創作活動的三重意義－保留作用、補償作用和淨化作用。

韓愈云：「子厚斥不久，窮不極，雖有出於人，其文學辭章，必不能自力以致必傳於後如今無疑也。雖使子厚得所願，爲將相於一時，以彼易此，孰得孰失，必有能辨之者」。韓文公誠是知子厚的知己，爲子厚悲劇而潦倒的一生，做最好的詮釋。子厚靈魂的吃苦受難沒有白費，子厚的生命足恃山水詩文，而與天地爭輝，並傳千古。他實在是一位用自己不幸的遭遇，用自己生命的力量，來實證自己存在的作家。

參考書目

1. 《柳河東全集》,（唐）柳宗元，河洛圖書出版社南宋世綵堂本。
2. 《柳宗元集》,（唐）柳宗元，漢京文化事業有限公司百家注本。
3. 《劉夢得文集》,（唐）劉禹錫，商務印書館四部叢刊。
4. 《元和郡縣志》,（唐）李吉甫，商務印書館。
5. 《司空圖詩品詩課鈔》,（唐）司空圖撰，清、鍾寶學課鈔，廣文書局。
6. 《舊唐書》,（五代）劉昫，藝文書局。
7. 《唐文粹》,（宋）姚鉉編，世界書局。
8. 《蘇東坡全集》,（宋）蘇軾，世界書局。
9. 《東坡題跋》,（宋）蘇軾，廣文書局。
10. 《新唐書》,（宋）歐陽修、宋祁，藝文書局。
11. 《捫蝨新話》,（宋）陳善，叢書集成。
12. 《韻語陽秋》,（宋）葛立方，叢書集成。
13. 《柳先生年譜》,（宋）文安禮，商務印書館。
14. 《詁訓柳先生文集四十五卷》,（宋）韓醇音釋，商務印書館影印四庫全書本。
15. 《五百家註柳先生集二十一卷》,（宋）魏仲舉輯，商務印書館影印四庫全書本。
16. 《遺山先生文集》,（金）元好問，四部叢刊。
17. 《王忠文公集》,（明）王禕，叢書集成。
18. 《唐宋八大家文鈔》,（明）茅坤，明崇禎四年刊本。
19. 《唐柳柳州全集》,（明）孫月峯，新文豐出版公司。
20. 《全唐詩》,（清）聖祖編，平平出版社。

21. 《欽定全唐文》，匯文書局。
22. 《古文辭類篹》，（清）姚鼐篹輯，廣文書局。
23. 《涵芬樓文談》，（清）吳曾祺，商務印書館。
24. 《帶經堂詩話》，（清）王士禛，廣文書局。
25. 《古文析義》，（清）林雲銘，廣文書局。
26. 《唐宋八大家文鈔》，（清）張伯行，叢書集成。
27. 《方望溪先生全集》，（清）方苞，四部叢刊。
28. 《唐詩別裁》，（清）沈德潛，商務印書館。
29. 《唐宋八大家古文讀本》，（清）沈德潛，民初石印本。
30. 《古文評註全集》，（清）過珙，宏業書局。
31. 《石洲詩話》，（清）翁方綱，廣文書局。
32. 《大雲山房文稿》，（清）惲敬，四部叢刊。
33. 《藝概》，（清）劉熙載，開明書局。
34. 《古詩源》，（清）沈德潛選解，廣文書局。
35. 《御選唐宋文醇》，清光緒三年刊本。
36. 《唐宋文舉要》，（清）高步瀛，宏業書局。
37. 《唐宋詩舉要》，（清）高步瀛，宏業書局。
38. 《昌黎先生詩集注》，（清）顧嗣立補注，學生書局。
39. 《六朝文絜箋注》，（清）黎經誥，學海出版社。
40. 《蔡氏古文評註補正全集》，（清）蔡鑄，商務印書館。
41. 《霞外攟屑》，（清）平步青，中華書局。
42. 《石遺室文集》，（清）陳衍，商務印書館。
43. 《韓柳文研究法》，（清）林紓，商務印書館。
44. 《韓柳文研究叢刊》，龍門書店。
45. 《柳宗元永州游記校評》，徐善同，長春山房藏版。
46. 《韓昌黎文集校注》，馬其昶校注，世界書局。
47. 《韓昌黎詩繫年集釋》，錢仲聯集釋，世界書局。
48. 《唐柳先生宗元年譜》，王雲五主編，商務印書館。
49. 《柳宗元文》，胡懷琛選注，商務印書館人人文庫。
50. 《柳宗元詩文彙評》，明倫出版社。
51. 《柳宗元事蹟繫年暨資料類編》，羅師聯添編著，國立編譯館中華叢書編審委員會印行。
52. 《陶淵明集》，逯欽立校注，里仁書局。

53. 《謝康樂詩註》，黃節，藝文印書館。
54. 《史記會注考證》，瀧川龜太郎，宏業書局。
55. 《增補六臣註文選》，漢京文化事業有限公司。
56. 《詩經詮釋》，屈萬里，聯經出版事業公司。
57. 《文學十家傳》，梁容若，東海大學出版。
58. 《騁思樓隨筆》，邱言曦，時報出版公司。
59. 《柳宗元思想研究》，方介，臺灣大學中文研究所碩士論文，民國 69 年。
60. 《柳河東詩繫年集釋》，丁秀慧，師範大學國文研究所碩士論文，民國 63 年。
61. 《柳宗元研究》，羅清能，輔仁大學中文研究所碩士論文，民國 61 年。
62. 《南北朝山水詩研究》，宮菊芳，輔仁大學中文研究所碩士論文，民國 65 年。
63. 《劉禹錫研究》，張肖梅，臺灣大學中文研究所碩士論文，民國 69 年。
64. 《詩經中的山水景物——中國山水詩探源之一》，王國瓔，中外文學八卷一期，民國 68 年 1 月。
65. 《楚辭中的山水景物——中國山水詩探源之二》，王國瓔，中外文學八卷五期，民國 68 年 10 月。
66. 《漢賦中的山水景物——中國山水詩探源之三》，王國瓔，中外文學九卷五期，民國 69 年 10 月。
67. 《中國山水詩的萌芽（上）》，王國瓔，中外文學九卷十一期，民國 70 年 4 月。
68. 《中國山水詩的萌芽（下）》，王國瓔，中外文學十卷一期，民國 70 年 6 月。
69. 《論柳宗元的永州遊記》，鄭良樹，中外文學八卷十一期，民國 69 年 4 月。
70. 《柳宗元遊記》，劉文獻，文學雜誌六卷三期，民國 48 年 5 月。
71. 《柳宗元的經、史、文學思想》，方介，國立編譯館館刊十一卷一期，民國 71 年 6 月。
72. 《劉禹錫與王韋集團》，張肖梅，國立編譯館館刊十一卷二期，民國 71 年 12 月。
73. 《韓愈研究》，羅師聯添，學生書局。
74. 《唐代文學論著集目》，羅師聯添編，學生書局。
75. 《中國文學史論文選集》，羅師聯添編，學生書局。
76. 《柳文選析》，胡師楚生編著，華正書局。

77. 《中國文學發達史》，劉大杰，華正書局。
78. 《中國文學史》，葉慶炳，廣文書局。
79. 《中國散文史》，陳柱，商務印書館。
80. 《柳文探微》，章行嚴，華正書局。
81. 《山水與古典》，林文月，純文學出版社。
82. 《散文結構》，方祖燊、邱燮友，蘭臺書局。
83. 《柳子厚寓言文學探微》，段醒民，文津出版社。
84. 《古今文綜》，張相，上海：中華書局。
85. 《歷代文約選詳評》，王禮卿，中華叢書編審委員會印行。
86. 《柳宗元記敘文章法研究》，常輯成，文笙書局。
87. 《六朝詩論》，洪順隆，文津出版社。
88. 《中國古典詩歌評論集》，葉嘉瑩，純眞出版社。
89. 《詩論》，朱光潛，漢京文化事業有限公司。
90. 《柳宗元傳記》，譚繼山編譯，萬盛出版公司。
91. 《南朝詩研究》，王次澄，東吳大學中國學術著作獎助委員會。
92. 《胡適文存（3）》，胡適，春風研究社。
93. 《山水知己柳宗元》，林子鈞，莊嚴出版社。
94. 《語譯詳註文心雕龍》，王久烈等譯註，天龍文化事業有限公司。
95. 《幽夢影》，張心齋著，王名稱校，漢京文化事業有限公司。
96. 《唐詩三百首新注》，里仁書局。
97. 《中國文學流變史（詩歌編）》，李曰剛，聯貫出版社。
98. 《楚辭集注》，河洛出版社。
99. 《詩學淺說》，學海出版社。
100. 《古今文選》，國語日報社。
101. 《論劉禹錫（夢得）的詩文》，張肖梅，國立編譯館館刊十二卷二期，民國 72 年 12 月。
102. 《談柳宗元的永州八記（上）》，何沛雄，華學月刊八十八期，民國 68 年 4 月。
103. 《談柳宗元的永州八記（下）》，何沛雄，華華月刊八十九期，民國 68 年 5 月。
104. 《山水與心境——評柳宗元「鈷鉧潭西小丘記」》，蔡振璋，中央日報文藝評論第四三期，民國 74 年 1 月 17 日。
105. 《柳宗元及其散文》，劉大杰，文學遺產第二一九期。

106. 《柳宗元詩中的寫景與抒情》，方瑜，臺靜農先生八十壽慶論文集。
107. 《柳子厚政治思想的探究（上）（下）》，王泳，大陸雜誌三十卷九期十期，民國54年5月。
108. 《柳宗元「永州八記」之研究》，林文寶，臺東師專學報第八期，民國69年4月。
109. 《柳宗元的性情與寂寞》，吳炎塗，鵝湖三卷六期，民國66年12月。
110. 《柳子厚對於西南荒僻地區開發的貢獻（上）（下）》，王泳，大陸雜誌三十三卷四期五期，民國55年2月3月。
111. 《柳宗元與佛教之關係》，蘇文擢，大陸雜誌五五卷五期，民國66年11月。
112. 《點景生情——試論山水文學義界》，蔡振璋，中央日報文藝評論第五六期，民國74年4月25日。
113. 《一身去國六千里，萬死投荒十二年——論柳宗元永州與柳州山水文學比較》，蔡振璋，中央日報文藝評論第六十期，民國74年5月23日。